ALexander
FeST
verLaG

Nikos Kavvadias

Die Wache

Roman

Aus dem Neugriechischen von
Maria Petersen

Alexander Fest Verlag

Für Panajis Jannulatos

FERDINAND: *Is she dead?*

BOSOLA: *She is what you'd have her. [. . .]*
Fix your eye here.

FERDINAND: *Constantly.*

BOSOLA: *Do you not weep?*
Other sins only speak; murder shrieks out.
The element of water moistens the earth.
But blood flies upwards and bedews the heavens.

FERDINAND: *Cover her face; mine eyes dazzle; she died young.*

JOHN WEBSTER
Die Herzogin von Malfi

Erster Teil

»Wer da?«

Von außen schob jemand den Haken der Kajüttür hoch, öffnete sie halb und blieb abwartend auf der Schwelle stehen.

»Käpt'n Jerasimos*, ich bin's, der Assi. Ich möchte mit dir sprechen. Hast du schon geschlafen?«

»Was zum Teufel willst du denn schon wieder? Vier Stunden sind wir zusammen da oben gewesen, und jetzt fällt dir das ein? Also komm rein, und hak die Tür wieder zu.«

Der Steuermann der *Pytheas* saß auf einem im Boden verankerten Drehstuhl. Nur in Unterhose, mit übereinandergeschlagenen Beinen. Mit der flachen Hand rieb er sich den Knöchel. Sein Körper glänzte vor Schweiß. Er war um die Vierzig, hatte dunkle Haare, große Augen.

»Sag schon, Junge. Ist oben was passiert?«

Diamandis, der Nautische Assistent, stand ziemlich verloren vor ihm. Er war blond und von schöner Statur. Strich sich mit dem Handrücken über die Stirn und wußte nicht, wie er anfangen sollte. Er stammelte:

* Auf griechischen Schiffen werden neben dem Kapitän, oft auch nur »der Alte« genannt, alle Offiziere mit »Käpt'n« angeredet, und man duzt sich.

»Also, Käpt'n Jerasimos … ich weiß nicht … ich hab mir da was eingefangen.«

»Wo denn, du Rumtreiber?«

»Unten … ist wie 'n Pickel, klein, tut nicht weh … nur weiß ich nicht, was …«

»Zum Teufel mit dir, Dreckskerl.«

Jerasimos schlug mit zwei Fingern auf die Tischkante. Einen Moment lang sagte er nichts.

»Los, ruf den Funker. Wenn er schläft, weck ihn.«

»Und was wird jetzt damit?«

»Tu, was ich dir sage, du Lump.«

Der Steuermann blieb allein zurück. Er trocknete sich mit einem khakifarbenen Tuch den Hals. Seine Kammer maß zwei mal drei Meter. Über der Koje Bullaugen. Schreibtisch, Sofa, ein Regal mit ein paar Büchern. An einem Schwenkarm, der am Schott festgeschraubt war, hing eine Petroleumlampe aus Messing. Ein Ventilator kreiste und röstete das Nichts.

Er stand auf und löschte das flackernde elektrische Licht. Durch die Bullaugen fiel von Osten her der schwache Schein der Morgendämmerung.

Er riß ein Blatt aus einem alten Brownschen Kalender, kippte den Aschenbecher mit den Zigarettenstummeln darüber aus und wickelte sie ein, um sie aus dem Bullauge zu werfen. Er zielte schlecht, traf die Blende*, und die Zigarettenstummel verteilten sich auf dem Boden.

»Scheiß auf die Hände«, fluchte er.

Er bückte sich, um die Kippen aufzusammeln. Er war noch

* In heißen Gebieten wurde von innen ein Stahlblech in das geöffnete Bullauge gesetzt, um zu verhindern, daß Wasser hineinschwappt, gleichzeitig aber Luftdurchzug zu ermöglichen.

nicht fertig damit, als der Haken erneut hochgeschoben wurde.
Der Funker trat als erster ein. Klein von Gestalt, mit spärlichem Haar. Er trug khakifarbene Shorts, in der Taille nur vom obersten Knopf zusammengehalten. Die übrigen fehlten. Ein Ohr war nach vorne geklappt und größer als das andere.
»Guten Morgen. Was ist denn hier los?«
»Gar nichts ist los. Der Vogel da hat sich was eingefangen. Guck's dir an, du verstehst doch was davon.«

Diamandis stand abseits, mit hängendem Kopf, wie eine Statue von Donatello.
Der Funker setzte sich auf einen niedrigen Segeltuchhokker.
»Runter damit.«
»Was?«
Diamandis war verdutzt.
»Jetzt mach schon. Wir sind doch nur Männer hier. Gut so, komm näher. Käpt'n Jerasimos, schließ die Tischlampe an, und bring sie her, damit wir uns das mal ansehn können. Mach alle Lichter an. Bestens. Wann warst du das letzte Mal mit 'ner Frau zusammen?«
»In Algier, als wir Kohlen gebunkert haben. Ist über 'nen Monat her ...«
»Wann ist dir das hier zum ersten Mal aufgefallen?«
»Vorgestern nacht, als wir aus Sabang ausgelaufen sind.«
»Was hast du draufgetan?«
»Jod.«
»Zieh dich aus: Hemd, Shorts, Unterhose.«
»Alles?«
»Ich will dich sehn, wie deine Mutter dich geboren hat.«

Im trübe flackernden Licht der Lampe schimmerte der Körper des Jungen, von der Hüfte abwärts war er schneeweiß.

»Wie alt bist du?« fragte ihn der Funker, während er Rücken, Brust, Hüfte und Beine musterte.

»Achtzehn ... werd ich bald.«

»Glückwunsch. Sag mal, Diamandis, war es eine Araberin?«

»Ja.«

»Schön?«

»Sehr schön.«

»In 'nem Bordell?«

»Nein. Ich ging gerade die Stufen zur Kasbah rauf. Da oben, in der Straße des Roten Meeres, wollte ich meiner Schwester 'nen Armreif kaufen. ›*Esma ... Taalé*‹, rief sie mir zu. Ich ging rein. Na ja, war 'ne schnelle Nummer ..., wir haben uns nicht mal aufs Bett gelegt. Meinst du, das ist was Schlimmes?«

»Ach was, geh schlafen. Pul bloß nicht dran rum. Tu Watte mit Salzwasser drauf, und laß sie da liegen. Abends dann heiße Kamille. Und immer schön die Hände waschen. Jerasimos, wann kommen wir in Shantou an?«

»Frühestens in sechs Tagen.«

»Sag mal, Junge, tut dir was weh?«

»Nein, nur 'n Stich ab und zu.«

»Kopfschmerzen?«

»Nein ... Das heißt doch, gestern mittag, nach dem Essen. So 'n Druck auf den Schläfen. Was kann das sein?«

»Geh ruhig schlafen. Mach dir keine Sorgen. Und, wie gesagt, wenn wir den Hafen erreichen, sofort zum Arzt. Ist nichts Ungewöhnliches.«

Diamandis ging, ohne sich zu verabschieden. Das Schlurfen seiner Sandalen war noch kurz an Deck zu hören, dann verklang es. Der Steuermann und der Funker schwiegen eine Weile. Schließlich nahm der Steuermann die Lampe, stellte sie zurück auf den Schreibtisch und knipste sie aus.
»Der Bastard, der Hurensohn! Mach dir das mal klar! Wollte in den Gassen einen Armreif kaufen. Wie konnte mir der Dreckskerl bloß entwischen, das versteh ich nicht. An dem Tag da haben wir uns halb totgearbeitet. Daß ich gar nicht auf die Idee gekommen bin, ihn suchen zu gehn!«
»Hast du Spiritus?« fragte der Funker.
»Ja.«
»Gib mir was davon auf die Hände. Danke.«
Er ging zur Tür.
»Geh noch nicht. Willst du nicht was trinken? Einen Kirschschnaps?«
»Nein, ich trinke nicht mehr.«
»Whiskey, Brandy?«
»Nein, nichts.«
»Du hast es also ganz aufgegeben? Kaum zu glauben.«
»Vor drei Jahren.«
Der Blick des Funkers fiel auf eine Flasche, die auf der Konsole über dem Waschbecken stand. Er nahm ein Glas und füllte es fast zur Hälfte mit Wasser.
»Gib mir das Jod«, sagte er leise.
Der andere gab es ihm, ohne etwas zu erwidern.
Zehn, zwanzig Tropfen. Das Wasser verfärbte sich. Er kippte es runter, hustete ein wenig. Dann murmelte er:
»Erinnerst du dich, Jerasimos?«

»Ja.«

»Achtzehn Jahre ist das jetzt her. Nicht eins weniger. Auf der Insel da am Golf. Wir waren dem Alten mitten am Tag abgehauen, wie unser kleiner Diamandis, über den du gerade geflucht hast. Sturzbetrunken. Wir hatten ein Dorf mit schwarzen Frauen aufgetan. Lachend hast du das Schild vorgelesen: *Supplying of intoxicants to natives is strictly forbidden.* Wir hatten jeder zwei Flaschen versteckt, billigen Whiskey. Dann war ich dran und las das auf dem anderen Schild: *Beware of native women. All rotten here.* In dem Moment hielten uns die Engländerinnen von der Heilsarmee an. Die alte Bohnenstange mit den kaputten Zähnen und das Mädchen mit den grünen Augen.

›Wohin wollt ihr?‹ fragte die Alte wütend.

›Zu den Frauen.‹

›Schämt euch! Kehrt um zu eurem Schiff.‹

›Tun wir‹, sagte einer von uns beiden. Wer, weiß ich nicht mehr. ›Wir drehen um ... vorausgesetzt, ihr kommt mit.‹ Und du hast 'ne Bewegung mit deinem Mittelfinger gemacht. Da spuckte uns die Alte durch ihre kaputten Zähne an.

›*Hell damn you both, dirty dogs.*‹

Mir kam es so vor, als ob das Mädchen lächelte. Und dann sind wir zu den schwarzen Frauen gegangen. Beide in die Bambushütte. Sie waren nackt, mit buntem Flitter im Haar. Und der Geruch! Unsere Hände glitten an ihren Körpern entlang. Sie hatten kleine, schielende Brüste wie aus Gummi. Beim zweiten Mal wechselten wir die Frauen. Ich nahm deine. Zwanzig Tage danach, im Golf von Biskaya, war das Übel nicht mehr zu übersehen. Na, und danach haben wir uns aus den Augen verloren.«

Mit einer Handbewegung befahl ihm Jerasimos zu schweigen, griff nach einer Schachtel englischer Zigaretten und hielt ihm eine hin.

Der Funker nahm ein Streichholz, riß es aber nicht an. Der Steuermann war auf ihn zugetreten.

»Gib mir deine Hand, die rechte. Mach sie auf.«

Der Funker öffnete die Hand und sah ihn verwundert an.

»Ah, sieh einer an«, sagte er dann, »woran du dich jetzt erinnerst. Jugendsünden!« 15

Eine dünne, weiße Linie zog sich vom Daumen bis zum Handgelenk.

»Ich wünschte, es wäre nicht passiert.«

»Aber was ist nur los mit dir heut früh? Ich hatte es längst vergessen.«

»Ich aber nicht. Nachts hat es mich oft gequält, auf Wache. Es war in Huelva … diese dreckige Zigeunerin mit den staubigen nackten Füßen, deren Schweiß so nach Most roch. Sie wollte lieber dich haben. Ich kapier immer noch nicht, warum ich das Taschenmesser zog, das du mir geschliffen hattest, gerade mal drei Stunden davor, am Schleifstein in der Maschine, und warum du in die Klinge gegriffen hast. Und heute abend seh ich dich wieder. Seit du in Port Said an Bord gekommen bist, haben wir uns höchstens zweimal guten Tag gesagt. Ich bin vielleicht erschrocken, als ich dich plötzlich auf der Gangway vor mir sah. Schon lange wollte ich mit dir drüber reden. Trägst du's mir nach?«

»Ach was, Jerasimos. Sei nicht kindisch. Erzähl mir lieber, warum der andere Funker gegangen ist.«

»Der ist durchgedreht, hatte ständig Angst vor den Haien, der arme Teufel. ›Werft die Essensreste nicht ins Meer!‹

rief er dauernd den Matrosen zu. ›Ihr macht die Biester wild, ihr zieht sie damit an.‹ Anscheinend hat er dann ’nen Krampf in der Hand gekriegt und konnte nicht mehr funken. Ständig hat er den Morseapparat auseinandergenommen und an den Kontakten rumgeputzt. Am Weihnachtstag hat er die komplette Funkstation auf der Ladeluke ausgebreitet. Dann ließ er die große Antenne ins Meer und brachte sie auf Hochglanz. Ihr Funker dreht alle irgend-

wann durch ... Aber du hast mich unterbrochen, laß mich erst mal zu Ende erzählen. An dem Abend, als ich dich verletzt hatte, bin ich getürmt und hab auf ’nem spanischen Schiff als Matrose angeheuert. Du hast mir mein Seefahrtsbuch mit einem korrekten Eintrag meiner Abmusterung nachgeschickt und nichts gemeldet. Wieso nicht?«

Der Funker lächelte und sagte:

»Ich hatte das Ganze nicht nur vergessen, ich muß dir dafür verdammt noch mal dankbar sein. Du warst doppelt so groß wie ich, und stark dazu. Wenn du mir zwei Ohrfeigen verpaßt hättest, hätte ich dich entweder fertiggemacht oder mich selbst umgebracht.«

Sie schwiegen eine Weile und sahen zu Boden.

»Malst du noch?« fragte der Steuermann. »Ich weiß noch, daß du ganz verrückt danach warst. Überall, wo am Schiff ’ne weiße Fläche war, hast du was mit Kohle draufgemalt, und der Bootsmann jagte hinter dir her.«

»Nein.«

»Warum nicht?«

»Tja, ich hab zwei Farben verloren, erst das Grün ... und dann ...«

»Also, was machen wir jetzt?«

»Wegen Diamandis? Wie gesagt, im Hafen sofort zum Arzt. Wenn er's hat, durchsieben wir ihm die Arschbakken mit Bismut- und Penizillinspritzen. Hat dir deine Therapie geholfen?«

»Ja. Vier Jahre lang Medikamente und in diesem Jahr schon acht Millionen Einheiten von dem neuen. Und du?«

»Zwei Jahre, aber unregelmäßig. Ich dachte mir, es ist besser, ich werd von der Krankheit verrückt als von den Medikamenten. Komische Krankheit. Solange du diesen Pikkel hast, meinst du, irgendwie zu faulen, dreckig zu sein, du glaubst, jeden Moment fällt dir die Nase ab. Mit der ersten Spritze, kaum ist das Ding verschwunden, vergißt du alles. Und dann quälst du dich für den Rest deines Lebens. Das geringste Kopfweh, ein Knötchen, ein Schwindel, und schon hat dich wieder monatelang die Angst im Griff. Geht's dir auch so, Jerasimos?«

»Ja, aber ich mach mir einen Spaß draus. Außerdem glaube ich, daß ich geheilt bin. So 'ne lange Behandlung, und dann noch die neuen Medikamente.«

»Wenn du mich fragst: Sie ist durch nichts wegzukriegen. Weißt du, was mir mal ein chinesischer Arzt in Tsingtau gesagt hat? ›Warum verschreiben wir wohl vier verschiedene Medikamente? Weil sich der Wurm an das erste gewöhnt und es frißt. Er frißt auch das zweite, vom dritten kriegt er Bauchweh, und das vierte betäubt ihn. Aber er krepiert nicht. Er schläft.‹ Ich glaube, er hat recht, laß die andern ruhig reden. Die beste Medizin ist die Hitze. Deshalb bin ich am liebsten in den Tropen. Hast du die Schwarzen in Jamaika gesehn, in Port Sudan, in Bushehr? An den Beinen kannst du erkennen, daß sie's gehabt haben, aber sie sind wieder glatt, und du siehst nicht eine einzige angefressene Nase. Sie sterben an Altersschwäche. Also ab in die Tropen. Hör mal, das mit dem Kleinen tut mir leid, scheint 'n prima Kerl zu sein. Hat jemand ein Auge auf ihn?«

»Der Alte. Das ist sein Onkel. Die Mutter des Jungen ist Witwe, und Schwestern hat er auch. Die sind auf ihn angewiesen, er sorgt für sie. Wenn sein Onkel dahinterkommt, dann war's das.«

»Was für 'n Typ ist der Alte?«

»Ein Ochse. Was die Therapie betrifft, hält er sich an deine Maxime. Auf dem Roten Meer deckt er sich mit 'ner Wolldecke zu. Er hat einen elektrischen Heizofen und stellt ihn an, der Teufel, hier, in diesen Breiten.«

»Ist er ein guter Seemann?«

»Hat von nichts 'ne Ahnung, der Esel.«

»Stammt er aus Kefalonia?«

»Ach was. Der weiß doch selbst nicht, woher er kommt. Seine Frau ist die Schwester des Reeders, verstehst du? Auf der Brücke haben wir ihn noch nicht mal von weitem gesehn. Er gibt seine Order an mich nur durch den Steward weiter. Hast du denn mit dem Alten noch kein Wort gewechselt?«

»Kaum. Vorgestern kam er zum ersten Mal am Funkraum vorbei. ›Du wirst dich erkälten‹, hat er gesagt. ›Der Ventilator bläst dir genau auf den Rücken.‹ Dann hat er mich gefragt, ob ich *Schätze* hätte, diese Zeitschriften. Ich hab nein gesagt, und da ist er abgezogen. Seine Kleidung stank nach Medizin ... Jetzt hab ich dich wach gehalten. Ich muß los, die Batterien abklemmen. So einen Funkraum muß man erst mal gesehn haben! Also dann.«

»Wenn du willst, komm nach oben, während ich Wache hab, dann können wir ’n bißchen reden. Zwölf bis vier. Über die alten Zeiten.«

»Geht klar.«

Er ging. Der Steuermann blieb wieder allein zurück. Das elektrische Licht schaltete sich von selbst ab. Er knöpfte sich die Hose auf und ließ sich rücklings auf das Sofa fallen. Die Schuhe polterten auf den Boden. Die Uhr zeigte Viertel vor sechs Ortszeit.

Die *Pytheas*, Standardbautyp aus der Zeit des Ersten Weltkriegs, fünftausend Ladetonnen, mit Poop- und Backdeck und einer Compound-Dampfmaschine, fuhr mit sieben Knoten vor der Küste von Singapur. Durch die Bullaugen drang fahles, kränkliches Licht, das nach Phenol roch.

Erste Wache

»Hör auf, das Ruder zu mißhandeln, verstehst du? Mal drehst du's nach rechts, mal nach links – deswegen giert das Schiff so. Wegen deinem Geschlenker da vergeuden wir auf unsrer Wache 'ne ganze Tonne Kohlen. Ich hab's dir hundertmal gesagt: ein bißchen mehr Feingefühl. Wenn wir Seegang hätten, wär's ja was anderes, aber so ...«

»Is nich meine Schuld, Käpt'n Jerasimos. Das Schiff läßt sich einfach nich steuern. Das Vorschiff liegt zwei Fuß zu tief.«

»Willst du mir Schiffsführung beibringen, Polychronis? Wo ist Diamandis?«

»Der sieht nach'm Log«, murmelte der Rudergänger.

»Wer hat ihn geschickt? Warum nach dem Log?«

»Keine Ahnung.«

»Mir kommt's vor, als ob hier alles schiefläuft.«

Der Steuermann stützte sich auf die Reling, nahm das Fernglas und schaute durch.

»So, wie du jetzt steuerst, kannst du da das grüne Licht gut erkennen?«

»Ja.«

»Halt drauf zu, verlier es nicht aus den Augen.«

»Nich aus den Augen verliern.«

Der Funker kam lautlos nach oben und stellte sich neben den Steuermann.
»Hallo. Ich hab dir den Wetterbericht geschickt.«
»Ja, hab ich bekommen. Bei Hongkong braut sich was zusammen, am Kap.«
»Davon sind wir noch weit entfernt. Bis wir irgendwann da oben sind ...«
»Warten wir's ab. Sag mal, wann schläfst du eigentlich?«
Der Funker zuckte mit den Schultern.
»Mittags so an die zwei Stunden und frühmorgens noch mal zwei.«
»So wenig nur?«
»Auf Passagierschiffen hatte ich jahrelang die übelste Wache. Von zwölf bis vier, tauschen war nicht möglich. Da hab ich die Freude am Schlaf verloren. Wenn man erst mal wach geworden ist, kann man nicht wieder einschlafen ...«
Diamandis kam nach oben geschlichen, knöpfte sich die Shorts zu. Er spuckte seine Zigarette aus, trat drauf und ging ins Nockenhaus.
»Passagierschiffe, so so. Erzähl doch mal«, sagte der Steuermann.
»Menschenmassen, Lärm, ein Hafen pro Tag. Du kannst nichts auf die Seite legen. Alles geht fürs Taxi drauf. Paare, die sich vor deiner Kammer rumdrücken, dich kein Auge zutun lassen. Du hast 'ne eigene Kajüte und hast sie doch nicht.«
»Warum?«
»Was meinst du wohl, wo die Passagiere schlafen, die dir von 'nem Bekannten Grüße ausrichten und nur 'ne Passage fürs Deck haben? Wie oft hab ich auf Sesseln schlafen

müssen! Bist du noch nie auf 'nem Passagierschiff gefahren?«
»Einmal, sechs Monate. Aber das ist mich teuer zu stehn gekommen.«
»Schieß los.«
»Erzähl du erst zu Ende, dann bin ich dran.«
»Passagiere: die schlimmste Fracht. Noch schlimmer als Erz und Leinsamen. Selbst wenn du deinen besten Freund an Bord hast, deinen Bruder sozusagen, wenn du dich krummgelegt hast für ihn, hat er dich vergessen, sobald er im Hafen das Schiff verläßt. Der sagt dir nicht mal auf Wiedersehen. Kaum zu glauben, was? Der denkt einfach nicht mehr an dich.«
»Vielleicht ist das gar keine Absicht, vielleicht verwirren ihn nur die vielen Eindrücke.«
»Und dann erst die Besatzungen. Kinder sind das, die haben schon drei Stunden, bevor der Hafen in Sicht ist, ihre Ausgehkluft an. Und die gleichen schlechten Angewohnheiten wie die Passagiere: ›Wann kommen wir an? Um wieviel Uhr? Wird es eine rauhe Überfahrt? Habt ihr schon einen Wetterbericht?‹ Memmen sind das, scharf aufs Trinkgeld. Wie die Geier hocken sie auf der Reling und warten auf Aas. Und wehe, es reist irgendein Waisenmädchen allein, oder eine junge Witwe mit 'nem Bündel in der Hand.«
»Einen Moment. Diamandis!«
Der Assistent drückte seine Zigarette aus und kam näher.
»Ich hab dir schon mal gesagt, daß du auf Wache nicht rauchen sollst. Geh zur Aldislampe*, und laß den Bananendampfer, der uns da entgegenkommt, Namen und

* Handmorselampe.

Zielhafen wissen. Aber morse schön langsam, damit er dir auch folgen kann … Und weiter?«
»Irgendwann stand mir das Mittelmeer bis hier. Ich musterte auf 'nem großen Passagierschiff der Reederei an, die die Australienroute befuhr: Genua, Port Said, Aden, Colombo, Fremantle, Melbourne. Dreiunddreißig Tage auf See. Ich konnte nicht genug kriegen von diesem Meer! Du hättest sehen sollen, wie die Emigranten in Genua an Bord kamen! Aus den Lautsprechern brüllten fünf Sprachen. Ein verrückter, wild durcheinandergewürfelter Haufen. Jeder hatte seine Religion, und alle zusammen waren sie ohne jeden Glauben. Sie hofften auf 'nen Neuanfang. Viele mit der Nummer aus dem KZ auf dem Arm. Frauen, die für eine Zigarette, einen Drink oder umsonst mit dir gingen, weil sie zu müde waren, um nein zu sagen. Sobald wir den letzten Hafen angelaufen hatten, legte ich mich schlafen, und als ich wieder aufwachte, hatte sie alle schon der Dunst des Yara-Yara-Flusses verschluckt. Wo war das Gemurmel geblieben, das Rauschen, das mich so viele Tage eingeschläfert hatte, das ich so leid war und doch so liebte? Verlassene Decks, überall kaputte Stühle, Zeitungen in allen Sprachen, hebräische Bücher, Kämme und leere Tüten. Und dann, auf einmal, ist alles weg, einfach mit dem Wasserschlauch weggespritzt.«
»Ich kann mir dich gut vorstellen mit diesen Jüdinnen. Hast dir bestimmt 'ne schöne Zeit gemacht.«
Der Funker schwieg. Er riß ein Streichholz an, hielt es hoch, als wolle er mit der Flamme in die Augen des Steuermanns leuchten, und blies es wieder aus, ohne sich eine Zigarette angezündet zu haben.
»Nein. Auf See niemals. Seit zwanzig Jahren fahr ich auf

diesen Schrottkähnen, aber meine Koje hab ich noch nie besudelt. Ich glaube, das bringt Unglück. Wenn mir eine gefiel, und sie wollte es auch, gingen wir in ein Hotel im Hafen. Auf dem Schiff: niemals.«

»Komisch. Ihr Funker habt alle ’nen Vogel. Das kommt von den Stromschlägen, die ihr abkriegt. Warum bist du überhaupt Funker geworden? Du wolltest doch Kapitän werden.«

»Gar nichts wollte ich werden. Reisen wollte ich, nichts sonst. Die, mit denen ich am Anfang angemustert hatte, haben nach vier Jahren ihr Patent gemacht, du ja auch. Mir gefiel es schon immer unter der Back*. Die Sorglosigkeit. Viele Kapitäne von unserer Insel haben mir gute Ratschläge geben wollen. Andere haben sich über mich lustig gemacht und mit dem Finger auf mich gezeigt. Das konnte ich nicht auf mir sitzen lassen. Ich bereitete mich auf das Patent des Steuermanns auf großer Fahrt vor. Da lief mir dieser Reeder, ein Cousin meiner Mutter, übern Weg. Der einzige, der mich verstand und mein Verhalten richtig fand. Er gab mir immer Arbeit, ohne ständig zu fragen, warum ich zur See fahre. Ich hab mit ihm geredet. ›Werde Funker‹, sagte er. ›Besser, uns reißt ein Draht, als daß uns der Bug leckschlägt.‹

Damals hab ich getrunken, verstehst du? Und was ist mit dir, hast du’s gemacht, das Kapitänspatent?«

»Nein«, flüsterte der andere. »Immer noch nicht. Und ich weiß auch nicht, ob ich es jemals haben werde.«

»Was sagst du da? Warum denn nicht? Kaum einer macht den Job so gut wie du.«

* Raum auf dem Vorschiff, früher meist Logis (Wohnraum) der Mannschaft.

»Und wenn schon. Das nützt mir auch nichts ... Hast du denn nie was davon gehört? Hast du wirklich nie was davon mitgekriegt?«

»Nein.«

»Also gut. Ich leistete gerade meinen Wehrdienst ab, als ich das Patent zum Dritten Offizier bekam. Sobald ich entlassen wurde, hab ich als Dritter auf Frachtern angeheuert. Zwei Jahre später bekam ich das Patent als Zweiter, ohne Prüfungen. Ich fuhr wieder los, diesmal zweieinhalb Jahre. Sechs Monate fehlten mir noch fürs Kapitänspatent. Geld hatte ich nicht zur Seite gelegt, aber ich wollte dieses Patent haben. Nicht, daß sie mich gleich eingesetzt hätten, mit achtundzwanzig und ohne Erfahrung, aber ich wollte es eben in der Tasche haben. Ein Verwandter hat sich für mich eingesetzt, und so wurde ich Zweiter auf 'nem Passagierschiff. Ich hab sie auch nicht grade geliebt, die Passagierschiffe. Wir fuhren die Linie Alexandria–Piräus–Brindisi. Ich brauchte nicht lange, bis ich den Dreh raushatte, wie man an schnelles Geld kommt. Ein Haarnetz, ein seidener Morgenmantel, ein paar Feuersteine, etwas Zigarettenpapier – Schmuggel ist schließlich kein Verbrechen. Du gibst Geld gegen Ware. Du stiehlst ja nichts. Nur Drogen hab ich nicht angefaßt. Das ist gegen meine Ehre. Was niemand schadet, brauchst du nicht zu fürchten, sagte ich mir. Ich verdiente zwei- bis dreitausend Drachmen pro Trip. Das war viel Geld damals. In drei Monaten hatte ich das Geld für die Schule zusammen, es wär sogar noch was übriggeblieben. Wir hatten 'n kleines Häuschen in Athen. Ein neues Dach, dachte ich mir, damit die alte Mutter nicht im Nassen sitzt. Erinnerst du dich noch an meine Mutter?«

»Ja. Wir haben mal bei dir zu Hause gegessen. Ich weiß noch, sie hatte extra 'nen Hahn geschlachtet. Wir haben Weißwein aus Kefalonia getrunken, diesen Rombola, und waren sternhagelvoll. Der Kleinen, die sie aus dem Dorf geholt hatte, haben wir schöne Augen gemacht.«

»Angelika!«

»Genau, süß wie Loukoumi! Deine Mutter hat die dann weggeschickt, sie sollte was besorgen gehn. Eine kluge Frau.«

»Stimmt. Na ja, einen Monat vorm Abmustern hatte ich satte Zwanzigtausend zusammen. Und jetzt gehe ich aufs Ganze, dachte ich mir. Ich setzte mein gesamtes Geld in Ware um. In bloß drei Tagen wollte ich es verzehnfacht haben. Aber die Alte – Gott hab sie selig – hatte Wind davon bekommen und versuchte, mich in die Enge zu treiben.

›Beim Andenken deines Vaters, beim Meer, auf dem du fährst, laß die Finger von dreckigen Geschäften.‹

Ich stritt alles ab und schimpfte mit ihr. An einem Donnerstagmorgen kamen wir dann aus Alexandria zurück. Kaum hatte ich den Zoll hinter mir und die Ware verstaut, holte ich, als ich an der Kirche des Hl. Nikolaos vorbeikam, tief Luft. Schluß mit der Armut, murmelte ich. Und machte Pläne … Wie es kam, daß sie mich so schnell einkassierten, mittags war das, und mich vor Gericht brachten – achtzehn Monate ohne Bewährung –, hab ich bis heute nicht kapiert … Irgendwer muß mich verpfiffen haben. Aber wer bloß? Ich hatte doch niemand geschadet. Der Neid! Mit so 'nem Reinfall hatte ich nicht gerechnet. Was für eine Schande! Und ich war total pleite. Ich hatte sozusagen klar Schiff gemacht. Ganze fünfundzwanzig Drachmen waren mir geblieben, die ich noch in der Hosentasche hatte, und tausend, die meine Mutter für mich aufbewahrte. Sie war wirklich tapfer. Unerschütterlich, sag ich dir. In dem Augenblick, als sie mich wegsperrten, lächelte sie mir zu. Ein bitteres Lächeln zwar, aber immerhin. Einmal die Woche ließen sie sie zu mir. Niemals hat sie mir Vorwürfe gemacht.

›Sei tapfer, auch das gehört zum Leben. Du kommst bald wieder raus, und dann ist alles vergessen.‹

Ich hab nie erfahren, wie sie über die Runden gekommen ist, hab sie auch nie drauf angesprochen. Im Winter besuchte sie mich eines Sonntagmittags mit 'nem Eßpaket. Ihr Gesicht war gerötet, und sie schwitzte in ihrem alten schwarzen Kleid und den durchlöcherten, staubigen Schuhen.

›Hier, ich bring dir dein Lieblingsessen‹, sagte sie, ›gekochtes Huhn. Iß jetzt, sonst wird es kalt.‹

›Hör zu, Mutter‹, antwortete ich, ›wir essen zusammen, oder ich nehme keinen Bissen in den Mund. Und sag mir auf der Stelle, warum du zu Fuß gekommen bist.‹

Sie wurde fuchsteufelswild.

›Dir geht's wohl nicht gut, Sohn! Seit ich aufgestanden bin, tue ich nichts als essen. Ich bin mit der Bahn gekommen. Zu Fuß soll ich gegangen sein? Bist du noch ganz bei Trost?‹

Ich bin mir sicher, daß sie gelogen hat, zum ersten Mal in ihrem Leben. Vom Huhn fehlten die Schenkel und der Kopf. Als sie aufbrach, gab sie mir noch einen Zwanziger und fünf starke Zigaretten aus Kalamata.

›Donnerstag bin ich schon wieder da, mein Sohn. Es ist ein Feiertag, und da ist Besuch erlaubt. Sei tapfer.‹

Ich sah ihr aus dem vergitterten Gefängnisfenster nach, wie sie gebückt davonging. Warum hab ich Idiot ihr nur nachgesehn! Ein paar Kinder spielten auf der Straße. Plötzlich stolperte sie über einen Stein und fiel auf die Knie. Da kam von hinten so ein Bastard, Satansbraten, Hurensohn, der war höchstens acht, und gab ihr einen Schubs. Als ich mich endlich beruhigt hatte, war sie schon um die Ecke gebogen. Die verdammten Gören lachten immer noch. Zwei Tage später rief mich der Direktor morgens zu sich. Ich ahnte schon, was jetzt kommen würde.

›Tja … wir sind alle nur Menschen‹, sagte er vorsichtig. ›Wir alle müssen einmal dorthin …‹

Ich hatte gerade noch die Kraft zu fragen, wo sie sie hingebracht hatten und von wem sie beerdigt worden war.

›Von der Gemeinde natürlich. Wem sonst!‹

Als ich aus dem Gefängnis entlassen wurde, war aus dem Haus alles weg, was nicht niet- und nagelfest gewesen war. Ich musterte als Matrose auf ’nem panamaischen Schiff an. Nach drei Jahren bin ich zurückgekommen und hab ihre Gebeine ins Dorf überführt. Ich hab ihr einen Grabstein aus Marmor machen lassen, und rundherum haben wir Töpfe mit ihren Lieblingsblumen aufgestellt. Elf Jahre ist es jetzt her, daß die Kefalonierin heimgegangen ist. Seitdem hab ich kein Kind mehr gestreichelt. Bonbons? Nicht mal meinen Nichten und Neffen geb ich welche. Eher Tritte, wenn sich mir eine Gelegenheit bietet. Kinder sind Verbrecher.«

Er drehte sich nach dem Funker um, doch der war den Niedergang hinuntergestiegen, ohne sich verabschiedet zu haben.

»Diamandis, geh die nächste Gang wecken, und sieh nach dem Log.«
Eine gelbe Morgendämmerung, und das Gesicht des Steuermanns gelb wie eine Kerze aus Bienenwachs.

Zweite Wache

»Junge, was stehst du da so mürrisch rum?«

»Mein Schädel, Käpt'n Jerasimos, der platzt gleich. Ich hab so 'nen stechenden Schmerz überm rechten Auge.«

»Das kommt von der Hitze. Hab ich auch. Nimm ein Aspirin, dann geht's vorbei.«

»Ich hab seit heute nachmittag schon drei genommen. Hat nichts genützt. Und das ist nicht alles: Beim Kämmen fallen mir die Haare aus. Der ganze Kamm ist voll.«

»Warst du schon beim Funker?«

»Ich hab gerade in der Funkerbude vorbeigeschaut, er arbeitet. Wenn ich nur wüßte, was ich hab ...«

»Was auch immer du hast, wir laufen einen Hafen an. Der Mensch stirbt nicht mal so eben aus heiterem Himmel. Der reinste Ofen ist das heute nacht. Nicht ein Hauch von einem Scheißlüftchen regt sich. Ah, da ist er ja. Warte, brüh uns zwei Mokka, Polychronis, halbsüß. Und, Nikolas, wie war deine Wache?«

»Die Hölle. Der Empfänger knistert von den atmosphärischen Störungen. Im Funkraum ist es heiß wie in 'nem Brutkasten. Was du auch anfaßt, du verbrennst dir die Finger. Und ihr dreht auch noch das Wasser ab. Also wirklich, schlimmer geht's nicht. Weiter oben im Norden ist ein Taifun. Ich hab dir den Bericht geschickt.«

»Und wenn schon, wir sind noch weit unten. Wir kommen nicht mal in die Ausläufer rein. Und wenn er so weitermacht wie bisher, wird er sich in viele kleine Stürme geteilt haben, bis wir dort oben sind. Hast du etwa Angst?«

»Vor so was? Das ist mir doch egal, wenn ich jetzt absaufe. Ich hab nur vor Krankheiten Angst.«

Diamandis trat einen Schritt auf sie zu und spitzte die Ohren.

»Und vor den Frauen«, sagte der Funker noch.

Der Steuermann gab spöttisch zurück:

»Wenn du von der ersten Krankheit nicht genesen bist, brauchst du die zweite nicht zu fürchten.«

»Du verstehst mich nicht: Im Bett liegen zu müssen, davor hab ich Angst. Nicht vor Krankheiten, mit denen du fahren kannst, so wie unsere ...«

»Sprich leiser, der Döskopp hört heimlich mit. Du wolltest was über die Frauen sagen.«

»Ja. Daß ich Angst vor ihnen hab.«

»Wir haben doch alle mehr oder weniger Angst vor ihnen. Vor allem vor denen im Hafen.«

»Das sind doch die besten. Wer hat sich je eine Krankheit in 'nem Bordell eingefangen? Warum werden sie denn ›sauber‹ genannt? Weil sie sich waschen, sobald sie ihren Job hinter sich haben. Ich kann mich noch gut an so eine erinnern, eines Abends in Las Vegas. Ich zog mein Hemd aus. Mein Unterhemd hatte zig Löcher, ein Lumpen war das. Ich wollte die Frau an mich ziehen, um sie zu streicheln.

›Halt‹, sagte sie, ›nicht so hastig.‹

Ich mußte ihr das Unterhemd geben, und sie fing an, es zu

flicken. Als ich sie bezahlte, wurde sie rot wie ein Schulmädchen und sagte mit dem Geld in der Hand:

›Falls du kein anderes hast, behalt es, und wenn du das nächste Mal wiederkommst, bringst du mir Korinthen mit.‹

Aber ich wollte nichts davon hören und zeigte ihr einen Packen Geld.

›Na, wenn das so ist‹, sagte sie, ›dann tu mir einen Gefallen und kauf dir ein Unterhemd. Wenn dich deine Mutter in diesem Aufzug sehen müßte, würde sie in Tränen ausbrechen.‹

Verstehst du, was ich damit sagen will? Vor den andern hab ich Angst, vor den Sittsamen, die es nicht für Geld machen, vor denen, die gut erzogen sind, die welche heiraten.«

»Willst du etwa nicht heiraten?«

»Nein. Die armen Seeleute. Ich hab ihre Frauen gesehn, wie sie zum Kai runterkommen, noch bevor das Schiff in Sicht ist, und wie sie dort warten, in der sengenden Sonne oder im Regen. Ich hab gesehn, wie sie sich verabschieden, wenn das Schiff ablegt, wie verhärmt sie sind, mitgenommen von den vielen Abtreibungen, mit einem Stall voll Kinder, die an ihren Röcken zerren. Die kommen zu kurz, verstehst du? Da fehlt der Mann. Wenn ihnen ein Schlaumeier übern Weg läuft, kriegt er sie sofort rum. Währenddessen rackern sich die gehörnten Ehemänner auf dem Meer ab. Ich hab so viele kennengelernt, die sich die Krankheiten bei ihren eigenen Frauen eingefangen haben. Hör mir bloß auf damit.«

»Du bist ungerecht«, brummte Jerasimos durch die Zähne. »Du erzählst Märchen. Es gibt Tausende von anständigen Frauen, die das Brot, das sie essen, in Ehren halten. Sie gebären, taufen, beerdigen, alles ganz allein. Sag mir eins: Was sollen sie denn machen, wenn wir fünf oder zehn Jahre auf See sind? Sie haben schließlich auch 'nen Körper.«

Der Funker nahm einen Schluck Mokka und spuckte ihn in die Hand.

»War da was drin? Warte, ich mach Licht ...«

»Laß mal, du brauchst kein Streichholz dafür zu verschwenden. Eine Fliege kann es nicht sein, bei der Hitze, 'n Kakerlak auch nicht. Ein Skorpion ist ausgeschlossen, der würde gar nicht in die Mokkatasse passen ... Also, hör zu. Meine Mutter, die hatte einen Onkel, der Kapitän war. Ein stattlicher Kerl, reich, mit vier eigenen Segelschiffen. Als er so um die Vierzig war, heiratete er Saphirio, eine achtzehnjährige Waise aus einem vornehmen, aber verarmten Elternhaus. Schön war sie. Er ließ Handwerker aus Patras kommen und verwandelte sein Vaterhaus in einen Palast, voll Mahagoni und Kristall. Eine Weile blieb er bei ihr, und dann ging er an Bord seines besten Segelschiffs, das er ihr überschrieben und auf ihren Namen getauft hatte. Er machte kurze Reisen. Eines Tages stach er im Morgengrauen in See mit Kurs auf Savona. Um Mitternacht kam er zurück, steckte den Schlüssel ins Schloß und fand sie rittlings auf so 'nem Schnösel aus Kalamata, einem, der seine Haare ölte und sie wie eine Schwuchtel in Locken legte und der in Kefalonia von Tür zu Tür ging und Leinentücher und Kämme verkaufte. Der versuchte, aus dem Fenster zu springen, ohne Hose, aber der Kapitän zerrte ihn an den Haaren zurück. Saphirio, aufgelöst, verbarg ihr Gesicht in den Händen. Dann deckte mein Großonkel den Tisch für drei, zündete einen Kerzenleuchter und die Öllampen an, öffnete eine Flasche Pommard, holte Kaviar und Schinken und zwang sie, Platz zu nehmen.

›Eßt‹, sagte er zu ihnen, ›ihr müßt euch stärken.‹

Das Dienstmädchen erschien im Nachthemd in der Tür.

›Verschwinde, du Schlampe, geh ins Bett, und halt ja die Klappe, sonst reiß ich dir den Arsch auf.‹

Beim Einschenken verschüttete er auf dem russischen Leinentischtuch etwas Champagner. Er befeuchtete seinen Finger und rieb den beiden damit über die Stirn.

›Das bringt Glück.‹

›Konstantin, töte mich doch gleich, aber quäl mich nicht so. Wirf mich auf die Straße, laß es öffentlich ausrufen, aber laß mich was anziehen.‹

Als der Morgen anbrach, schnitt er dem Schnösel aus Kalamata die Hosenbeine ab, versetzte ihm zum Abschied einen Tritt, trank einen Mokka und ging dann ins Kaffeehaus, wo er seine eigene Wasserpfeife stehn hatte. In der nächsten Nacht schlief er mit ihr und in der darauffolgenden auch. Einen Monat lang bumste er sie, und sobald es Tag wurde, ging er auf seine Ländereien.

›Konstantin‹, sagte Saphirio eines Mittags, ›du vergißt jeden Tag etwas Geld unter dem Kopfkissen.‹

›Das hab ich nicht vergessen‹, antwortete er. ›Ich bezahle immer die Huren, mit denen ich ins Bett gehe.‹

Eines Mittags spuckte meine Großtante Blut, während des Essens, mitten auf den Tisch, und ein paar Tage später war sie tot. Der Kapitän ließ keinen ins Haus. Ganz allein machte er sie zurecht, und um Mitternacht – am Morgen darauf sollte die Beerdigung sein – hob er ihre Röcke hoch (das hat uns viel später die Magd erzählt, die ihn heimlich beobachtete), spuckte ihr in den Schoß und murmelte: ›Pfui Teufel, du Schlampe.‹ Ich hab ihn noch erlebt, völlig erblindet, als Hundertjährigen, wie er auf 'nem Hocker vor seinem Haus am Meer saß. So sind die Frauen.«

Der Steuermann erwiderte brüsk:

»Ein feiner Mann ist mir dein verstorbener Großonkel gewesen ... Ein ganzer Kerl! Hätte sie von irgendwoher Unterstützung und eine Mitgift gehabt, dann hätte er's vertuscht. Aber eine Waise – an der konnte er sich austoben. Er hätte sie wegschicken, sie töten können, wie ein Mann. Ich bin mir sicher, deine Großtante ist jetzt bei den Heiligen. Aber was ihn betrifft, dem solltest du lieber eine Kerze anzünden gehn, denn da, wo er jetzt ist, hat er einen Schwanz. Den braucht er nicht, um Fliegen zu verscheuchen; das ist ein Teufelsschwanz.«

Der Funker versuchte, ein Streichholz anzuzünden. Ein zweites, drittes, ein viertes. Der Assistent näherte sich ihm schüchtern mit einem Feuerzeug in der Hand.

»Herr Nikos ... ich hab seit gestern Kopfschmerzen, und mir fallen die Haare aus. Meinst du, daß das von ...«

»Dank dir, Diamandis, ein schönes Feuerzeug. Und gleich beim ersten Versuch. Hm, im Hafen sehn wir weiter. Hab keine Angst.«

Der Assistent zog sich ins Ruderhaus zurück. Nur das Stampfen der Maschinenkolben war zu hören. Lange Zeit schwiegen die beiden Männer. Plötzlich fing der Funker an zu husten. Ein trockener, schlimmer Husten. Er zog sein Taschentuch heraus und führte es an den Mund.

»Raucherhusten«, murmelte er. »Den hab ich schon seit

Jahren. Bei der Feuchtigkeit verdirbt der Tabak. Wir rauchen Seetang. Wenn wir jetzt im Café Sacharatos in Athen wären oder in ’nem französischen Café oder in ’nem englischen Pub, da könnten wir den wahren Tabak schmecken. Unser Mokka ist ohne Aroma, der Tee auch, vom Essen ganz zu schweigen. Ich könnte jedesmal an die Decke gehn, wenn sie in den Häfen an Bord zum Essen kommen und unsere Spaghettipampe loben.«

Sein Husten ließ nach, und er suchte in seiner Hosentasche nach Zigaretten.

»Warum gibst du das Rauchen nicht auf, wenn es dir so schadet?« fragte Jerasimos.

»Dir schadet es auch, allen schadet es. Aber nicht einer von tausend hört auf. Ich sag dir noch was: Wenn ich je ohne Zigaretten und ohne Frau auf einer einsamen Insel stranden würde und eins von beidem wählen müßte, würd ich mich für Zigaretten entscheiden. Jawoll, Zigaretten.«

»Blödsinn. Niemand weiß, was er in so ’nem Moment tun würde.«

»Mir ist so was Ähnliches schon mal passiert, und ich hab mich für Zigaretten entschieden.«

»Wenn man dich so reden hört, könnte man denken, daß du die Frauen ganz besonders liebst. Wahrscheinlich hat dir eine mal übel mitgespielt, deswegen bist du jetzt so verbittert und redest so ’n Zeug. Aber du wirst darüber hinwegkommen.«

»Ach was. Selbstverständlich liebe ich die Frauen. Es ist eine wahre Freude, sie nackt zu sehn. Aber man sollte sie bezahlen, oder sie sollten dich bezahlen. Das ist der richtige Umgang mit ihnen. Waren wir nicht zusammen in dieser Nacht da in Antwerpen? Wir sind geblieben, bis das ›Rigel‹ dichtgemacht hat. Nur wir beide waren noch da, mit 'nem Dutzend Mädchen, die auf den Tischen Cancan tanzten. Im Morgengrauen haben wir uns hingesetzt und die Abrechnung gemacht. Soundso viel für die Getränke, soundso viel für die zerschlagenen Gläser, und soundso viel für jedes Mädchen. Sechs Monatslöhne. Ich bin mir sicher, sie haben nicht schlecht über uns geredet, als wir weg waren. Für mich sind Frauen die, die in Tardeo in Eisenkäfige gesperrt sind, in den Schaufenstern von Yokohama auf Hockern sitzen oder in den Arbeiterpuffs von Fuzhou stecken, oder die in den dreckigen Häusern von Massawa. Oder in einer Schilfhütte, vierzehn Meilen außerhalb von Colombo. Die Singhalesin, die nackt auf allen vieren kroch und dabei ihre herrlichen gelben Zähne entblößte. Eine Bastmatte auf der Erde, ein Wasserkrug, ein listiger Mungo gegen die Kobras, ein vielfarbiges Basilikum gegen die Mücken und ein Kraut, das ununterbrochen qualmte, damit sein Rauch die Skorpione fernhielt. Ich lag auf dem Rücken, erschöpft von den Wachen, der Feuchtigkeit, dem Alkohol und dem Körper der Frau, die neben mir schlief, und schaute zur Schilfdecke. Ein schwindliger Skorpion schien sich genau zwischen meine Augen fallen lassen zu wollen. Ich sah ihn zwar, aber ich konnte mich nicht mehr bewegen. Ich schlief ein. Dieses Gemaule konnte ich noch nie leiden: ›Laß mich … ich will nicht … Sag mir erst, daß du mich liebst … daß du nie wieder weggehst.‹ Und wenn du fertig bist, kannst du nicht gleich abhauen. Dann bist du gezwungen, sie zu trösten, so als ob du sie geschlagen, sie beleidigt hättest. Zum Kotzen. Lektionen fürs Leben hab ich so einige gekriegt, aber immer von den Dockschwalben. Als Junge ging ich oft in dieses olle Bordell in Athen, ›Bei Sakkula‹, im Rotlichtviertel Gasi. Ich schlief mit ’ner häßlichen Frau aus Smyrna, Arapo hieß die. Sie war willig, auch gutmütig. Hatte Mitleid mit jedem Bettler und wies niemanden ab. Mich bewirtete sie mit Bonbons und Sesamkuchen. Und jetzt hör dir das an: Eines Nachts nahm mich ein Taxifahrer mit zu sich nach Hause, um mich auf ein Glas einzuladen. Dazu wollten wir Bursa-Haschisch rauchen.

›Dann kannst du auch mein Mädchen kennenlernen‹, sagte er.

Wir fuhren zu ihm nach Hause. Arapo war es, die uns erwartete. Mann, wie sie uns bewirtete, es fehlte nur noch, daß sie uns die Füße wusch. Ich ging erst am nächsten Morgen. Ein paar Tage später kam ich wieder ins ›Sakkula‹. Kaum sah mich Arapo, lief sie mit einer Frau an der Hand herbei.

›Ich möchte dir unsere Kreterin vorstellen, die ist noch viel besser als ich.‹

Ich wunderte mich, Ärger stieg in mir auf.

›Tja, Nikolas‹, sagte sie. ›Wir beide haben vom selben Teller gegessen, wir können nicht mehr zusammen ins Bett. Mach’s gut. Viel Spaß. Und wann immer du willst, komm mit Michalis zu uns zum Essen.‹

Als sie in einer Kirche in einem Vorort von Athen heirateten, war ich Trauzeuge. Sie war ungeschminkt, trug ein aus einem alten Jackett geschneidertes Kostüm und weinte die ganze Zeit, während der Pope Psalmen sang. Ich hab sie eines Nachts während der deutschen Besetzung wiedergesehn, nach der Sperrstunde; sie war auf der

Suche nach einer Apotheke für ihr Kind. Und noch was: In einigen Städten nahe der Grenze nehmen sich die Huren frei, wenn ein Soldat stirbt, waschen den Toten, kleiden ihn an und halten Totenwache. Sie geben ihm bis zur Kirche das letzte Geleit, aber mit hinein gehn sie nicht. Sie bringen ihm noch lange die Totenspeise Kolliwa ans Grab.«

Er hielt inne und zündete sich wieder eine Zigarette an.

»Die gehn dauernd aus, die Scheißdinger«, murmelte er.

»Alles feucht, was man auch anfaßt«, sagte der Steuermann. »Bist du fertig mit Reden? Eine Hure ist und bleibt eine Hure. So hat sie's gelernt, so ist sie's gewohnt. Sie mögen herzensgut sein, keine Frage. Viele heiraten sie. Gibt man ihnen 'ne Wohnung, zeigen sie Charakter. Wenn du sie heiratest, geht's den Bach runter. Es gibt drei Berufe, wo man sich registrieren lassen muß: ihrer, der von Schauspielern und unserer. Bidet, Bühne, Brücke. Jedermann kann seinen Beruf wie seine Unterwäsche wechseln, wir nicht.«

Die Glocke ließ drei doppelte Schläge und einen einzelnen erklingen. Ein Matrose ging an ihnen vorbei den Niedergang hinunter.

Der Funker steckte seine Hand unters Hemd.

»Ich bin übersät von Hitzepickeln. Machst du Talkumpuder drauf, wird er zu Brei. Schon als Junge warst du ein Dickkopf, Jerasimos. Um zum Ende zu kommen: Ich war an Bord der *Nordstern*, die die Linie Piräus–Saloniki bedient. Eine von denen saß auf ihrer Holztruhe vor der Pantry*. Häßlich wie die Nacht. Ein Matrose machte sich gleich an sie ran.

* Raum zur Lagerung und zum Anrichten von Speisen.

›Es wird Seegang geben, ich bringe dich woanders unter, wo du dich hinlegen kannst.‹

›Nein.‹

Am Abend brachte er ihr einen Teller Essen.

›Ich will nicht.‹

Um Mitternacht ging er wieder zu ihr hin.

›Zigarette?‹

›Nein, du Rindviech, du siehst doch, daß ich grade eine rauche. Find dich damit ab, von mir kriegst du nichts. Ich komm aus Vurla und fahr nach Vardaris*. Wenn ich dir gefalle, komm dorthin. Hier nicht. Fragst du etwa 'nen Krämer nach Käse, wenn du ihn am Sonntag auf der Straße triffst? Los, such dir eine aus der Ersten Klasse, und laß mich in Ruhe.‹

Eine Dame, die da, wo sie lebte, von allen hochgeschätzt war, mit vier Kindern und 'nem stattlichen Mann, schlug zur selben Stunde in der Kapitänskajüte ihre Röcke hoch wie der Hase seine Ohren. Hast du dir je überlegt, was die Nutten für ein paar Drachmen verschenken? Sie lassen sie alle ran, Krüppel, Blinde, Bucklige, solche, die bei lebendigem Leib faulen und Verbände am Körper haben, Verrückte, einfach jeden, der keine findet, die ihn liebkost. Sie leben in Bordellen, wir nennen sie Nutten. Die andern, die draußen sind, wie sollen wir die nennen? Finde mir das passende Wort dafür.«

Der Steuermann drehte sich um und ging ins Ruderhaus.

Der Morgen brach an. Ein heißer Wind zog vom Bug her auf. Ein Decksmatrose kam aus der Back und knöpfte sich die Hose zu; hinter ihm ein Maschinenmann.

* Rotlichtviertel in Athen bzw. Thessaloniki.

Dritte Wache

Stumme Wellen, hoch und hohl, schlugen über die Back, tollten kurz auf den Luken und stürzten dann in die Speigatten. Die *Pytheas* tauchte ihr Haupt unter und hob es wieder. Schon zwanzig Stunden dauerte dieses Spiel.
Der Bootsmann Vangelis aus Farsa, einem Dorf auf Kefalonia, sagte mit seiner hochmütigen Stimme zum Steuermann:
»Alles, wie du's befohlen hast. Die Schalkkeile sind nachgeschlagen. Ein paar Sturzwellen haben den Prahm gelockert. Den haben wir festgezurrt. Ich hab die Sorgleinen für das Ruder nach achtern gebracht. *All right.* Voll beladen, und trotzdem schlägt die Schiffsschraube Luft. So was hat's noch nicht gegeben! Und es wird immer stürmischer.«
»Ist gut, Vangelis, leg dich schlafen.«
Ab und zu ein Wetterleuchten im Osten.
»Diamandis!«
Er kam näher.
»Weck deinen Onkel, und sag ihm, daß das Wetter Essig ist. Wenn er will, soll er mal hochkommen.«
Wozu eigentlich? dachte er bei sich. Der macht's höchstens noch schlimmer. So ein Schwein, schifft einfach auf die Brücke!

Diamandis kam außer Atem zurück.

»Käpt'n Jerasimos, er hat gesagt, er kann nicht kommen. Er hat 'ne Wärmflasche auf den Nieren. Du sollst tun, was du für richtig hältst, und ihm Bescheid geben.«

Der Steuermann pustete in das Sprachrohr, das die Kommandobrücke mit dem Maschinenraum verband, und rief:

»Umdrehungen zurücknehmen. Halbe Kraft.«

Sofort lag das Schiff ruhiger auf dem Wasser. Das Stampfen ließ nach, als wäre das Unwetter plötzlich schwächer geworden. Der Funker kam nach oben und blieb einen Moment stehen, um sich an die Dunkelheit zu gewöhnen.

»Der Report aus Hongkong. Hier!«

»Was steht drin?«

»Der Taifun hat seine Zugbahn geändert, von Palawan Richtung Mindoro. So gesehn, ist er immer noch weit weg.«

»Soll sich zum Teufel scheren«, murmelte der Steuermann. »Das fehlt uns grade noch. Haben wir ihm vielleicht ein tüchtiges Schiff entgegenzusetzen? Selbst bei 'nem nagelneuen kennt das Meer keinen Spaß. Da muß man mehr Fahrt laufen, um sich aus der Affäre zu ziehen, sonst geht's schief. Dieser Pott hier ist der reinste Seelenverkäufer. Vierzig Jahre hat er auf dem Buckel. Jetzt ist es pure Glückssache. Hoffen wir mal das Beste. In der Biskaya, vor sechs Monaten, hatten wir das Kap Quessant gerade passiert, da trug die See plötzlich mit dem Wind 'ne Fehde aus. Vier Schiffe sind gesunken, davon zwei neue. Und vorletztes Jahr im Schwarzen Meer war der Sturm dann doch noch abgeflaut: Nord-Nordost, wir wollten schon beidrehen. Der Sturm hatte Mitleid mit uns, sonst wären wir nicht davongekommen. Sechsundvierzig, im Mai, wir waren kaum in Sydney eingetroffen, wütete der Orkan in Tasmanien. Entweder tun wir Gott leid, oder der Teufel hat uns vergessen. Aber eins weiß ich ganz genau: Eines Tages gehn wir baden.«

»Ich bin zur Positionsbestimmung gekommen«, unterbrach ihn der Funker.

»Stimmt. Laß uns gehn. Hast du den Funkpeiler kontrolliert?«

»Ja, ist 'n altes System, aber es funktioniert noch. Komm.«

Sie betraten das Kartenhaus.

»Diamandis, stell dich an den Kompaß, ich ruf dich dann.«

Der Junge nahm die Haube vom Kompaß ab und legte sie zur Seite. Licht fiel auf sein Gesicht, als er sich über das Kompaßgehäuse beugte. Er war unrasiert und abgemagert, sah angeschlagen aus.

»Einen halben Strich steuerbord, schön langsam.«

»Liegt an«, sagte Diamandis.

»Noch einen halben. Geh auf Nord-Nordost.«

»Nord-Nordost, liegt an«, antwortete der Rudergänger.

»Recht so.«

»Recht so«, wiederholte der Rudergänger.

»Und jetzt, Diamandis, läufst du runter und sagst deinem Saukerl von Onkel, daß wir auf halbe Kraft gegangen sind und den Kurs geändert haben. Und mach auch zwei halbsüße Mokkas.«

Sie traten aus dem Ruderhaus auf die Steuerbordnock der Brücke. Der Funker kramte seine Zigaretten hervor.

»Noch nicht anstecken. Erst wenn der Mokka da ist. Weißt du, Nikolas, wo die Seele des Ertrunkenen austritt?«

Der Steuermann grinste.

»Hinten. Meine Mutter hat mir das gesagt, als ich sie anflehte, mich gehn zu lassen.«

»Wenn sie es überhaupt schafft zu entweichen«, gab der Funker zurück. »Jeder Seemann hat seinen Hai. Entkommt er dem, geht's ihm noch schlimmer. Krankenhäuser, dritte Klasse. Korridore, die nach Wischwasser stinken, ein Bett am andern, Fliegen, die sich auf die Sterbenden setzen. Ich hab Angst vor dem Festland, vor der Erde. Der Meeresboden weit draußen ist sauber. Und wenn dich die Fische schnappen, kennst du sie ja schon; solange du lebst, ißt du sie schließlich auch. Stimmt's?«

Der Steuermann gähnte.

»Ein nettes Thema hast du da am Wickel. Die schönste Totenklage. Erzähl mal was anderes, damit sich unsere Stimmung bessert. Wenn du verheiratet wärst und Kinder hättest, dann würdest du alles dransetzen, um heil nach Hause zu kommen, dich an deinen Kindern zu freuen und im Kreis deiner Familie zu sterben. Jetzt bist du nicht ehrlich. Du glaubst doch selber nicht, was du da sagst. Du redest nur aus Spaß so. Warst du denn noch nie verliebt?«

Der Funker ließ sich Zeit mit der Antwort. Er ging zum Nockenhaus und schrieb mit dem Fingernagel etwas auf die beschlagene Scheibe.

»Die Wahrheit ist eine Sünde. Die gröbste, unmenschlichste Form der Lüge. Man sollte nur dann die Wahrheit sagen, wenn man dadurch jemand vor dem Strick retten kann, nur dann.«

»Und, hast du je die Wahrheit sagen müssen?«

»Nur einmal, und ich bezahle heute noch dafür.«

»Hast du denn jemand vor dem Strick gerettet?«
»Ich hab meinen eigenen Kopf hinhalten müssen.«
»Erzähl.«
»Ich war fünfzehn, ging in die siebente Klasse. Ich war ein Lügner, Puffgänger und Dieb. Jeden Nachmittag war ich im Vurla-Viertel. Ich verkloppte ein paar Bücher, klaute Geld aus der Börse meines Vaters und kam so über die Runden. Damals machte gerade ein Bordell auf, ›Bei Athina‹, in der Nähe des Bahnhofs. Siebzig Drachmen. Siebenmal so teuer wie in Vurla, sogar teurer als bei Archondo. Das waren Mädchen! Eine aus Saloniki, die hatte sich gerade erst registrieren lassen. Das Geld dafür konnte ich kaum aufbringen. Es reichte nicht mal für einmal die Woche. Da fiel mir dieser unselige Ring ein, den meine Mutter nie getragen hat. Aus Gold, mit kleinen Diamanten. Ich hatte ihn oft in ihrem Schrank liegen sehen, in ein Stückchen Papier gewickelt, ganz woanders als ihr übriger Schmuck. Nichts leichter, als ihn mitgehen zu lassen. Über die Feiertage hatten wir Ferien. Ich machte mich auf die Suche nach meinem älteren Vetter, der mit allen Wassern gewaschen war, aber er war nirgends zu finden. Ich ging zu 'nem Pfandleiher, aber der schmiß mich raus. Ein anderer bot mir hundert Drachmen für den Ring. Ich spuckte vor ihm aus und haute ab. ›Was soll's‹, dachte ich, ›am Nachmittag werd ich ihn bestimmt los.‹ Als ich die Treppe zum Haus hochstieg, hörte ich Coco, unsren alten Papagei, eine seiner üblichen Parolen rufen: ›Dieb ... Dieb ...‹ Ich hörte das nicht zum ersten Mal, aber irgendwie störte es mich in diesem Moment besonders. Als ich in den Flur trat, merkte ich sofort, daß ich in der Patsche saß. Meli, unser Dienstmädchen damals, ein

süßes Ding, stand verweint da, ihr Bündel in der Hand. Neben ihr tobte meine Mutter:

›Wenn du die Wahrheit sagst, wird dir nichts geschehen.‹

Mir war gleich alles klar. Einen Moment schwankte ich. Aber ich war aus dem Alter raus, wo alle Kinder Verbrecher sind. Mit Meli gab es 'ne Vorgeschichte. Ich war ihr schon öfter auf die Pelle gerückt, aber sie hatte mich abblitzen lassen. Außerdem hatte sie's meiner Mutter gepetzt. Vor ihren Augen hatte ich welche übergebraten gekriegt. Ich haßte sie. Verweint und gerötet, war sie jetzt schöner denn je.

›Was ist?‹ fragte ich.

›Geh rein und iß was‹, sagte meine Mutter.

›Ich geh nirgends hin. Sagt mir erst, was hier los ist. Was gibt's denn? Vielleicht weiß ich ja was.‹

Meine Mutter, die Kefalonierin, schaute mich von der Seite an und sagte:

›Ein Ring ist verschwunden. Heute morgen hab ich ihn noch mit eigenen Augen gesehn. In meiner Kammer war niemand außer ihr, sie hat dort geputzt. Und jetzt gehst du essen.‹

Ich steckte die Hand in meine Westentasche, holte den Ring hervor und hielt ihn mit zwei Fingern hoch.

›Hier ist er ...‹

Melis Augen, ihre schönen, verweinten Augen, weiteten sich. Die meiner Mutter wurden schmal wie Schlitze.

›Wo hast du ihn gefunden?‹

Nie werde ich den Klang ihrer Stimme vergessen. Nicht wütend, sondern verzweifelt.

›Ich hab ihn nicht gefunden. Ich hab ihn heute früh weggenommen. Ich hab ihn geklaut und wollte ihn verkaufen. Hier.‹

Ich lief los in Richtung Flur und prallte gegen meinen Vater, der sich grinsend über den Bart strich. Mein Vater, der Schmuggler von Laoag, der Kartenspieler von Tianjing, im Alter dann der Krämer vom Passalimani-Viertel in Piräus, der unbarmherzigste Mensch, den ich kenne, hatte mir in diesem Augenblick schon verziehen. Mit meiner Mutter blieb die Rechnung offen.«

»Und Meli?«

»Meli ... vor ihren Augen wurde ich in der Waschküche gedemütigt. Und obwohl meine Mutter sie zur Unterstützung mitgenommen hatte, jagte sie sie raus, als sie mit mir fertig war, als ob Meli aus eigenem Antrieb mitgekommen wäre. Einige Tage später, an 'nem Sonntag, als niemand außer uns beiden zu Hause war, kam Meli ganz dicht an mich heran. Ich machte gerade meine Hausaufgaben. Ich spürte ihren Atem, er streichelte mich, er brannte auf meiner Haut. Sie roch nach billigem Veilchenparfüm.

›Machst du Hausaufgaben?‹

›Ja.‹

›Willst du nicht ausgehen?‹

›Nein.‹

›Soll ich bei dir bleiben?‹

›Nein.‹

Sie strich mir über den Kopf.

›Wenn du willst, gehe ich auch nicht aus ... Danke für neulich ... Und, weißt du, falls du irgendwas brauchst ...‹

›Ja, bring mir von Jorgos' Kiosk eine *Eva* mit, wenn du zurückkommst.‹

›Weiter nichts, Herr Nikos?‹

›Nein.‹
Dann ist sie gegangen.«
»Hast du seitdem wieder gestohlen?«
»Ja, oft. Als wir in Spanien auseinandergegangen sind, hab ich als Assi auf 'nem großen Passagierschiff angemustert. Ich war verantwortlich für eine Ladung Stückgut. Sie wurde am Silvestertag 1930 um Mitternacht in Piräus gelöscht. Die Hafenarbeiter hatten 'ne Kiste mit französi-

schen Weckern zerbrochen. Wir haben uns jeder einen genommen und die Kiste fein säuberlich wieder zugenagelt, samt Metallbändern. Ich steckte meinen Wecker in den Overall, ging an Deck und steuerte auf meine Kammer zu, um die Sachen in Sicherheit zu bringen. Schokolade hatte ich nämlich auch noch in den Taschen. Die wollte ich einem Mädchen aus Lesbos schenken, Amersa hieß sie. Draußen vor der Ersten Klasse unterhielt sich der Alte mit dem Zahlmeister Makris. Sie riefen mich zu sich. Ich blieb etwas abseits stehn.
›Ist Luke drei klar?‹ fragte mich der Zahlmeister.
›Ja‹, antwortete ich. ›Sie machen gerade die Lukendeckel dicht.‹
›Komm doch näher‹, sagte mein Onkel. ›Habt ihr auf die Kisten mit den Weckern gut aufgepaßt?‹
›Jawoll, Käpt'n Jorgos.‹
›Gut. Zieh dich um, dann kannst du nach Hause zu deiner Mutter.‹
Ich atmete auf und wollte gerade verschwinden. Ausgerechnet in dem Augenblick – keine Ahnung, ob der Teufel mich auf dem Kieker hatte oder die Hafenarbeiter den Wecker zum Spaß aufgezogen hatten – hörte man 'nen fürchterlichen Radau aus meinem Overall. Der Wecker

machte einen ohrenbetäubenden Lärm. Bevor sie kapierten, was los war, war ich schon auf dem Oberdeck und hatte ihn versteckt.
›Mistkerl‹, sagte mein Onkel, als er meine Kammertür aufstieß, ›Dieb. Kannst von Glück reden, daß morgen Neujahr ist.‹«
Jerasimos lachte.
»Ob du's glaubst oder nicht, achtzehn Jahre ist das jetzt her, den Wecker, den gibt's immer noch, und er tickt und tickt. Und du, hast du schon mal was geklaut?«

»Ich hab auch schon ein paar Laderäume ausgeräumt, für die ich zuständig war. Einmal hab ich 'ne Kiste mit braunen Schuhen aufgebrochen. Schweinsleder, aus England. Ein Dutzend Paare, jedenfalls dachte ich das. In der Nacht rief ich den Tallyvormann* zu mir, damit wir halbe-halbe machten. Ich war richtig stolz. Er, ein patentierter Dieb, schüttelte nur den Kopf und sagte:
›Du Stümper, wie konntest du bloß so reinfallen! Das sind doch alles rechte Schuhe.‹
›Wir finden ganz bestimmt auch die Kiste mit den linken‹, antwortete ich.
Von wegen. Der Verlader hatte ganze Arbeit geleistet. Beim nächsten Trip, im selben Hafen, löschten wir wieder Kisten mit Schuhen. Zum Test holten wir ein paar aus der Versenkung, alles schwarze Schuhe, linke. Der Verlader, ein Jude, hatte die Ladungen auf zwei, vielleicht drei Reedereien verteilt.«
»So 'n Pech aber auch. Und, was habt ihr mit den Schuhen gemacht?«
»Hör dir das an: Wir haben sie in Piräus an einen verkauft, der sich mit allen möglichen Gelegenheitsarbeiten durch-

* Der Oberste der Stauer.

schlug. Zwei Wochen später war er wieder da und wartete draußen an der Pier.

›Wenn du wieder mal einzelne Schuhe hast, nehm ich sie dir ab‹, sagte er.

Ich war verdattert.

›Starr mich nicht so an. Nicht eine Krücke hab ich ausgelassen. Ich hab alle Treffpunkte der Einbeinigen abgeklappert, war sogar in ihrem Verein. Hab alle Einbeinigen mit Schuhen versorgt und ihnen obendrein 'nen Gefallen damit getan.‹«

Die *Pytheas* tauchte sacht in die Dünung. Der Sturm schien seine Kraft zu verlieren.

Jerasimos ging in das Ruderhaus, machte Licht an und kam wieder heraus. Er stellte sich neben den Funker, steckte sich eine Zigarette an und fragte:

»Ob du dich je verliebt hast, hab ich dich vorhin gefragt.«

»Nein, nicht daß ich wüßte. Ich war immer auf dem Sprung, immer mit dem Koffer in der Hand. Bei mir zu Hause, gleich hinter der Tür, stand ein gepackter Seesack. Ich hatte nie Zeit. Und du?«

»Ich? Mich hat's einmal erwischt. Tut immer noch weh … Wir lagen vier Monate in Saigon fest. Schon am ersten Tag hatten sich alle eine geangelt. Manche haben sie mit aufs Schiff geschleppt, andere sind zu ihnen an Land gegangen. Ein Chinese, Vorarbeiter bei den Schauerleuten, machte für mich den Mittelsmann, damit ich mir eine kaufen konnte, wie das damals üblich war. Er brachte mich in ein Armenviertel, wo es nach Knoblauch und vergammelten Eiern stank. Das Familienoberhaupt hatte bestimmt sieben Töchter, dazu noch ein paar Söhne.

›Such dir eine aus‹, sagte er. ›Wenn du einen Jungen willst, brauchst du dich nicht zu genieren. Aber ich rate dir zu der hier.‹
Und er zeigte mir eine dreizehnjährige Göre, dreckig und ungekämmt.
›Von ihrem Äußeren darfst du dich nicht abschrecken lassen‹, sagte er, ›in zwei Tagen wird sie hinreißend sein.‹ Dann rief er sie: ›Tao!‹ Die Kleine kam näher, mit gesenktem Kopf. ›Schau dir diese Augen an! ... Hier, faß mal hin‹, sagte er, ›wie Gummi! Sie braucht nur was zu essen.‹ Ich zahlte fünfzehn Dollar, und wir zogen ab. Ich brachte sie in einen Laden. Dort wurde sie gewaschen und neu eingekleidet. Eine Stunde später nahm ich sie in Empfang. Sie war nicht wiederzuerkennen. Ihr Frätzchen strahlte. Unterwegs zum Schiff hielt sie sich an meinem Jackenzipfel fest und hüpfte, um mit mir Schritt halten zu können. Wir machten halt bei einer Konditorei. Sie aß die Kuchenstücke mit der Hand und lachte dabei. Inzwischen war es dunkel geworden. Ich feilschte mit 'nem Straßenhändler um ein Korallenarmband, sie suchte sich aber einen Ball und einen Kreisel aus und ließ das Armband liegen. Als wir aufs Schiff gingen, sah uns Käpt'n Jannis aus Spartia auf Kefalonia, Gott hab ihn selig. Er spuckte gleich zweimal vor mir aus.
›Mistkerle, einen Kindergarten habt ihr aus meinem Schiff gemacht. Jeder von euch zahlt pro Tag einen Shilling neun für das Essen der Mädchen. Merkt euch das.‹ Zum Chief* gewandt, sagte er: ›Ein Kanister Petroleum ist heute schon draufgegangen, nur um sie zu entlausen. Saubande ...‹

* Leitender Ingenieur.

Als wir uns in die Koje legten, merkte ich, daß die Kleine noch nie zuvor mit 'nem Mann zusammengewesen war. Sie verdrehte den einen Arm und preßte sich den Handrücken auf die Augen. Ihre Zähne knirschten – ich weiß nicht, vielleicht verhalten sich alle so beim ersten Mal, mir ist das jedenfalls nicht wieder untergekommen –, und mit der andren Hand nestelte sie nervös an dem Kreuz herum, das ich auf meiner Brust hängen hatte.

›Warum weinst du, Tao?‹ fragte ich sie in gebrochenem Englisch.

›*No, no Sorr ... go on ... Please put on the light.*‹

Immer stand sie vor Morgengrauen auf, kochte mir Tee, putzte meine Schuhe und räumte anschließend die Kajüte auf. Sie kannte weder Bug noch Heck. Dafür hatte sie kochen gelernt. Stell dir vor, sogar Käpt'n Jannis, das Tier, brachte ihr Bonbons und glasierte Äpfel aus der Stadt. Die andren Mädchen waren faul und dreckig, lagen den ganzen Tag in den Kammern oder auf dem Vordeck rum und kratzten sich zwischen den Beinen. Dann bekamen wir eine Order für Bordeaux. Nun sah sie, wie die andren ihre kostbare Aussteuer einpackten und mit mürrischen Gesichtern die Gangway runterliefen. Schon am Vorabend hatte ich versucht, es ihr schonend beizubringen. Die ganze Nacht lang hatte sie geweint und geklagt. Ich hatte das Recht, sie mitzunehmen, schließlich hatte ich sie ja gekauft. Aber der Alte wollte nichts davon hören. Und wohin hätte ich sie auch mitnehmen sollen? Ich hatte gerade erst mein Patent gemacht. Und meine Mutter, die duldete so was nicht. Ich sprach mit dem Vorarbeiter, der sie mir vermittelt hatte.

›Wegen so was machst du dir Gedanken?‹ sagte der Kuli mit einem verschlagenen Lächeln. ›Du kannst sie im Handumdrehen an ein Bordell verkaufen und kriegst dein Geld wieder raus.‹

Mir lief ein Schauder über den Rücken.

›Oder du bringst sie nach Hause. Am besten läßt du sie an der Pier stehn, dann kann sie selbst entscheiden.‹

Am Nachmittag sagte ich ihr, daß sie sich anziehen sollte. Sie schlüpfte in ihre europäische Kleidung, ein grünes Kostüm und Stöckelschuhe, und wir gingen los. Schweiß rann ihr über die Stirn. Ununterbrochen knirschte sie mit den Zähnen, wie damals, in der ersten Nacht. Die Rikscha hielt vor ihrer Hütte. Plötzlich griff sie nach meiner Hand und drückte sie ganz fest ... An der Tür zögerte sie und sah die dreckige Gasse hinunter. Dann traten wir ein. Der Alte sah uns böse an. Wir zerrissen den Kaufvertrag. Mir fiel auf, daß sie nervös mit den Papierschnipseln spielte. Da hätte ich eigentlich gehen müssen. Aber ich stand stumm da, und meine Beine fühlten sich schwer an wie Blei. Tao war auf die Knie gefallen und hielt meine Jacke fest ... Bevor ich dann um die Ecke bog, hörte ich noch ein Geräusch, wie 'ne reißende Geigensaite, als ob der Wind ein Segel zerfetzt. Ich begann zu rennen. Mindestens zwei Meilen. Erst in der Catinatstraße, beim Laden mit dem Schmuck und dem Spielzeug, blieb ich stehn. Ich hielt mich an 'nem Pfosten fest und übergab mich. ›Cholera ... Cholera!‹ schrien zwei Chinesen und rannten weg.

Am nächsten Tag liefen wir aus. Oft bin ich nach Saigon zurückgekommen. Der Vorarbeiter war gestorben. Das Viertel, in dem sie gewohnt hatte, war 'nem Park und 'ner französischen Schule gewichen. Kein Bordell, kein Kabarett, keinen Club, keine Opiumhöhle hab ich ausgelassen, überall hab ich nach ihr gesucht. Nichts. Nur ihr Weinen besucht mich nachts.«

Der Steuermann hielt kurz inne.

»Das Schiff giert nach Steuerbord, Scheiße, Mann. Bleib auf Kurs.«

Im Maschinenraum blies jemand in das Sprachrohr, und oben auf der Kommandobrücke war ein schriller Pfiff zu hören.

»Ja. Haltet die Fahrt. Wenn es morgen früh abflaut, erhöhen wir sie«, rief Jerasimos hinunter.

Er stöpselte das Sprachrohr zu und drehte sich um.

»Wo ist Diamandis? Wo ist dieser Bastard? Seit einer Stunde ist er verschwunden. Und wo ist der Rudergänger?«

Er holte seine Trillerpfeife raus und pfiff.

Der Funker hauchte gegen die Scheibe des Nockenhauses und zeichnete etwas mit dem Fingernagel drauf.

Vom linken Niedergang kam der Rudergänger hoch und ging verstohlen in das Ruderhaus. Vom rechten Diamandis. Die Wut des Steuermanns legte sich.

»Warum versteckst du dich, Junge?«

Keiner antwortete.

Der Funker rief den Assistenten zu sich. Sie sprachen leise.

»Bist du sicher?«

»Ja.«

»Seit wann?«

»Gestern hab ich's zum ersten Mal bemerkt.«

»Warum hast du nichts gesagt?«

»Ich hab's euch doch gesagt … gestern.«

»Sobald du abgelöst wirst, kommst du in meine Kammer.«

»Ich komme auch«, sagte der Steuermann. »Gibst du einen aus?«
»Hab nicht gerade viel da. Aber gut, ich erwarte euch.«
Jerasimos sah voraus und blieb eine Weile reglos stehen. Dann ging er zum Nockenhaus, riß ein Streichholz an und hauchte gegen die Scheibe. Er heftete seinen Blick darauf.
»Dieser Mistkerl«, murmelte er. »Dieser Hurensohn.«
Dann wischte er das Fenster mit dem Ärmel ab und kehrte zum Rudergänger zurück.

»Hart Steuerbord. Halt auf das grüne Licht zu, das uns entgegenkommt.«
»Hart Steuerbord ..., was entgegenkommt.«

Die Kammer des Funkers. Niedrige Decke, lang und schmal. Eine ungemachte Koje. Ein dreckiges Waschbekken und darunter eine Pütz trübes Wasser. Ein Tisch an der Wand, überhäuft mit Büchern, Zetteln, Streichholzschachteln, einer alten Geldbörse, einer chinesischen Tabakdose und verstreuten Zigaretten. Ein Aschenbecher voller Kippen. Auf dem Bett, auf dem Boden, auf dem Stuhl, überall verstreute Zigaretten. Die Konsole über dem Waschbecken beladen mit Arzneimitteln: Opobyl, Karlsbader Salz, *Fruit salt* und Lodone. An eine Leine, die von einer Zimmerecke zur andren gespannt war, hingen eine schlecht gewaschene Unterhose, ein Unterhemd und ein Paar Socken. Auf dem Boden ein offener Karton *Craven A*, etwas weiter weg eine halbvolle Kiste mit Äpfeln und Apfelsinen, die einen leichten Schimmelgeruch verströmten. Die Wände waren bedeckt von Farbabbildungen aus der *Life*.

Der Funker, mit nacktem Oberkörper, streute Talkumpuder auf die Pickel auf Schultern und Brust. Steuermann Jerasimos stand in der Tür.
»Setz dich«, sagte der Funker, »ich bin fertig.«
»Gibt's hier vielleicht einen Platz zum Hinsetzen? Du erstickst ja im Dreck. Wie oft macht der Steward bei dir sauber?«
»Der Ärmste kommt jedesmal, wenn ich gerade schlafe.

Macht nichts, ist besser so. Immer wenn er hier saubermacht, bringt er mir meine Ordnung durcheinander. Mit meiner Mutter hatte ich auch immer Streit, wenn sie mir Bücher und Papiere durcheinanderbrachte ... Nimm dir eine Zigarette. Soll ich dir 'nen Apfel schälen?«
»Nein.«
»Willst du Ananas?«
»Und was für Wasser sollen wir dazu trinken? Vielleicht das aus der Pütz hier, in der du deine Füße wäschst, oder das aus deiner Flasche, die nicht mal mit scharfem Soda sauberzukriegen ist? Eine Zigarette nehme ich. Warte mal. Was hat das mit den vielen Zigaretten eigentlich zu bedeuten? Wo man auch hinsieht, überall fliegen sie herum. Und egal, wen du triffst – ich hab dich oft dabei beobachtet –, dem hältst du gleich die Schachtel hin. Sind die geklaut, oder hast du sie geschenkt gekriegt? So 'ne Verschwendung, versteh ich nicht. Was soll das?«
Der Funker warf die Talkumdose in ein Regal und setzte sich auf einen Hocker. Der Steuermann hatte sich in der Koje ausgestreckt und ein zusammengefaltetes Kissen hinter den Kopf gestopft.
»Du stellst Fragen! Wenn mich wer anders fragen würde, dann würde ich antworten: Weil's mir Spaß macht. Du

kennst doch das Elend mit den Zigaretten. Wenn du keine hast, dann …«

»Ich hab's im Gefängnis erlebt.«

»Es ist noch schlimmer, wenn du draußen bist. Im Albanienkrieg. Ich hatte zwei Tage vorher meine Einheit verloren. War durchnäßt, hungrig und ohne Zigaretten. Der Morgen war angebrochen. Ein wunderschöner Tag. Nikolaustag. Die Sonne spielte auf dem nassen Grün. Ich marschierte immer weiter, im Schlepptau ein hungriges Maultier. Irgendwann kam mir ein Soldat entgegen.

›Wie siehst du denn aus?‹

›Wie soll ich schon aussehen? Bist du vielleicht auf die dritte Schwadron der Sanitäter gestoßen?‹ fragte ich.

›Ja. Die kampieren drei Stunden von hier, beim Kloster von Pepeli. Immer geradeaus.«

Ich wollte schon weitergehen, da sagte er:

›Warte mal.‹

Er machte seinen Rucksack auf und schnitt mir ein Stück Kommißbrot ab. Kaum hatte er sich umgewandt, da kam er noch mal zurück, öffnete eine Zigarettenschachtel, die rote, *Nummer Zehn*, und gab mir eine. Ich nahm sie in die Hand und sah sie an. Da legte er mir noch eine auf die Handfläche und ging schnell weg.

›Wie heißt du?‹ rief ich ihm nach. ›Halt … wie heißt du?‹

›Ich heiße Soldat‹, rief er, indem er die Hände zu einem Trichter formte. ›Beeil dich, sonst erwischt dich die Dunkelheit, die brechen bald auf.‹

Ich sah ihm nach, bis ich ihn aus den Augen verlor. Ich legte das Brot in meinen Sack, streckte mich unter einem Baum aus und zündete die Zigarette an … Komm näher,

Diamandis. *All right.* Jetzt beug deinen Kopf runter. Noch tiefer.«

Unter dem blonden, spärlicher gewordenen Haar des Jungen lagen weiße Schuppen.

»Vom Meer können einem auch die Haare ausfallen, Diamandis, hast du nie davon gehört? Also, ein für allemal: Ich sehe nichts, was dich beunruhigen müßte. Was macht der Pickel?«

»Unverändert. Ab und zu blutet er.«

»Das ist normal, wenn er verheilt. Weißt du, diese Breiten, in denen wir fahren. Ein Scheißklima ist das. Was willst du da anderes erwarten? Wenn wir erst mal im Hafen sind, brauchst du dir keine Sorgen mehr zu machen. Wir gehn zusammen zum Arzt. Und danach gibst du einen aus. So, geh jetzt schlafen, und wenn dir im Traum ein Mädchen erscheint, jag es fort, damit du frisch bist, wenn wir ankommen.«

»Und was ist mit den Kopfschmerzen?« fragte der Junge, während er sich wieder anzog.

»Haben wir doch alle. So, zieh Leine.«

Kurz darauf waren seine Schritte auf den Planken nicht mehr zu hören.

»Der ›große Orden‹ … Ich hab's ja gleich gesagt. Und es schreitet fort. Hast du Penizillin?«

»Ja.«

Der Funker kratzte sich nervös am Kopf.

»Es wär falsch, ihm was zu verpassen. Ich hätte 'nen ganzen Satz Bismut, aber das wär auch nicht richtig. Was ist, wenn er die Krankheit gar nicht hat? Bin ich vielleicht Arzt? Mit der ersten Spritze ist er negativ, auch wenn er's hat. Verflixte Sache, verstehst du. Und trotzdem, dieses

Mal. *Di Castel* heißt das. Sonnenklar. Was für eine Angst er hat! … Ich hatte am Anfang auch Angst. Daß mir die Nase abfällt.«

»Und ich, daß ich blind werde. Du darfst das nicht falsch verstehen, wenn ich ihn anschnauze. Ich hab ihn gern, den Rotzlümmel. Hast du den Vater gekannt?«

»Nein. Nur vom Hörensagen.«

»Der ist auf der Brücke verrückt geworden. Davon wird der Junge Wind bekommen haben. Bist aus unsren Dör-
fern und hast den nicht gekannt! Hat sich denn keiner gefunden, der dir das gesteckt hat? So aus Gefälligkeit? Liebst du Kefalonia?«

»Ja, die Landschaft. Aber sie ärgern die Verrückten, die Krüppel. Das will einfach nicht in meinen Kopf rein.«

»Blödsinn … In allen Dörfern der Welt ärgern sie die.«

»Aber bei uns zu Hause machen sie sie erst verrückt, damit sie was zum Lachen haben.«

»Du übertreibst. Du bist störrischer als ein Esel. Wo waren wir stehengeblieben, bei den Zigaretten?«

Er gähnte und rieb sich die Augen.

»Laß mal, morgen ist auch noch 'n Tag. Dann haben wir wieder was zu reden. Laß uns ein paar Runden schlafen.«

Der Steuermann stand auf und klopfte sich die Asche von den Shorts.

»Ich werf mal einen Blick nach oben. Weißt du, der alte Mann ist manchmal nicht ganz da auf der Brücke.«

»Nickt er ein?«

»Kann man so nicht sagen. Also, wie soll ich's ausdrücken … Er wird träge.«

»Der Arme. Wie viele Jahre hat er auf dem Buckel?«

»Fünfundsechzig und ein paar Zerquetschte. Wie die Zeit

vergeht! Jahrelang war er unübertroffen. Und was für ein Schiffsführer … ein Seebär.«

»Schönen Tag noch. Ich geh jetzt den Toten Gesellschaft leisten.«

Im Weggehen zog der Steuermann die ausgebleichte kirschrote Gardine vor.

Vierte Wache

Buenos Aires, soll's doch brennen, Cardiff untergehn.
Aber der armen Skipper Straad möge Gott beistehn.

Seit dem Morgen hatte es nicht aufgehört zu regnen.
Der Steuermann trug sein Ölzeug und schob Wache neben dem Steuerhaus. Ab und zu holte er das Fernglas heraus, steckte es aber schnell wieder ins Futteral zurück.
»Ausguck ...«
»Ich bin's, Käpt'n Jerasimos, Polychronis.«
»Lauf runter, und mach das Licht im Salon aus. Es behindert die Sicht. Dann gehst du beim Funker vorbei und sagst ihm, daß er hochkommen soll, wenn er nichts zu tun hat. Beeil dich.«
»*All right*, Käpt'n Jerasimos. Bin schon unterwegs.«
»Diamandis, wirf einen Blick auf die Positionslampen, und dann hältst du Ausschau steuerbord voraus. Wenn du aufs Klo mußt, sagst du mir Bescheid. Warum hast du kein Ölzeug an?«
»Mir ist zu warm.«
Der Steuermann schob ein Fenster des Nockenhauses hoch und wischte von beiden Seiten darüber. Er streifte die Öljacke ab, hängte sie an einen Nagel und sah dann unablässig voraus. Das Wetter erinnerte ihn an die Regenfälle in seinem Dorf. Zwei, drei, vier Tage lang. In dieser Zeit

öffneten sie die Ledersäcke mit dem Käse, und es gab frisches Öl. Den roten Vostilidiwein, der nach Holzfaß roch. Zur Schule war es eine Stunde zu Fuß. Er blieb zu Hause und las in dem *Robinson* mit den zerfledderten Seiten. Das gut duftende Essen. Meist warteten sie auf einen Brief und etwas Geld aus Argentinien, aus Kanada oder aus Marseille. An einem solchen Tag kam die Nachricht, daß sein Vater im Schwarzen Meer ertrunken war, nicht weit vom Bosporus. Und als er sich mit sechzehn selbst aufmachte, um auf seine erste Reise zu gehen, regnete es auch.

»Nichts als Krankheit bringt einem dieser Regen«, brummte er.

Polychronis kam polternd hoch.

»Ich hab's nich ausgemacht, weil der Alte liest. Ich hab aber die Vorhänge zugezogen. Wenn's dich weiter behindert, sagt er, macht er's aus. Der Funker, der kloppt da mit dem Rosthammer rum, 'n Radau is das, muß man gesehn haben ... der reinste Weltuntergang. Der wird's wohl nich mehr lange machen hier, wie der andre Funker ... Ich hab die ganze Zeit mitgehört, wie der sich selber was erzählt. Nimmt so 'n Heft, schlägt's auf und schmeißt es wieder weg. Und diese nackten Weiber, die der da an den Wänden in seinem Schweinestall von Kammer hängen hat ... Vollkommen behämmert, wirklich. Eines Tages geht der uns achtern über Bord, da sei dir man ganz sicher ...«

»Hast du ihm gesagt, daß er raufkommen soll?«

»Nee, als ich zu ihm ging, hat er mir 'n Zeichen gegeben, ich soll weggehn. Is das 'n Landsmann von uns?«

»Ja, aus Erissos. Aber er ist in der Gegend geboren, wo wir jetzt hinfahren.«

»Wie, seine Alten waren Chinesen?«
»Natürlich nicht, Junge, die waren aus Kefalonia.«
»Haste gesehn, in was für 'nem Aufzug der rumläuft? Sein Hosenstall hat nich mal 'n Knopf dran. Und der will jahrelang auf Passagierschiffen gefahren sein. Is er da etwa auch so rumgelaufen?«
Er drehte sich plötzlich um und sah den Funker neben sich stehen.
»Oh! Hochachtung, ich war grad bei dir, aber da haste gesendet.«
»Los, brüh uns zwei Mokkas. Hol aus meiner Kammer die Kiste mit dem guten. Und tu nicht zuviel Zucker rein«, sagte der Steuermann.
»Kann ich mir auch einen machen?«
»Ja, Nervensäge, aber du trinkst ihn doch süß wie Sirup. Wie spät hast du's?« fragte der Steuermann den Funker.
»Fünf nach zwei ... Um Mitternacht, als ich grade hochkommen wollte, kam der Alte in den Funkraum.
›Kriegst du Verbindung mit Piräus?‹ fragte er.
›Ich kann's versuchen.‹
›London?‹
›Schon eher.‹
Er gab mir zwei ellenlange Depeschen für die Reederei. Der kann Griechisch nicht mal mit lateinischen Buchstaben schreiben. Erst jetzt bin ich damit durch. Nichts als atmosphärische Störungen und Interferenzen. Auf der Antenne sind die Funken nur so weggestoben. Einen schönen Zeitpunkt hat er sich da ausgesucht! Immer noch raucht mir der Kopf davon. Was hat Polychronis eben zu dir gesagt?«
»Was soll der schon gesagt haben, der Arme ... Total ver-

rückt ist der. Mit zwölf war er Schiffsjunge auf ’nem Kahn aus Farsa und ist vom Mast gefallen. Als ihm die Frau weggelaufen ist, drei Tage nach der Hochzeit, hat ihm das den Rest gegeben. Und der ist noch jung, erst um die Dreißig. Warum haben die ihm das Mädchen damals überhaupt gegeben? Schön war sie, hatte das Gymnasium in Argostoli besucht. Er kam nach der deutschen Besetzung zurück ins Dorf, hatte gearbeitet und war vollgepackt mit Geld, Lebensmitteln und Kleidung. Ihre Sippe hungerte. Da haben die sie ihm halt gegeben. Was daran komisch ist: Sie wollte ihn auch. Steigt einer durch bei den Frauen? Keine Woche hat es gedauert, da ist sie schon wieder nach Hause.«

»Schön und gut, aber hat sie nicht gesagt, warum?«

»Was weiß ich, es heißt, er hätte ’nen besonders großen ...«

»Ach was. Das wär doch ein Grund gewesen, ihn gerade nicht zu verlassen. Das soll wohl ein Witz sein!«

»Außerdem sagen sie, daß ... schscht, er kommt.«

Polychronis kam mit dem Mokkatopf und zwei kleinen Tassen hoch. Er stellte sie auf dem Schanzkleid ab und schenkte ein.

»Und für dich?« fragte der Steuermann.

»Ich hab ’n bißchen was dringelassen. Ich trink aus’m Topf.«

»Wie viele Kakerlaken pro Nase?« fragte Jerasimos weiter.

»Konnte se nich zählen, als se reingefallen sind.«

Er schlürfte laut beim Trinken.

»Sag mal, Polychronis, warum heiratest du nicht?« fragte der Funker unvermittelt.

Polychronis erstarrte, den Mokkatopf an den Lippen. Er

versuchte, im Dunkeln die Augen dessen zu erforschen, der ihn angesprochen hatte. Dann schlürfte er den Mokkasatz und antwortete:

»Aber … ich war schon mal verheiratet, Landsmann. Hab eben kein Glück gehabt. Is auf ’ne Trennung rausgelaufen.«

»Heirate noch mal. Frauen gibt’s doch genug.«

Jerasimos stieß den Funker mit dem Ellenbogen an, aber der wich aus und ließ sich nicht beirren:

»Mach Kinder, vergiß das Meer …«

»Meister Nikos, mir is bang vor den Frauen. Vor den Lukensüllen und vor den Frauen. Beide sind se glitschig, und bei beiden kannste dir den Hals brechen. ’n zweites Mal steh ich das nich durch.«

»Warum habt ihr euch getrennt? Einfach so?«

»Och … wie soll ich sagen, is ’ne lange Geschichte. Weiß ich vielleicht, was in der ihrem Kopf rumgeschwirrt is in den drei Nächten?«

»Vielleicht war in der ersten …«

Der Steuermann hüstelte ein paarmal. »Hör zu, Polychronis …«

»Nimm’s mir nich krumm, Käpt’n Jerasimos, ich geh gleich. Aber du siehst ja, ich kann nix dafür, unser Landsmann hier fragt und fragt.«

»Laß ihn doch, Jerasimos. Er hat doch nichts zu tun. Wir beide haben mehr gesehn im Leben, vielleicht fällt uns was dazu ein.«

»Hat hier jemand etwa ein schlechtes Gewissen? Ich hab doch gar nichts gesagt. Ich kann vor lauter Geradeausgukken schon kaum mehr aus den Augen sehn. Ich hör gar nicht, was ihr da redet. Kümmert euch nicht um mich.«

Er zog sich etwas zurück.

Nun war kein Halten mehr. Polychronis kam näher an den Funker heran und begann, hastig und wirr draufloszureden; ab und zu warf er dem Steuermann einen Blick zu.

»Also, Meister Nikos, wo wir schon mal dabei sind, sag ich's dir jetzt genau so, wie's passiert is, gleich beim ersten Mal. Ich schwör dir, bei meinem Augenlicht, ich hab's nich mal meiner Mama erzählt, die's ums Verrecken aus mir rauskriegen wollte. Auch nich 'm Popen. Aber wehe, du sagst 'n Wort, die Geier hier lauern nur auf so 'ne Gelegenheit ...«

»Wir sind doch keine Kinder mehr, Polychronis. Wenn du Schiß hast, behalt's für dich.«

»Also, wir hatten gegessen und 'n Faß Rombola getrunken, da nimmt mich meine Mutter beiseite und sagt:

›Und nicht zu stürmisch mit ihr, ich sag dir das zu deinem eignen Besten. Immer schön sachte.‹

Wir sind dann nach Hause gegangen. Als wir in die Kammer kommen, setzt se sich aufs Bett, ich schließ die Tür ab und leg den Schlüssel auf den Glasschrank. Da steht se plötzlich auf und sagt:

›Schließ sofort die Tür auf, Polychronis, sonst verlasse ich das Haus.‹

Ich wußte überhaupt nich, was los war.

›Warum denn?‹

›Mir ist bang. Schließ auf.‹

›Bang vor mir, Marioleni?‹

›Weiß nicht. Schließ auf, und mach das Licht aus.‹

Ich tu also, was se sagt. Schon als Junge, als ich das erstemal ins Vurla-Viertel ging, und später, als ich längst weg war von zu Hause, überall, wo ich hingegangen bin, egal,

mit welcher Frau ich's getrieben hab, immer hatte ich die Tür verriegelt und das Licht an. Kurz und gut: Nix passierte. Eine Stunde ... zwei ... es wurde schon hell draußen. Nix. Zum ersten Mal so 'ne Pleite. In der Morgendämmerung konnt ich ihr Gesicht erkennen, gelb war's, wie Schwefel aus Catania. Und mittenmang, ich weiß nich, wie, berührt se mich mit der Fußsohle, war bestimmt keine Absicht ...«
»Polychronis, das Log!« brüllte Steuermann Jerasimos.

»Sekunde, ich will nur kurz zu Ende erzählen, Käpt'n Memas, dann geh ich.«
»Du gehst jetzt sofort und siehst nach dem Log, verdammt noch mal, Dickschädel!«
Polychronis rannte den Niedergang runter. Fünf Minuten lang waren nur das Auf und Ab der Maschine und das Anprallen der Wellen am Schiffsrumpf zu hören.
»Fünfundsiebzigeinhalb.«
»Gut«, antwortete der Steuermann ruhig.
»Wie gesagt ...«, fuhr Polychronis fort.
»Polychronis, lauf in meine Kammer«, unterbrach er ihn erneut, »und bring mir das rote Buch mit dem Anker. Du kannst ein Schlückchen Rum trinken, und dann kommst du 'n bißchen das Ruder übernehmen, damit Dionysis pinkeln gehn kann.«
»Nee, der muß nich. Hab ihn gefragt, er muß nich.«
»Tu, was ich dir sage, sonst ...«
Polychronis, verwundert, zögerte etwas und zog dann ab. Ein paarmal drehte er sich um und murmelte:
»Was is denn in den gefahren! Den hat wohl 'n Maulesel mit allen vieren getreten, mittenmang ...«
Der Regen hatte längst aufgehört. Es wetterleuchtete nur

noch. Nikolas hatte sich auf die Backskiste gesetzt. Er dachte an jenen Mittag in Bordeaux, als er mit der Kleinen mitgegangen war, die Zigaretten in der ›Oceania Bar‹ verkauft hatte. Sie hatte es eilig gehabt, hatte den Laden unbewacht zurückgelassen. Um die Schultern eine rote Wollstola. In einer Kammer, gleich hinterm Tresen. ›*Gauloises bleues, s'il vous plaît.*‹ Schon war sie wieder weg. Seitdem konnte er keine französischen Zigaretten mehr rauchen. Weder *Gitanes* noch …

Jerasimos stand mit dem Rücken zu ihm, war in Gedanken versunken, während er geradeaus stierte. Sankt Pauli. Das blonde Mädchen, das kein … das kein – er wischte sich mit dem nassen Tuch den Schweiß ab – Geschlecht hatte.

Die Hand des Funkers legte sich sanft auf seine Schulter.

»Dreh dich um, Jerasimos. Rauch eine.«

»Moment noch, warte.«

»Was hast du? Soll ich weggehn?«

»Nein, bleib hier, gleich kommt der Döskopp zurück, dann kannst du noch 'n bißchen in seiner Wunde rumstochern. Ich bewundere schon die ganze Zeit, wie gut du das kannst.«

»Du irrst dich. In Wahrheit hab ich in meiner eignen Wunde rumgestochert.«

»An deine eigne gehst du nicht ran, weil's weh tut. Du bist verschlossen wie ein Grab.«

»Du denkst doch nicht etwa, daß ich ihn aus Neugier ausgehorcht hab oder mich über ihn lustig machen will?«

»Wir machen uns doch alle über solche Geschichten lustig und geben es nicht zu. Wie du ihn geangelt hast! Ganz ohne Köder. Du verstehst dein Handwerk.«

»Da liegst du falsch. Der hätte es jedem erzählt, der ihn in dem Moment gefragt hätte.«

»Was du nicht sagst! Was meinst du wohl, wie viele ihn schon gefragt haben. Aber nur du hast den richtigen Moment abgepaßt.«

»Sag mal, hat Marioleni eigentlich wieder geheiratet?«

»Nein.«

»Haben sie sich scheiden lassen?«

»Hab ihn nicht danach gefragt.«

»Ich bin mir sicher, daß, wenn Marioleni sich einen zweiten Mann nimmt, der sie innerhalb einer Woche verläßt, und zwar aus dem gleichen Grund, aus dem sie Polychronis verlassen hat.«

»Blödsinn. Die Hitze ist dir wohl zu Kopf gestiegen.«

»Also, ich krieg ihn dazu, ihr 'nen Brief zu schreiben.«

»Er kann nicht schreiben.«

»Dann schreib ich eben für ihn. Ich wette fünfzig Rupien, daß sie ihm telegrafieren wird: Ich warte auf dich.«

»Was du dir nur wieder zurechtdenkst. Die Frauen aus Kefalonia sind stur.«

»Was soll das heißen: Frauen aus Kefalonia, aus Kasos, aus Chios. Frau ist Frau ... Nimm 'ne Zigarette.«

»Ich hab meine gerade ausgemacht. Du aber vergeudest sie, wirfst sie halb aufgeraucht weg.«

»Halbaufgeraucht, stimmt. Hast du schon mal Kippen geraucht? Fremde Kippen, meine ich, Zigarettenstummel? Schlimme Sache.«

Er neigte sich zum Ohr des Steuermanns:

»Ich erzähl dir was, aber lach nicht: Manchmal werf ich nachts 'ne volle Packung ins Meer. Bin ich jemandem schuldig.«

»Dem Soldaten?«

»Und der Frau, einer Frau ... Damals, als die Frachtraten gesunken waren, während der großen Krise ... Du scheinst dich zu langweilen. Soll ich gehn?«

»Nicht doch, Freund. Muß ich dich erst bitten? Erzähl schon.«

»Es hatte mich nach Antwerpen verschlagen, ich war ohne Heuer. Im ersten Monat konnte ich mich über Wasser halten. Ein schwerer Winter setzte ein. Ich arbeitete zwei Wochen als Rostklopfer an einem Schiff aus Chios. Es war saukalt auf der Stellage. Ich hoffte, daß sie mich mitnehmen würden. Aber die ließen mich hängen, und ich stand am Kai und durfte ihnen nachsehn, wie sie nach Argentinien ausliefen. Ich aß in der Garküche von 'nem Landsmann von uns. Erinnerst du dich noch an den? Dann kam der Tag, an dem mir das Geld ausging.

›Schreib's an‹, sagte ich zu ihm; ›wenn ich eine Heuer kriege, zahl ich meine Schulden sofort zurück.‹

›Ich glaub dir das schon‹, gab er zurück, ›aber wie du siehst, wacht Gladys über die Kasse. Ich hab nichts zu melden.‹

Seine Frau war liederlich, ein Drachen, sogar geschlagen hat sie ihn. Ich fing an, meine Sachen zu verkaufen. Meine goldene Uhr, die Manschettenknöpfe. Irgendwann hatte ich nichts mehr. Als es hart auf hart kam, lernte ich einen aus Ithaka kennen, ein As im Kartenspiel.

›Du wirst mir helfen, die Leute auszunehmen‹, sagte er.

Was blieb mir andres übrig? Ich willigte ein. Er brauchte mich nicht lange anzulernen. Wir gingen in die besseren Lokale. Er an einen Tisch, ich an einen andern. Griechische Tabakhändler, Kommissionäre und Studenten verkehrten dort.

›Ein vierter Mann? Hey, Junge, verstehst du was vom Kartenspielen?‹
›Ein bißchen.‹
›Komm schon, wir spielen nicht um hohe Einsätze.‹
Ich tat, als ob ich nicht wollte.
›Na komm, damit die Zeit vergeht.‹
Wir zogen sie aus, ohne daß sie es merkten. Ein Batzen Geld. Er prellte mich, wenn's ans Verteilen ging. Nur ein paar Münzen für mich. Aber was sollte ich machen? Da fand ich das Hotel in der Skipper Straad. Wo sonst! Zwischen den Bordellen, den billigen Kabaretts und den Garküchen. Eine kleine Dachkammer. Billig. Du durftest erst nach acht Uhr abends schlafen gehn. Morgens um sieben schrillte eine Klingel über deinem Kopf, die hörte erst auf, wenn du aus dem Bett warst. Das ganze Hotel bebte. Um zehn nach sieben mußtest du auf der Straße stehn. Und dann ging eine andere Sorte Mensch die Treppen hoch. Du verstehst schon. All die, die nachts arbeiten. Nachtwächter, Kellner, Nutten, Kokotten, Kabarettmädchen. Beim Rausgehen sah man in verrußte und versteinerte Gesichter, oder in angepinselte, deren Schminke auf fremde, zerfurchte, von Wind und Salz gegerbte Wangen abgefärbt hatte. Sie gingen in unsren Betten schlafen, die genauso waren, wie wir sie zurückgelassen hatten, ungemacht und warm. Von der ersten Nacht an war klar, daß ich mein Bett mit 'nem Nachtmädchen teilte. Seidenstrümpfe an einem Nagel, ein Paar abgetretene schwarze Pumps mit schäbig gewordenen Schleifchen, ein Slip unterm Kopfkissen, hier und dort Haarnadeln, kaputte Zierkämme mit unechten Steinen. Vor allem aber der Geruch ihres Körpers. Ich legte meinen Kopf auf das noch einge-

drückte Kissen, das von ihren langen schwarzen Haaren speckig geworden war. Ich wußte, daß es kaum klappen konnte, sie zu treffen. Aber ich wollte es. Eherne Regel des Ladens war, daß der Nachtkunde nicht den Tageskunden kennenlernen durfte. Ich fing an, mich nach ihr umzuschauen, sie zu suchen.«

Jerasimos unterbrach ihn, indem er hustete.

»Wenn du sie nicht kanntest, wie wolltest du sie dann finden? Eine Stecknadel im Heuhaufen. Vielleicht bist du an ihr vorbeigelaufen oder hast mit ihr gesprochen, ohne zu merken, daß sie es ist.«

»Ausgeschlossen. Ich bin ihr nirgends begegnet. Auch wenn sie auf zehn Meter Entfernung an mir vorbeigegangen wäre, hätte ich sie erkannt.«

»Wie das denn?«

»Hör zu. Zwei Fähigkeiten hab ich im Laufe meines Lebens erworben: Die erste – damit ist es jetzt vorbei – war die, daß ich am Taumeln eines Betrunkenen das Getränk erkennen konnte, mit dem er sich betrunken hatte. Und an seinem Atem. In einem Glas hättest du mir so viele Getränke zusammenmixen können, wie du wolltest – und ich hätte sie dir einzeln aufgezählt. Jetzt, wo ich mit dem Trinken aufgehört hab, kann ich das nicht mehr. Die andere ... Die besitze ich noch immer. Sie zu verlieren wäre mein Tod.«

Er hielt inne.

»Und die wäre?«

»Verbinde mir die Augen. Oder laß es Nacht sein, in 'nem dunklen Zimmer. Laß fünf, zehn, hundert Frauen, so viele du willst, an mir vorübergehn. Ich nenne dir die Nationalität jeder einzelnen.«

»Und ihr Alter kannst du wohl auch noch angeben? Hat dich in letzter Zeit mal ein Arzt untersucht?«

»An ihrem Körpergeruch, an der Aura, die sie umgibt.«

»Erzähl mir lieber das von Antwerpen zu Ende.«

»Also gut, in jenen Tagen verkrachte ich mich endgültig mit dem Kerl aus Ithaka. Von dem Geld, das ich bei ihm verdiente, hatte ich einiges auf die Seite gelegt und begann, sehr sparsam zu leben. Ich brach die Zigaretten in der Mitte durch und aß nur Brot mit Käse. Im Winter mußte ich unbedingt ein Dach überm Kopf haben, bloß keine elende Brücke. Eines Abends vorm Schlafengehn, ich hatte nicht eine einzige Zigarette in der Hosentasche, fand ich in meinem schäbigen Zimmer einen Aschenbecher voller Kippen, mit feuerrotem Lippenstift an den Filtern. Die werden sowieso weggeworfen, dachte ich mir. Ich riß das Zigarettenpapier ab und stopfte den Tabak in meine Pfeife. An einem andern Tag fand ich auf dem Tisch zwei, drei abgegriffene Zigaretten, sie waren nicht angeraucht, sondern nur zerquetscht, als ob nervöse Finger mit ihnen gespielt oder sie lose in einer Tasche gelegen hätten. Ich starrte sie an, wagte aber nicht, sie anzurühren. Eine größere Qual hab ich selten erlebt. Kaum wachte ich am nächsten Morgen auf, streckte ich die Hand aus – willst du in Schwierigkeiten kommen, dachte ich – und rannte schnell raus. Am nächsten Abend lagen sie immer noch da, und auf einem Zettel stand: *Can to smoke ... for you*, in einer krakeligen Schrift. Danach fand ich jeden Abend irgendwas. Ein Brötchen, einen angebissenen Apfel, eine Flasche gepanschten Alkohol und Zigaretten. Meine Socken gewaschen und geflickt, meine Halstücher gebügelt. Ich hatte das Gefühl, daß mir jemand beisteht. So kam der Februar dieses schrecklichen Winters. Da lief die *Argonaut* ein, löschte Erz, der Kapitän war mein Onkel. Er sah, in welchem Zustand ich mich befand.

›Ich nehm dich mit. Aber du mußt dich bessern.‹

Ich also ran an die Spaghetti. Ich sagte ihm, daß mir die Schulden bis zum Hals stünden und ich sie zurückzahlen müsse. Er gab mir einen Vorschuß. Daraufhin ging ich in den größten Blumenladen von Antwerpen, irgendwo bei der Longue rue des images. Ich kaufte die teuersten Blumen, die ich finden konnte. Dahlien. Und dazu 'ne riesige Pralinenschachtel. Dann machte ich mich auf zur Skipper Straad. Ich wollte in meine Kammer gehn, in unsere Kammer, beides auf den Tisch legen, dahin, wo ich immer die Zigaretten gefunden hatte. Nein, die Blumen wollte ich auf das speckige Kopfkissen legen. Ich kam mir 'n bißchen albern vor mit den Blumen in der Hand. Hundert Meter vor dem Ziel, in einer Gasse, verstellte mir eine Dicke den Weg, mit einer Zigarette im Mund und einer falschen Blume im Haar.

›Wo willst du denn hin, Bob, zu deiner Verlobten?‹ fragte sie spöttisch.

›Laß mich vorbei‹, sagte ich und versuchte, sie sanft zur Seite zu schieben.

›Komm, gib mir einen aus.‹

›Später, ich hab's eilig.‹

›Nur kurz, dann laß ich dich ziehen. Ich will dich nicht lang aufhalten.‹

Wieder sagte ich nein. Sie drängte mich in eine Spelunke. Ein Glas, noch eins und noch eins; ich hab ja noch Zeit. Es ist ja noch Tag.

Ich weiß nicht mehr, wie viele ich getrunken hab. Ich weiß nur noch, daß mich Polizisten im Morgengrauen aus dem Dreck gezerrt haben. Neben mir lagen ein paar zerquetschte Blumen. Die Pralinen hatte jemand geklaut. Mittags liefen wir aus nach Hull. Hast du was gesagt?«

»Nein. Doch: Was für ein Parfüm hatte die Frau?«

»Die aus der Kneipe?«

»Nein, die aus dem Hotel.«

»*Styx*, von *Coty*.«

»Die Möwen sollen auf dich scheißen«, brummte der Steuermann. »Du gehörst kaltgemacht. Mit 'ner Pistole. Und was für einer. Mit einer Scheißpistole.«

Fünfte Wache

Der Dritte Offizier knipste das Licht im Steuerhaus an, zog einen Zettel aus der Hosentasche und faltete ihn auseinander. Es war ein Foto darin, das er dem Matrosen am Ruder gab. Er war vierundzwanzig Jahre alt, groß und kräftig, und hatte einen schönen, dunklen Teint.
Linatseros nahm das Foto und musterte es mit zusammengekniffenen Augen. Plötzlich ging das Licht aus.
»Schön ist sie ja. Aber da sie es doch nicht anders haben will … Zerbrich dir nicht weiter den Kopf. Frauen gibt's genug. Wenn ich noch mal so jung wär wie du …«
Der Dritte nahm das Foto wieder an sich und versuchte, im Dunkeln etwas darauf zu erkennen.
»Schmeiß es weg, Käpt'n Pandelis. Soll sie doch bleiben, wo der Pfeffer wächst. Und hör auf, an sie zu denken.«
»Das sagt sich leicht, Linatseros. Stell dir vor, ich hatte in Colombo gerade erst die Eheringe gekauft. Aus Gold, gar nicht teuer. Dazu hatte ich ihr noch 'nen Turmalin ausgesucht. Rosa und grün. Einen wunderschönen. Ich geh zurück aufs Schiff, und am selben Tag krieg ich den Brief.«
»Der andere, sieht der gut aus? Ist er jung?«
»Ja. Frisch von der Marineschule. Fähnrich.«
»Ah, na dann ist ja alles klar. Unsere Ärmelstreifen tun's wohl nicht. Ist wohl nur Faschingsflitter. Käpt'n Pandelis,

kannst eigentlich froh sein, daß es so gekommen ist. Ich weiß, wovon ich rede. Wenn mich meine doch bloß auch vor der Hochzeit verlassen hätte! Dann wär ich heut 'n anderer Mensch.«

»Ich hab davon gehört. Ihr habt euch getrennt?«

»Ja, aber frag mich nicht, wie! Ihretwegen hab ich angefangen zu schmuggeln, hab ein kleines Haus in Tamburia gebaut, da in Piräus, und einen richtigen kleinen Palast draus gemacht. Was hab ich ihr nicht alles angeschleppt. Hat es ihr vielleicht an irgendwas gefehlt? Ich bin vom Passagierschiff runter und hab auf 'nem Frachter angemustert. Mann, was haben wir Süßholz geraspelt in unseren Briefen! Zwei Jahre war ich weg. An einem Winterabend sind wir in Piräus eingelaufen. Es dauerte ewig, bis wir mit allem fertig waren. Erst nach Mitternacht hab ich mich vollbepackt auf den Heimweg gemacht. Am vorletzten Häuserblock bin ich kurz stehengeblieben, um eine Tasche in die andere Hand zu nehmen, weil sie mir in die Finger schnitt. Da hat direkt vor meinem Haus ein Riesenkerl Steinchen gegen die Fenster geworfen. Ich denk, ich seh nicht recht! Was will der Kerl da, mitten in der Nacht? Auf einmal packte er die beiden Türknäufe, trat dagegen und brüllte:

›Komm raus, du Flittchen, du Schlampe, du Lügnerin, und dieses Schwein, das bei dir ist, soll auch rauskommen, den reiß ich in Stücke.‹

Ich bin zu ihm hingegangen und hab gefragt:

›Was ist denn hier los, Kollege?‹

›Kümmer du dich um deinen eignen Kram‹, sagte er, ohne sich nach mir umzusehen.

Ich packte ihn an der Schulter.

›Was ist hier los, Freundchen?‹

Er drehte sich wütend um.

›Zieh Leine, sonst kannst du was erleben. Ich hab ’ne offene Rechnung mit der Dame des Hauses.‹

›Das mag ja sein, aber was haben dir die Türen und Fenstern getan, daß du sie so zurichtest?‹

Er kam drohend auf mich zu.

›Ich schlag alles kurz und klein, und dich Hohlkopf noch dazu, wenn du nicht aufhörst, dich in fremde Angelegenheiten einzumischen.‹

›Ist ja recht‹, gab ich kühl zurück, ›aber das, woran du dich hier austobst, hab ich gebaut; dafür hab ich auf dem Schiff Wache geschoben. Haben wir uns jetzt verstanden?‹

Er war fassungslos, wich ein paar Schritte zurück und murmelte:

›Konnt ich ja nicht wissen …‹

Schon bog er um die nächste Ecke und war verschwunden.

Ich hab meinen Seesack und den Koffer abgestellt, hab mich auf die Schwelle vorm Haus gesetzt und gewartet. Eine andere Tür gab es nicht. Es schlug zwei Uhr. Da hörte ich, wie die Tür aufgeschlossen wurde und aufging. Ich wich zur Seite und sah ihn rauskommen. Ein älterer Typ mit einer Wampe. Er bemerkte mich nicht mal. Ich wartete fünf Minuten, dann schloß ich auf.

›Wer da?‹

›Ich bin’s, Stamatis.‹

Sie jauchzte und fiel mir in die Arme.

›Mein Gemahl, mein Herr. Ich Elende, was hab ich mich vor Sehnsucht nach dir verzehrt!‹

Sie zog mich in Richtung Schlafzimmer. Ich zerrte sie

ins Eßzimmer. Abgestandener Rauch, der sofort im Hals kratzte. Zwei Teller mit Essensresten, eine Weinflasche.
›Sag mal‹, sag ich zu ihr, ›seit wann rauchst du denn?‹
›Das war unser Trauzeuge … Er ist am frühen Abend vorbeigekommen, um sich nach dir zu erkundigen, und da hab ich ihn zum Essen dabehalten. Puh, gegen neun war er schon wieder weg.‹
›Und das hier, du Schlampe … Was ist das?‹
Ich zeigte auf eine brennende Zigarette, die aus dem Aschenbecher gefallen war und das Tischtuch ankokelte.
›Nun hab dich nicht so … Kaum bist du da, fängst du an zu schimpfen. Ich hab halt eine geraucht, weil ich nicht schlafen konnte … Du bist ja immer nur weg‹, jammerte sie und fing an zu heulen.
›Und was ist mit diesem Riesenkerl, der da um Mitternacht auf die Haustür losgegangen ist und dich als Schlampe, Flittchen und sonstwas beschimpft hat? War das vielleicht dein Patenonkel? Hör auf damit, es reicht.‹
Sie wurde blaß.
›Ich weiß nicht, wovon du sprichst. Bist du betrunken? Oder hast du eine anstrengende Fahrt gehabt? Ich bitte dich: Setz dich, ich mach dir einen Lindenblütentee.‹
Ich packte sie am Handgelenk.
›Ich sag nur das: Alles ist deins, das Haus mit allem, was drin ist, ohne Streit und Trara. Morgen gehst du zum Rechtsanwalt und unterschreibst. Es ist aus. Ich bin ins Bordell gegangen, in jedem Hafen. Wir sind quitt. Leb wohl.‹
Sie stand da wie versteinert.
›Laß wenigstens deine Wäsche hier, dann kann ich sie einweichen. Morgen bring ich sie dir.‹

›Bemüh dich nicht. Dir tut vom vielen Geschaukel das Becken bestimmt eh schon weh.‹

Dann hab ich mir mein Gepäck wieder aufgeladen und bin los. Hab bei 'ner Armenierin geklopft, mit der ich vor meiner Heirat befreundet gewesen bin. Sie hat mich aufgenommen, ohne eine einzige Frage zu stellen.«

»Und was ist aus deiner Frau geworden?« fragte der Dritte mit versagender Stimme.

80 Linatseros hob die Hand und schlug zweimal an die Schiffsglocke, die über seinem Kopf aufgehängt war.

»Keine Ahnung, hab sie seither nicht wiedergesehn. Hab nur gehört, daß irgendein Chauffeur alles verpraßt hat. Kurz darauf hat sie sich registrieren lassen … in Vurla.«

»Wie furchtbar. Berührt dich das gar nicht? Hast du kein Mitleid mit ihr?«

»Was sagst du? Mitleid? Fremdes Blut, wen kümmert's. Wenn es meine Mutter wär, hätte ich Mitleid … Erinnerst du dich noch an den letzten Funker? Ha ha! Zwei Tage bevor wir in Piräus eingelaufen sind, haben alle ihren werten Gattinnen telegrafiert. Der Funker ist raus auf den Großbunker und hat gerufen:

›Noch jemand telegraphieren? He, beeilt euch, die Liebhaber können sich dann noch rechtzeitig aus dem Staub machen!‹

Wir haben ihn für verrückt gehalten. Weit gefehlt!«

Der Dritte trat aus dem Steuerhaus, blieb stehen und schneuzte sich in die Finger. Erst dann holte er sein Taschentuch hervor. Lange stand er da und versuchte, im Dunkeln das Meer zu sehen. Es schlug acht Glasen. Wachwechsel.

»Nord-Nordost, und keinen Strich nach Steuerbord …«

»Nicht nach Steuerbord abweichen«, wiederholte der Steuermann, der die Wache übernahm.

Der Ausguck brachte den Mokka und stellte ihn auf dem Gehäuse der Positionslampe ab.

»Ich hab 'n da hingestellt. Nich verschütten.«

»Ist gut«, antwortete der Steuermann.

Diamandis trug eine blaue Windjacke mit hochgestelltem Kragen.

»Junge, warum hast du nicht gleich 'ne Spitzhacke zum Eisaufbrechen mitgebracht? Was hast du dich denn so eingepackt? Hast du etwa schon mit der Therapie von deinem Onkel angefangen? Du mußt ja umkommen vor Hitze.«

»Was für 'ne Therapie, Käpt'n Jerasimos?«

»Ach nichts, hab ich nur so dahingesagt ... Komm, ich bring dir was bei. Siehst du den Morgenstern? Schön zu sehn heute abend. Wir lassen ihn noch 'n bißchen höher steigen.«

Er nahm ein, zwei Schluck von seinem Mokka.

»Gib mir mal den Sextanten. Mach kein Licht an. Ja, das ist meiner ... leg ihn hin. Diamandis, geh du zum Chronometer.«

»Klar ... klar ... klar.«

Er peilte den Stern am Horizont an.

»Top – der Ausguck an das Log.«

Der Stern glich dem Auge einer satten Nutte. Das andere hatte ihr der Zuhälter ausgekratzt.

»**W**onach hältst du Ausschau?« fragte Jerasimos den Funker, der etwas abseits stand.

»Ach, ich suche das Kreuz des Südens. Früher hab ich's immer sofort gefunden.«

»Aber das ist längst untergegangen. Die Wache vor uns, die hat es vielleicht kurz gesehn. Wir fahren doch hoch, nach Norden. Hast du daran nicht gedacht? Und je höher wir sind … Wie konntest du das nur vergessen? Na ja, eigentlich warst du noch nie 'ne Leuchte. Weißt du noch, wie du einmal aus Versehen die Quarantäneflagge gehißt hast?«

»Bestimmst du mit ihm manchmal die Position?«

»Nein. Ich komm damit nicht richtig klar. Das Kreuz des Südens, Mann, das hat's dir aber angetan.«

»Stimmt. Hast du nie sein Fieber, seine Schwere gespürt?«

»Was redest du denn da? Hat es vielleicht die Malaria, oder muß ich's auf den Schultern schleppen? Alle Sterne sind schön. Wir machen uns die Himmelskörper zunutze, wenn sie soundso viel Grad über dem Horizont stehn. Der Rest ist was für die Pärchen im Park. Du mußt früher raufkommen, in die Wache davor, von acht bis zwölf, dann kannst du's sehn.«

»Ein Mädchen hat es geliebt …«

»Und du das Mädchen.«

»Nein.«

»War sie schön?«

»Hab sie nie kennengelernt. Und sie hat das Meer nie kennengelernt. Sie hat das Kreuz des Südens nie gesehn.«

»Heute nacht sagst du andauernd ›nie‹. Hast du ein Foto von ihr?«

»Nein. Sie hat mir nur geschrieben. Das waren Briefe!«

»Hast du sie noch?«

»Nein. Hab sie voriges Jahr über Bord geworfen. In die Shark Bay. Weißt du, ich hatte ihr eine Fahrt versprochen. Nicht, wie wir jeder x-beliebigen, der wir übern Weg laufen, was versprechen; wir sind uns ja nie persönlich begegnet. Damals fuhr ich im Mittelmeer. Das war 1937. Ich hatte mit der Reederei abgemacht, daß ich sie auf einen *round trip* mitnehmen darf. Ich schrieb ihr das. In Piräus haben sie uns dann wegen einer Kohlegeschichte festgehalten. So bin auch ich lange an der Pier hängengeblieben. Stell dir das mal vor, erst mach ich ihr Hoffnungen auf was, das sie sich so sehr gewünscht hat, und dann versetz ich sie, ohne was dafür zu können. Seitdem hab ich ihr keine Zeile mehr geschrieben.«

»Du hast schon so viel gelogen, eine Lüge mehr oder weniger tut da kaum noch was zur Sache.«

»Ich hab noch nie gelogen. Ich sag dir doch, es war alles geregelt. Als wär's für meine Schwester gewesen.«

»Wie auch immer«, sagte Jerasimos schroff, »sie kann von Glück reden, daß nichts draus geworden ist. Du hättest sowieso alles kaputtgemacht. Ich kenn dich von klein auf. Erst sind's deine Schwestern, und am Schluß greifst du allen an den Arsch. Tisch mir doch keine Märchen auf.«

»Du hast wohl schlechte Laune heute, was. Hast du noch keinen Mokka getrunken? Seit ich hier oben bin, beleidigst du mich. Ist wohl besser, wenn ich schlafen geh.«

»Bleib doch hier, Mann. Das hab ich doch nur im Spaß gesagt. Was ist denn aus dem Mädchen geworden?«

»Tja, ich glaub, sie hat geheiratet.«

»Schade, daß sie nicht auf dich gewartet hat. Hast du nie versucht, sie zu treffen, sie kennenzulernen?«

»Nein. Vorm Einschlafen denk ich manchmal an sie.

Eines Tages, eines Nachts, werd ich, ohne mich vorher anzukündigen, nach Volos fahren und an ihre Tür klopfen. Um sie auf 'ne Reise mitzunehmen. Jetzt kann ich das ja.«

»Und danach?«

»Was danach? Weiter hab ich noch nicht gedacht.«

Der Steuermann drehte sich unvermittelt zu ihm um, packte ihn an der Schulter und sagte mit rauher Stimme, wobei er seine Worte sorgfältig abwog:

»Danach ... Gibt's für dich überhaupt ein ›danach‹, du Flußchinese? Danach kannst du sie ja für zweihundert Souris an ein Bordell in Beirut verkaufen, so wie du's mit der aus Lesbos gemacht hast.«

Sogleich bereute er, was er gesagt hatte, und fügte sanfter hinzu:

»Ich weiß schon, daß das Seemannsgarn ist, wie man sich's in Tselepis* eben erzählt. Ist mir nur zugetragen worden, ich hab's natürlich nicht geglaubt. Ich wollte jetzt eigentlich bloß von dir wissen, ob was dran ist. Entschuldige.«

Der Steuermann lockerte den Griff und ließ seine Hand zärtlich auf der Schulter des Funkers liegen. Ohne ein Wort zu erwidern, wollte der gehen. Der Steuermann hielt ihn zurück.

»Wenn du jetzt gehst, muß ich annehmen, daß ich dich gekränkt hab.«

»Laß mich.«

»Kommt nicht in Frage. Es ist meine Schuld ... Bei meiner Mutter! Es ist das erste Mal, daß ich so einen Schwur leiste ... Ich wollte dich wirklich nicht kränken. Ich hab

* Treffpunkt von Seeleuten in Piräus.

die Geschichte sowieso nicht geglaubt. Ich wollte nur, daß du mir erzählst, was an ihr dran ist. Ich bin zu schroff gewesen. Aber wir sind schließlich Seeleute und keine Diplomaten, oder? ... Willst du 'nen Mokka?«

»Hast du Kognak?«

»Schon, aber du trinkst doch nicht mehr.«

»Nur einen Tropfen.«

»Polychronis, bring die Flasche und zwei Rakigläser.«

Er ging ins Steuerhaus und beugte sich über die Kompaßrose.

Polychronis schenkte ein, steckte dann den Finger in den Mund und lutschte ihn ab.

»Ich hab so ein Gefühl, als ob du die Flasche halb leer getrunken hast«, sagte der Steuermann zu Polychronis.

»Der Schlag soll mich treffen. Wenn ich lüge, soll man mich knebeln und zu 'nem Heiligen schleifen. Hab mir nur grad überlegt, ich frag dich mal, ob du auch mich auf 'n Gläschen einlädst.«

»Jetzt hast du Wache. Wenn was übrigbleibt und du abgelöst wirst, kannst du was haben. Ab mit dir.«

»Prost«, sagte der Funker, »und allzeit gute Fahrt.« Er hob das Glas und roch daran. »Drei Jahre hab ich das nicht mehr angerührt. Ist es französischer?«

»Ja. Armagnac.«

Er trank ihn in kleinen Schlucken, wie Medizin.

»Meinst du, daß es mich gleich betrunken macht?«

»Was weiß ich. Trink halt wenig.«

»Also, willst du die Wahrheit hören?«

»Nein. Ich bin nicht neugierig. Ich wollte auf was andres raus.«

»Du wolltest dich einfach mal wieder streiten?«

»Gott bewahre. Auf keinen Fall. War 'n unglücklicher Moment. Ist mir so rausgerutscht.«

»Ich hatte mal einen Affen, der hat hinterhältig gebissen. Ein richtiges Biest. In Piräus mußte ich mit dem durch den Zoll. Ich hab da 'nen Batzen Geld gelassen. Als ich gerade in den Zug nach Athen einsteigen will, spricht mich so 'n Kesselflicker an, ein Zigeuner.

›Tausend Drachmen, mein Herr.‹

Ich hab erst gar nicht kapiert, was der von mir wollte.

›Zweitausend ...‹

Erst da ist bei mir der Groschen gefallen.

›Hau ab‹, hab ich zu ihm gesagt.

Bis wir am Bahnhof angekommen sind, ist er schon bei zehntausend gewesen. Ohne eine müde Drachme in der Tasche war ich nach Griechenland zurückgekehrt. Zehntausend – ein Vermögen damals. Die Versuchung ist zu groß gewesen. Ich hab den Affen weggegeben. Ich schäme mich noch heute dafür, nach so vielen Jahren. Und nicht ...«

Der Steuermann ging ins Ruderhaus und sprach mit jemandem im Maschinenraum.

»Wir kommen heute nacht überhaupt nicht von der Stelle«, sagte er, als er zurück war. »Als ob wir vor Anker gegangen wären. Im Kesselraum hat dieser Algerier Wache, mit dem Typen aus Syros. Jeden Abend gammeln die rum, aber jetzt ist es besonders schlimm, nicht ein Hauch von Dampf. Ein, zwei Schippen voll, und dann legen sie sich auf die faule Haut. Und daß sie mal den Kratzer zur Hand nehmen, darauf kannst du lange warten. Was ist da nur los? ... Dieser Hund von Araber raucht irgendwas. Heute mittag hab ich seine Jacke und seine Schublade durchsucht. Das einzige, was ich gefunden hab, waren Caporal* und Zigarettenpapier. Ich hab den Typen aus Syros angesprochen, der sagt immer nur: ›Ich weiß nix, Käpt'n.‹ Mir scheint, daß die zusammen zur Kommunion gehn.«

»Haschisch?«

»Keine Ahnung. Aber sag mal, was ist das andre eigentlich für 'n Zeug?«

»Marihuana?«

»Genau.«

»Getrocknetes Kraut.«

»Wie raucht man das?«

»Das ist 'ne lange Prozedur. Aber man kann es auch in der Pfeife rauchen.«

»Stinkt es?«

»Und wie! Vierzig Häuserblocks weit.«

»Der andere, der Chief, dem scheint alles scheißegal zu sein. ›Na und?‹ meint er heute morgen zu mir, ›wir werden schon ankommen. Hast du's etwa eilig?‹ Was soll man da noch sagen? Dieser Hornochse, dieser Idiot. Weißt du, was ein Kapitän von unserer Insel mal mit dem angestellt hat? Du wirst lachen. Die ganze Besatzung hatte von dem die Schnauze gestrichen voll. Das Schiff war irgendwo hier in diesen Breiten bei einer gottverlassenen Insel vor Anker gegangen, um Kohlen zu bunkern. Einer von der Mannschaft hat ihm gesteckt, daß man da draußen an Jungs rankommt, kleine Eingeborene – auf die war er ganz scharf. Er hat sich rausgeputzt und ist von Bord gegangen. Kaum war das Schiff klar, hat der Alte die Order zum Auslaufen gegeben. Vierzig Tage saß der Gute fest. Schließlich mußte er auf 'nem Norweger als Schmierer**

* Billiger marokkanischer Tabak.

** Maschinenhelfer.

anmustern, um überhaupt wegzukommen. Seitdem trägt er den Spitznamen Konsul*. Aber nicht doch, du trinkst noch einen? Du willst wohl in einer einzigen Wache drei Jahre Abstinenz wettmachen. Laß doch wenigstens ein Schlückchen für Polychronis übrig.«
Der Funker wischte sich den Schweiß vom Gesicht, warf die Zigarette weg und zündete sich eine neue an. Er hustete.

»Die stinken, diese verfick… Sind klatschnaß. Und diese Hitze erst! Schenk mir noch einen ein. Den letzten.«
Der Steuermann füllte das Glas.
»Frauen wollen schlecht behandelt werden. Das liegt ihnen im Blut.«
»Ich hab den Eindruck, daß du jetzt aufhörn solltest mit Trinken. Du verträgst nichts mehr.«
»Ich hab von einem Zuhälter gehört, der ein anständiges Mädchen geheiratet hat. Als erstes hat er ihre Mitgift verpraßt. Dann hat er sie an seine Freunde weitergereicht, ihr die Goldzähne rausgebrochen und verkauft. Schließlich hat er sie selbst verkauft, an ein Drecksbordell. Sie ist mit seinem Namen auf den Lippen gestorben. Sie liebte ihn immer noch.«
»So was kommt vor.«
»Er hat sie auf 'nen Karren gehievt und an die Anatomie verkauft.«
»Was für ein gemeiner Kerl.«
»Allerdings. Schade, daß ich nicht bin wie der. Wenn du die Frauen nicht schlecht behandelst, haben sie keine Achtung vor dir.«

* Wie ein Konsul, der früher die Kapitäne willkommen hieß, mußte dieser Chief auf jedes einlaufende Schiff gehen, um nach Arbeit zu fragen.

»Du gehst jetzt besser schlafen. Wir können morgen weiterreden.«
»Denkste. Ich mach jetzt reinen Tisch. War schon in Ordnung, daß du's zur Sprache gebracht hast.«
»Wovon redest du? Geh schon, beruhige dich.«
»Sie war achtzehn. Trug ein billiges schwarzes Kleid. Hatte bronzene Haut. Ein Steuerbeamter hat sie mir aufs Schiff gebracht, auf die *Aspasia*.
›Sie ist Vollwaise‹, sagte er, ›und hat einen Onkel in Beirut, der Krämer ist und sie zu sich nehmen kann. Du brauchst sie nur bis zu seinem Geschäft zu bringen und dort abzuliefern. Das wäre eine gute Tat.‹

Ich dachte an die Scherereien, die mir das machen würde, aber dann hab ich ihren flehenden Blick gesehn und willigte ein. Als diese Haie von Passagierschifflern, die, an die Reling gelehnt, wie die Geier auf das Aas warten, als die sie also kommen sahen, starrten sie sie an wie 'ne Loukoumi-Süßigkeit. Die hab ich abserviert. Immer wenn ich auf Wache mußte, hab ich das Mädchen in meiner Kammer eingeschlossen. Sie war noch ein Kind. Brav und folgsam. Eines Nachmittags sind wir in Beirut eingelaufen. Du kennst ja die Straßen, die zur Place des Canons führen. Welche sollten wir nehmen? Da ist eine wie die andre: Eisengitterchen, Geschäfte, Tavernen, offene Türen, überall Türen, und davor, auf dem Gehsteig oder auf niedrigen Hockern, Araberinnen mit gespreizten Beinen. Das Mädchen hielt die Augen gesenkt und sprach kein Wort. Es waren nur noch ein, zwei Gassen bis zum Platz. Ich atmete vor Erleichterung auf. Da kam uns langsam ein Wagen entgegen, der die enge Gasse verstopfte. Ein zimtfarbener Schlitten, dessen Anblick mir die Haare zu Berge stehn ließ. Der Gehsteig war nicht mal ’nen halben Meter breit. Wir haben uns an die Häuserwand gedrückt. Der Wagen hielt auf unserer Höhe. Ich stieß die Kleine vorwärts. Zu spät. Die Wagentür tat sich auf und versperrte den Gehsteig, bis zur Wand. Eine Wolke aus verschiedenen Gerüchen umhüllte uns. Nur Mut, hab ich mir gesagt, und faßte die Hand der Kleinen fester. Madame Blanche, gewaltig und grell geschminkt wie eine Maske von Ensor, stieg schwerfällig aus ihrem Gefährt, wobei ihre goldenen Armreifen klimperten. An ihren Fingern funkelten kostbare Juwelen. Als sie mich küßte, schlug mir ihre Arrak-Fahne ins Gesicht.

›Nikolas, mein Junge! … Du hast dich aber lange nicht mehr blicken lassen. Du Treuloser, vergißt du so schnell? Steigt ein, ich fahr euch raus aus der Stadt nach Zahlé, dann könnt ihr euch das Gebirge ansehen.‹

Sie nahm das Gesicht der Kleinen in beide Hände und küßte sie auf den Mund.

›Mein Täubchen, du sagst ja gar nichts! Steigt schnell ein‹, und sie legte die Arme um uns und schob uns zur offenen Wagentür.

›Blanche …‹, hab ich, den Tränen nah, sie da angefleht, ›Blanche … wir sehn uns später, ich muß erst was erledigen. Wir haben es eilig.‹

›Dann fahr ich euch, meine Schätzchen. Jetzt sofort.‹

Ich packte sie an den Händen.

›Das ist meine Schwester. Laß uns ziehen.‹

›Dreihundert Souris bar auf die Hand. Alle zwei Wochen, wenn du kommst, bist du mein Gast. Unter den Mädchen kannst du wählen, welche du willst. Sind wir uns einig? … Fahren wir.‹

›Soweit ich mich erinnere‹, sagte ich mit zusammengepreßten Zähnen, ›haben wir beide bisher keine Tauschgeschäfte gemacht. Eine Hand wäscht die andere, das hat's bisher bei uns nicht gegeben. Geh mir aus dem Weg.‹
Ich spürte, wie sich die Fingernägel der Kleinen in meine Hand gruben. Blanches Augen rollten wie die in buntes Licht getauchten Glasperlen eines chinesischen Taschenspielers.
›Ganz recht. Und du kannst dich auch sonst wohl an nichts erinnern, du Hund?‹
›Ich hab's nicht vergessen. Aber jetzt ist nicht der Zeitpunkt, was zurückzuzahlen. Geh zur Seite, sag ich ... sonst schrei ich um Hilfe.‹
›Du Aas ... Einen Moment noch. Nur auf ein Wort. Beim Bett, das wir geteilt haben. Halt, Nikolas.‹
Mir wurde schlecht. Natürlich erinnerte ich mich an jenen Morgen, an dem der Tote* – drei Kilo waren es – in meiner Kammer gelegen hatte. Der Kurier hatte ihn noch nicht abgeholt, und draußen vor der Tür patrouillierten Polizisten, die auf die Order warteten, reinzukommen. Ich erinnerte mich, wie ich damals in der Klemme saß und mich schon zu vier Jahren Kittchen verurteilt sah. Arabische Gefängnisse ... Da trat Blanche ein. Sie begriff sofort.
›Du steckst in der Patsche‹, sagte sie. ›Gib schnell her.‹
Sie knöpfte ihre riesige Korsage auf und steckte es rein.
›Was tust du da?‹ fragte ich. ›Weißt du, was du da tust? Das ist ...‹
›Halt den Mund, mein Schäfchen, halt den Mund. Komm es heute mittag abholen.‹

* Schmuggelware.

Dann ging sie raus. Die Polizisten wichen zur Seite, man lächelte und grüßte. Am Mittag übergab sie's mir unangetastet. Wir tranken Arrak. Und sei es, daß ich mich verpflichtet fühlte, sei es, daß ich sie damals schön fand – ich schlief mit ihr.

›Nie werd ich vergessen, was du für mich getan hast‹, sagte ich. ›Was immer du von mir willst: Eines Tages werd ich mich revanchieren.‹

Da hatte sie gelächelt und mir über die Wange gestreichelt. Sie besaß Macht, im ganzen Libanon und in Syrien dazu. Es heißt, sie habe sogar Regierungen zu Fall gebracht. Mag schon sein …

›Also, begleichen wir es heute‹, hat sie jetzt gesagt. ›Gib mir die Kleine, sie wird's gut bei mir haben. In …‹

›Laß mich, Blanche. Beim Leben deiner Tochter.‹

In dem Moment hab ich gesehn, wie sie wütend wurde und ein paar Schritte zurückwich.

›Nimm nicht den Namen meines Kindes in dein Drecksmaul, du Undankbarer. Das wirst du eines Tages bereuen …‹

Und sie hat vor mir ausgespuckt. Rot vor Wut bestieg sie ihren Schlitten. Die Nacht war angebrochen. Wir erreichten den Platz. Den Laden ihres Onkels fanden wir auf Anhieb. Ein Araber sagte uns grinsend, daß der Mann, den wir suchten, sein Geschäft vor einem Monat verkauft hat und nach Venezuela gegangen ist. ›Die Adresse?‹ fragte die Kleine. ›Ja, in Caracas …‹ Dann, weil Kundschaft kam, schenkte er uns keine Beachtung mehr.

Vor dem Laden sind wir erst mal stehen geblieben und haben uns angesehn. Erst jetzt ist mir aufgefallen, was für schöne Augen sie hatte. Bimmelnde Bahnen fuhren an uns vorbei Richtung Rue Damas oder Bab Idriss. Autobusse nach Alley, Zahlé und Hamana. Auf dem Gehsteig saß ein Bettler; er sang eine Weise, die nicht aus seinem Mund, sondern aus allen offenen Türen, allen Straßen, allen Mündern zu kommen schien. Um diese Zeit gehn unvermittelt, wie von Geisterhand, überall in den engen Gassen, die vom Platz zum Meer führen, die Lichter an. Grün, blau, gelb, kirschrot. *Monique, Madame Marika, Chryssa, Malvina, Madame Violette.* Und wenn du am Platz auf 'ne Palme geklettert wärst, du, Jerasimos, der du die Sterne lesen kannst, hättest du irgendwo unter all den blinkenden Lichtern neben 'nem grünen Fisch den Schriftzug *Blanche* lesen können. Es war die Stunde, zu der alle zum Hafen runtergehn, wie einst die Phönizier in kurzen, purpurfarbenen Überhängen. Wir standen also vor der Konditorei Bohsali und sahen uns in die Augen.

›Hör zu‹, sagte ich, ›wir haben uns umsonst verrückt gemacht. Mir ist 'ne Lösung eingefallen …‹«

»Warte, einen Moment«, unterbrach ihn der Steuermann. »Hör mal auf das Geräusch der Maschine. ›Du liebst mich, du liebst mich nicht.‹«

Die *Pytheas* fuhr mit weniger als dreißig Umdrehungen pro Minute. Wie ein bockiger Esel, der die Vorderbeine in den Boden stemmt. Der Steuermann beugte sich über das Sprachrohr, das zum Maschinenraum hinunterführte.

»Was zum Teufel treibt ihr da unten? … Was? Der Dampfdruck ist gefallen? Willst du mich verarschen? Das machen die doch absichtlich, diese Faulpelze … Was sagst du? Ich soll jemand runterschicken? Na warte, wenn wir erst in China sind, dann können die mich kennenlernen …

Diamandis? Hab ich jemals von dir verlangt, daß du mir deinen Assi* raufschickst, damit er das Ruder übernimmt? Was? Strengt euch gefälligst an, macht ein bißchen Dampf da unten. Weck den Chief auf, worauf wartest du noch? … Das fragst du mich? Ach, mach doch, was du willst.«

Er steckte den Stöpsel mit der eingebauten Pfeife aufs Sprachrohr zurück und fluchte.

»Diamandis, los, weck den Alten und sag ihm, daß wir Fahrt übern Achtersteven machen**. Beeil dich.«

Er ging ins Steuerhaus, schaute im Schein des Kompasses einen Moment auf seine Uhr und zählte die Umdrehungen. Stille. Die Kolben der Maschine ruhten beinahe. Diamandis kam nach oben und stellte sich neben ihn.

»Und, was hat er gesagt?«

»Daß wir jedem von ihnen fünf Schachteln Zigaretten und zwei Flaschen Bier versprechen sollen.«

»Und ein Loukoumi vielleicht noch dazu, was? Und übermorgen bezahlen wir ihnen vielleicht den Puffgang? Zustände sind das. Lauf runter, und bestell dem Dritten, daß er den Schmierer und den Maschinenassi wecken soll, damit sie die Kohlenlore schieben.«

»Und wenn sie nicht wollen?«

»Tu, was ich dir sage.«

Diamandis rannte los.

Jerasimos drehte sich zu Nikolas um, dem der Kopf auf die Brust gefallen war, als schliefe er im Stehen.

»Schläfst du?«

»Nein. Haben wohl wieder Fahrt aufgenommen.«

* Hier: Maschinenoffiziersanwärter.

** Rückwärts fahren.

»Ja, ein bißchen ... Willst du dich nicht lieber hinlegen?«

»Nein. Ich will die Geschichte erst zu Ende erzählen.«

Sie schwiegen. Diamandis' Stimme ertönte:

»Der Chief hat sie sich vorgeknöpft. Er hat selbst 'n paar Schippen reingeworfen, und der Dritte hat die Schlacke rausgekratzt. Die andern sind aufgestanden und arbeiten wieder. Sie behaupten, daß ihnen der Kabeljau mit Zwiebeln von gestern abend nicht bekommen ist.«

»Das ist mir doch egal, wovon denen schlecht geworden ist. Aber was willst du machen ... Genaugenommen haben sie ja recht. Essen soll das sein, was wir da vorgesetzt kriegen? Wir haben ja noch nicht mal einen Kühlschrank, ein paar Tropfen gekühltes Wasser, Limonade. Sie stecken dich auf so 'nen schrottreifen Kahn, den sie schon vorm Krieg hätten abwracken müssen, und schikken dich bis ans Ende der Welt. Alles verschlissen und abgenutzt. Los, Diamandis, an deinen Platz, geh auf die andre Seite der Brücke, und gib acht. Wirf ab und zu 'nen Blick auf den Kompaß, und sag Polychronis, daß er uns schnell zwei Mokkas ohne Zucker machen soll.«

»Ich will keinen Mokka«, murmelte der Funker. »Gibt's nicht vielleicht noch 'n Schlückchen Alkohol ...«

»Was? Hast du etwa alles ausgetrunken?«

»Schon lange ... Jetzt bin ich besser gelaunt. Ich schwebe. Seit ich mit dem Trinken aufgehört hab, bin ich mehr und mehr zum Jammerlappen geworden. Langweilig und kleinlich.«

»Aber wieder gesund!«

»Ich pfeif auf die Gesundheit! Also, ich will dir noch die Geschichte zu Ende erzählen. Wie spät ist es?«

»Drei.«

»›Wir gehn zurück aufs Schiff‹, sag ich zu ihr. ›Ich werd den Alten bitten, daß wir dich umsonst wieder mitnehmen. Der läßt mit sich reden …‹
Da hab ich gesehn, wie sich ihr Gesichtsausdruck schlagartig veränderte; sie war nicht mehr wiederzuerkennen. Sie preßte ihre schmalen Lippen aufeinander und sagte energisch:
›Auf gar keinen Fall. Du kannst dir nicht vorstellen, was ich in Athen durchgemacht hab. Das war die Hölle. Für die fünf Kinder meiner Tante mußte ich das Kindermädchen spielen, fünf kleine Monster. Und wie sie mich beschimpft hat: Schmarotzerin, Faulenzerin, Unglücksbotin. Ich geh nicht zurück. Ich hab eine Freundin in Alexandria.‹
›Red keinen Unsinn. Wie willst du nach Ägypten kommen? Und mit welchem Visum?‹
›Wir könnten eins ausstellen lassen.‹
›Was redest du da … Du hast nicht die geringste Ahnung.‹
›Ich könnte nachts heimlich rüber.‹
›Nicht mal ’ne Katze kommt da von Bord. Wir fahren zurück nach Athen.‹
›Niemals. Nicht einmal tot.‹
Auf einmal ist sie ganz gefaßt gewesen. Sie hat den Knopf meines Jacketts in die Finger genommen …«
Der Funker verstummte für einen Augenblick und holte tief Luft.
»Hör zu, Jerasimos … Das Meer soll mir die Knochen bleichen … mein Hemd zerfressen … mich töten …«
»Ist ja gut, Junge, ich glaub’s dir ja.«
»Sie spielte also mit ihren dünnen Fingerchen am Knopf von meinem Jackett und sagte schroff:

›Du bringst mich zu deiner Freundin, der Dicken, die mit dem Auto neben uns angehalten hat.‹

Wenn mir einer mit der Peitsche ins Gesicht geschlagen oder mich mit kochendem Wasser übergossen hätte, es hätte mir nicht größere Schmerzen zufügen können.

›Was sagst du da, Mädchen?‹ brachte ich mit Mühe über die Lippen. ›Weißt du, was du da sagst?‹

›Sie macht doch einen ganz netten Eindruck‹, gab sie kühl zurück.

›Bösartig ist sie nicht. Aber ihr Beruf ist dreckig, ekelhaft. Wie soll ich dir das erklären …‹

›Ich weiß, was du meinst … ich bin kein Kind mehr. Hör zu. Du bringst mich als Hausmädchen zu ihr. Ich kann auch kochen. Nur solange ich nichts Besseres gefunden hab. Ich hab die Schule abgeschlossen, spreche französisch. Bloß für ein paar Tage. Wenn du wiederkommst, holst du mich ab. Aufs Schiff geh ich jedenfalls nicht zurück.‹

Mir stieg das Blut in den Kopf. Am liebsten hätte ich ihr ein paar hinter die Ohren gegeben, aber ich beherrschte mich. Ich packte sie am Arm.

›Komm, los jetzt, wir gehn zum Schiff.‹

Ihre Augen blitzten. Sie versuchte sich loszureißen.

›Laß meinen Arm los. Du hast kein Recht, mich so rumzukommandieren. Du bist weder mein Vater noch mein Bruder. Geh auf dein Schiff, und laß mich in Ruhe.‹

Ich lächelte gequält.

›Alles klar, tu, was du willst. Laß uns ein Baklavas essen gehn, vielleicht fällt uns dann was Besseres ein.‹

Wir haben die Straßenseite gewechselt. Ich hatte vor, sie in eine einsame Gasse zu lotsen und sie dann mit Gewalt zum Schiff zu schleifen. Da kreuzte auf einmal Vera unsern Weg, die Russin mit den Saphiraugen, die im Palast des Zaren gelebt hatte und jetzt Sängerin in ’nem drittklassigen Kabarett war. Sie hatte mir oft von den Maltechniken Aiwasowskis und Repins erzählt, und von Chagall, mit dem sie bei Bakst in St. Petersburg Zeichnen studiert hatte. Nicht mal eine Minute hielt sie mich auf, sie strich mir über die Haare, und schon war sie in der Menge verschwunden. Ich drehte mich zur Kleinen um, deren Hand ich die ganze Zeit nicht losgelassen hatte, da bemerkte ich, daß ich die schmierige Hand eines Arabers festhielt, der mich erstaunt ansah. Wie ein Pfeil bin ich in die Menschenmenge hineingeschossen. Ich drängelte, boxte, redete laut vor mich hin. Sie war wie vom Erdboden verschluckt. Ich konnte nicht mehr klar denken. So bin ich erst mal ’nen Arrak trinken gegangen.«

»Du hättest zur Polizei gehen sollen, oder zu Blanche.«

»Du redest wie ’n Kind. Dafür war die Zeit zu knapp. Zur Polizei! Wenn du die Sprache nicht beherrschst. Ich wußte keinen Ausweg. Das war schließlich Beirut, verstehst du? Ich hatte noch eine Viertelstunde, allein zehn Minuten würde ich bis zum Hafen brauchen. Ich schüttete zwei, drei Gläser runter und rannte in die Rue el Borge. Da bin ich über die Alte aus Chios gestolpert. Kennst du die?«

»Nein. Nur vom Hörensagen.«

»Ich meine die Blinde … Um die hundert muß sie gewesen sein. Vierzig Jahre Nutte und noch mal so viele als Puffmutter. Saß immer auf einem Hocker vor ihrer Bruchbude, im Winter genauso wie im Sommer. Sie erkannte mich an meinem Husten.

›Beug dich runter zu mir‹, sagte sie.
Sie tastete mit der Hand mein Gesicht ab.
›Nikolas. Der Nichtsnutz ... Aber warum weinst du?‹
Die Frau aus Chios, Gott hab sie selig, hatte einen Sohn, der 1913 als Freiwilliger im Kampf um Emin Aga* umgekommen war. Und eine Tochter, die war mit zwölf an den Pocken gestorben.
›Nenn mich Mutter‹, hatte sie mal zu mir gesagt. ›Mein Manolis lispelte genau wie du ... Aber warum weinst du?‹ fragte sie mich jetzt.
Ich erzählte ihr die ganze Geschichte.
›Du Schurke, du Hund, du Lump, was hast du angerichtet, Mann! Was hast du angerichtet, Türke?‹
›Es ist nicht meine Schuld‹, sagte ich. ›Ich muß los, das Schiff läuft aus.‹
Sie hat mich am Gürtel gepackt und mich hin und her geschüttelt.
›An mich, Bursche, hast du wohl nicht gedacht, he? An mich, die ich nach einem Kind Ausschau halte, an Land und auf dem Meer ... Ich hätte sie weit weg gebracht. In die Berge. Wie eine Königstochter hätte ich sie umsorgt! Und ich hätte jemanden gehabt, der mir eines Tages die Augen schließt. Du Türke, du herzloser Mensch, du Gestrandeter! Nicht eine kann von mir behaupten, daß ich sie zur Nutte gemacht hätte. Ich nehme sie nur auf, wenn sie es schon sind, Volljährige, und selbst die behandle ich wie meine eigenen Kinder. Und wenn sich ein Verrückter findet, der sie heiratet, dann bin ich Trauzeugin. Aber was erzähle ich dir das alles, du Früchtchen, du weißt es ja genausogut wie ich.‹

* Anderer Name für die Stadt Kavala in Nordgriechenland.

Sie stimmte ein Klagelied an.

›Jetzt ist nichts mehr zu machen. In die Höhle des Löwen hast du sie geworfen, du Nichtsnutz.‹ Sie hob ihre Arme: ›Menschen sollen dich begraben, und Teufel sollen dich aus dem Grab zerren. Ich werd's dem Sensenmann persönlich stecken. Und das ist mein Lohn für dich …‹, und auch sie hat vor mir ausgespuckt.

Ich bin am Schiff angekommen, da wollten sie gerade die Gangway einholen. Ich hatte Wache von acht bis zwölf. Den Leuchtturm von Sidon hab ich nur durch einen Schleier von Tränen gesehn. Als wir an dem von Tyrus vorbeigekommen sind, hat er, glaub ich, bemerkt, wie ich mir vor Zorn und Verzweiflung in die Hände gebissen hab. Eine höllische Wache, die ich nur unter größten Anstrengungen hinter mich brachte. Nach dem Wachwechsel bin ich in meine Kammer gegangen und hab mich in voller Montur aufs Bett geworfen. Als ich meinen Kopf aufs Kissen legte, spürte ich etwas Hartes. Ein fetter, versiegelter Pappumschlag. Es waren dreihundertfünfzig Souris drin und ein Brief, der nach dem Parfüm *Quelques fleurs* duftete.

Nikolas. Ich freue mich, daß du deine Meinung geändert hast. Sei unbesorgt. Das Täubchen wird es gut haben. Sobald du zurückkehrst, komm vorbei, dann können wir ein wenig plaudern. Gute Reise.

Blanche

Dann hab ich 'ne fette Zigarette geraucht und bin in einen todesähnlichen Schlaf gefallen.

Dreihundertfünfzig Souris, Jerasimos, nicht zweihundert. Das haben sie dir nicht richtig erzählt. Ich war damals vierundzwanzig … und arm.«

Er wischte sich den Schweiß ab, der ihm von der Stirn troff.

»Zwanzig Tage später, als ich wieder dort war, bin ich zu Blanche gegangen. Sie und ihr Liebhaber, so ein Armenier, saßen auf zwei Seidenkissen und tranken Mastixlikör. Blanche stand auf und küßte mich auf beide Wangen.

›Ich muß mit dir reden‹, sagte ich.

Afxendis erhob sich und ging raus.

›Bring die Kleine her. Jetzt sofort … Hier hast du dein Geld zurück.‹

Ich warf ihr den Umschlag ins Gesicht.

Sie rollte mit ihren kleinen Augen, die sich zwischen Fettpolstern versteckten, bückte sich mühsam, um den Umschlag aufzuheben, und sagte lachend:

›Die Kleine ist ab nach Damaskus. Lebt dort bei einem Pascha. Sie hat großes Glück gehabt, schwimmt im Gold. Pech für mich, aber ich hab mein Geld zehnfach rausbekommen.‹

Sie senkte die Stimme.

›Als was soll ich dich eigentlich bezeichnen, Kleiner? Wichser, Flasche … Ehrenmann? Sie war noch Jungfrau. Hättest du sie nicht wenigstens durchnudeln können, bevor du sie mir geschickt hast?‹

Ich hab nichts gesagt, hab nur dagestanden und zugehört. Sie hat geredet und geredet, und zwischendurch hat sie getrunken und ordinär gelacht.

›Weißt du, was sie über dich gesagt hat? Ich soll mal bei dir nachsehen, ob du überhaupt einen …‹

Ich muß rot geworden sein. Plötzlich hat Blanche ihre Worte bereut und versucht, sich bei mir einzuschmeicheln. Sie hat mir ein Glas Whiskey eingeschenkt. Ich wollte weg, aber das Glas, das da stand und auf mich wartete, hielt mich zurück. Die Flasche war im Nu leer. Ich weiß nicht mehr ... kann mich nicht mehr erinnern ... wie es dazu gekommen ist, daß ich mich später im besten Zimmer wiedergefunden hab, wo ich auf Adnan geritten bin, einer hübschen Drusin. Wenn mir wenigstens jemand sagen könnte, wie das Geld zurück in meine Kammer gelangt ist, bevor wir ausgelaufen sind ... Hast du noch Kognak oder sonstwas zu trinken?«

»Nein.«

»Jetzt urteile du. Warum sagst du nichts?«

Die Schiffsglocke schlug vier Doppelte.

»Einen Moment, laß mich erst mal Wachübergabe machen.«

Käpt'n Panajis aus Lakythra, einem Dorf auf Kefalonia, schlurfte den Niedergang hoch. Der Steuermann knipste das Licht an. Die gerötete Glatze des Zweiten Offiziers glänzte vor Schweiß. Auf dem Kopf hatte er kein einziges Haar. Er trug khakifarbene Shorts, Schlappen und ein ärmelloses Flanellhemd. Ein Riese um die Sechzig. Die beiden Offiziere kamen aus dem Steuerhaus und blieben neben dem Funker stehen.

»Wie gesagt, Käpt'n Panajis.«

»Sei unbesorgt.«

»Gute Wache. Nikolas, laß uns gehn.«

»Bleibt noch fünf Minuten, Jungs, bis sich meine Augen an die Dunkelheit gewöhnt haben. Nur fünf Minuten, ich muß euch was erzählen.«

Er trank in einem Zug den Mokka aus, den man ihm gebracht hatte, und steckte sich eine Zigarette an.

»Also ...«

»Was ist denn los. Spann uns nicht auf die Folter.«

»Ich hab da was geträumt. Das war ein Traum ...« Er räusperte sich.

»Na, dann raus damit«, sagte der Funker.

»Wie soll ich sagen ... Weiß gar nicht, ob man so was überhaupt erzählen sollte. Also, Jungs, ich hab geträumt, daß ... verflixt noch mal ... daß ... also, ich hab geträumt, daß ich meiner verstorbenen Mutter beigewohnt hab. Dann war es nicht mehr meine Mutter, sondern meine Schwester, Gott hab sie selig ... Diese verfluchte Dunkelheit. Meine Augen haben sich immer noch nicht dran gewöhnt.«

»Wie«, sagte Nikolas, »war das schon alles? Hab ich zigmal geträumt. Läßt sich leicht deuten, klare Sache. Das sind deine Wurzeln, deine Erinnerung an den Bauch deiner Mutter, und an ihre Brüste. Bist du da rausgekommen oder nicht? Und dann die Hitze hier, dieses Klima. Was hast du denn gestern abend gegessen?«

»Nur 'nen Milchreis. Ach ja, und 'ne Büchse Ananas.«

»Na bitte. Wenn ich auf dem Schiff abends was Süßes esse, träume ich von meiner Mutter, wie sie tot daliegt.«

»Ich auch«, murmelte Käpt'n Jerasimos.

»Was soll das heißen, ich auch?«

»Ich hab geträumt, daß ich auch mit ...« Er machte eine Bewegung mit der Hand.

»Gibt's da, wo wir hinfahren, irgendeine von unsern Kirchen?« fragte Käpt'n Panajis.

»Weiß nicht«, sagte der Funker, »vielleicht 'ne protestantische.«

»Ich möchte eine Kerze für sie anzünden. Vierzig Jahre ist sie schon tot.«

»Panajis, tust du mir 'nen Gefallen?« unterbrach ihn der Steuermann.

»Wenn ich kann ...«

»Erzähl uns doch noch kurz die Geschichte mit der Frau von den Aleuten.«

»Puh ... Das ist doch schon fünfundvierzig Jahre her. Hab

ich schon fast vergessen.«

»Erzähl, was du noch weißt. Unsrem Landsmann hier zuliebe, der sie noch nicht kennt.«

»Also gut, weil ihr's seid. Ihr dürft mich aber nicht unterbrechen, sonst verlier ich den Faden. Ich hab damals als Matrose auf 'nem Schiff von der Kupas-Reederei gearbeitet. Ich war noch grün hinter den Ohren. Wir gingen vor einer dieser Inseln da oben vor Anker, um Felle zu laden.« Er kratzte sich am Kopf.

»Wie hieß die noch gleich ... Koska ... Kiska ... Irgendwie so ähnlich. Eiseskälte. Beim Pinkeln gefror die Pisse in der Luft. Das war vielleicht ein Hafen! Lagerhallen mit Zinkdächern. Es wurde nie hell. Wie willst du da im Vorschiff schlafen gehn? Zu fünft oder sechst, wir waren alle aus Kefalonia, zogen wir los. Hinter den Lagerhallen entdeckten wir ein niedriges Haus. Eine Laterne beleuchtete ein Schild, auf dem stand: *Spirits and wines, smoke and matches*. Von Frauen stand da nichts. Uns machte einer die Tür auf, der eingepackt war wie ein Eskimo. Sein imposanter Schnurrbart ragte an beiden Seiten seines eingemummelten Gesichts hervor. ›*Sit down, Sorrs*‹, sagte er in 'nem Ton, als ob er uns beleidigen wollte. Wir setzten uns auf ein paar Bänke an einen flachen Tisch und bestellten was zu trinken. Der Boden war mit Holzspänen bestreut. An der Wand ein, zwei Borde mit verstaubten Flaschen. Er stellte sich auf einen Hocker, um an das Bord ranzukommen. Er rutschte aus, schaffte es aber, die Flasche nicht fallen zu lassen.

›Verflucht, wer euch gezeugt hat … blöde Johnnys‹, brummte er in tiefstem kefalonitischen Dialekt vor sich hin. ›Ich scheiß auf das Denkmal von euerm Metalas* … ich scheiß auf die Fotze, die euch ausgespuckt hat. Auf euch und eure Moneten und eure Banner.‹

Wir fielen vor Lachen fast von den Bänken. Er guckte uns verständnislos an.

›Wo kommst du her, Väterchen?‹

›Ich scheiß auf euer Väterchen. Aus Kefalonia. Wieso fragt ihr?‹

Von dem Moment an überschlug er sich, um uns nach Strich und Faden zu bedienen, hörte aber keinen Moment auf zu fluchen. Er fragte uns über alle dreihundertdreiundsechzig Dörfer der Insel aus. Mit zwanzig war er weggegangen. Er hatte die ganze Welt bereist und sich dann da oben niedergelassen. Jetzt war er ein alter Mann.

›Hier werd ich sterben‹, sagte er uns. ›Das Dorf Dilinata werd ich nicht wiedersehen. Sie werden mich im Eis verscharren, und ich werd nicht verwesen.‹

›Aber warum kehrst du nicht in die Heimat zurück?‹

›Darum‹, antwortete er. ›In einer Nacht hab ich satte drei zur Strecke gebracht.‹

›Nach dem Gesetz kriegen sie dich nicht mehr ran, nach all den Jahren.‹

* Maitland, britischer Gouverneur auf den Ionischen Inseln. Bis zum Zweiten Weltkrieg stand in der Hauptstadt von Kefalonia ein Denkmal von ihm.

›Ich scheiß auf das Gesetz‹, schrie er. ›Kefalonia hat ihr eigenes Gesetz, und damit kriegen sie mich ran. Das Gesetz der Vendetta. Ich bleibe hier.‹

Am nächsten Tag ging ich allein zu ihm.

›Irgendein Mädchen, Sissimos … Ließe sich da nicht was drehen? … Ich halt's nicht mehr aus.‹

Er überlegte.

›Hinter uns ist noch 'ne Kneipe, mehr gibt's hier nicht. Die Frau ist eine aus der Gegend, die es für Geld macht.

Ihr Mann ist die ganze Nacht unterwegs und kommt erst morgens zurück. Du mußt also unbedingt auf die Uhr achten, weil es um diese Jahreszeit keine Morgendämmerung gibt. Wann lauft ihr aus?‹

›Morgen früh.‹

›Das ist knapp.‹

Ich hab die Kneipe auf Anhieb gefunden. Ein wandelnder Lederballen machte mir auf. Der Ofen heizte auf vollen Touren. Ich bestellte was zu trinken. An der niedrigen Decke hingen drei, vier Hängematten. Aus einer hörte man Babygeschrei. Die Frau schubste sie mit einem Stock, der wie ein Nudelholz aussah, etwas an, und das Weinen hörte auf. Dann ging das Geschrei in der nächsten Hängematte los. Die Frau tat hier das gleiche, und das Weinen hörte auf. Jetzt ging das Geschrei in der dritten los. Das war vielleicht ein Gekreische. Sie ging von einer zur anderen. Es dauerte eine halbe Stunde, bis sich die Hängematten beruhigt hatten und sie mir die Flasche bringen konnte, die ich bestellt hatte. Ich stellte es schlau an: Demonstrativ legte ich fünf, sechs Dollar in Gold auf den Tisch und tat so, als ob ich sie zählen wollte. Als sie sich vorbeugte, um zu servieren, musterte ich ihr Gesicht.

Schlitzaugen, kleiner Mund. Sie roch nach Lebertran, gepökeltem Fisch und ungegerbtem Leder. Warf einen verschlagenen Blick auf die Dollars. Bis sie endlich kapierte, was ich wollte, war viel Zeit verstrichen. Aber es war klar, daß sie mir was vormachte. Dann faßte sie den Entschluß. In dem Moment fingen alle Hängematten gleichzeitig an zu schreien. Sie beruhigte die eine, es tobte die nächste. Sie begann, sich auszuziehen. Zuerst den Seehundmantel. Dann eine lederne Jacke. Ich gab ihr mit Händen und Füßen zu verstehen, daß es besser wäre, wenn sie sich bloß von der Hüfte an abwärts auszieht. Sie lachte. Sagte in gebrochenem Russisch, daß sie zuerst alle anderen Kleider ausziehen muß, um die gelbe, gewachste Unterwäsche auszukriegen, weil sie an den Schultern mit Trägern und an den nackten Füßen mit Riemen befestigt ist. Komplizierte Sache.

›Tu, was du für richtig hältst‹, sagte ich zu ihr.

Sie zog sich ohne Eile aus. So was hatte ich noch nicht gesehn, Jungs ... Nicht mal auf einen Ochsenkarren würden so viele Klamotten passen ... Bis wir auf einmal in der Ferne Schlittenglocken hörten.

›Mein Mann‹, flüsterte sie erschrocken und zog sich mit einer Behendigkeit an, die mir auf die Nerven ging.

Die Glöckchen wurden leiser. Dann verhallten sie ganz. Gelangweilt machte sie sich wieder ans Ausziehen. Da gerieten die Hängematten aufs neue außer Rand und Band. Mal waren es die Hängematten, mal das Geklingel der vorbeifahrenden Schlitten, dann die An- und Auszieherei, die Zeit verstrich. Es läutete Mitternacht. Da endlich stand sie vor mir, wie ihre Mutter sie geboren hatte. Ein Körper war das ... Genau in dem Augenblick, als ich sie zu streicheln begann, tutete die *Dorothée Koupa* mehrere Male schnell hintereinander. Die Aleutin fing an zu lachen und klatschte in die Hände. Ich schaute mal auf die Tür, mal auf die Frau. Einen Moment zögerte ich, dann stürzte ich mich auf sie. Die Hängematten schrien, die Schlitten fuhren in einem fort vorbei, und das Schiff hörte nicht auf zu tuten. Und da, Freunde, ich schwör's euch, bei allem, was mir heilig ist, krachte, ich weiß nicht, ob wegen der Hitze oder dem Gewicht des Schnees, der sich auf dem Zinkdach angesammelt hatte, ein Balken runter und streifte mich am Arm. Im selben Moment wurde die Tür aufgestoßen, und Sissimos kam rein.

›Beeil dich, Mann, ihr lauft aus.‹

Und zur Aleutin, die ihre Blöße mit einem Kleidungsstück bedeckte, sagte er:

›Zieh dich an, du Schlampe, drei Stunden halte ich deinen Mann schon im Laden fest und geb ihm einen nach dem andern aus.‹

An den Anpfiff, den ich vom Alten bekam, kann ich mich heute noch erinnern. Es hätte nicht viel gefehlt, und er hätte mich geschlagen. Das war's, seid ihr zufrieden?«

»Du hast sie schon mal besser erzählt, Panajis«, sagte der Steuermann. »Wo ist die Beschreibung der Kleider geblieben? Du bist alt geworden.«

»Na, immerhin erinner ich mich noch. Hab ich euch schon die mit dem Steward erzählt? Die ist kurz.«

»Erzähl, erzähl«, sagten beide.

»Also, ich war Kapitän auf einem kleinen Postschiff. Wir fuhren die Linie Ambrakischer Golf–Ionische Inseln. Eines Nachts waren wir auf der Höhe der Oxies, reinstes Hundewetter. Es gibt ja den Spruch: ›Bei Schirokko oder

Levante meide Pylaros und Tsante‹*. Ein Leuchtfeuer hatten wir noch nicht gesehn; ich stand mit dem Zweiten auf der Brücke und wartete, daß der Himmel endlich aufklart, als ich plötzlich lautes Geschrei und Gepolter hörte, das durch die Oberlichter der Ersten Klasse drang. Ich schlich mich runter und blieb im Gang zu den Kabinen stehn. Die Passagiere schrien: ›Steward! Steward!‹ In einer Ecke sah ich den wachhabenden Steward, ein ganz junger, für den das die Jungfernfahrt war, am Boden kauern. Er übergab sich und schrie: ›Passagiere! Passagiere!‹
Als er mich sah, bekam er einen Schreck.

›Schick mich nicht weg, Käpt'n, schick mich nicht weg, meine Mutter ist Witwe … Ich gewöhne mich ganz bestimmt daran.‹

›Ist ja gut, Junge‹, sag ich zu ihm, ›ich schick dich nicht weg. Aber sag mir, warum rufst du nach den Passagieren?‹

›Aus dem gleichen Grund, aus dem sie nach mir rufen. Ich brauche genauso Hilfe wie sie, mein Kapitän.‹

Das sagte er in tiefstem Korfudialekt.«

»Na dann«, sagte Jerasimos, »gute Wache, und wenn sie dir in der Maschine Scherereien machen, weck den Alten. Sechzehn Meilen haben wir in vier Stunden hingelegt … Die reinste Krebserei.«

»Ich soll nach dem Alten schicken«, murmelte der alte Offizier. »Logisch, warum sollte ich nicht nach ihm schikken … Du machst dich wohl über mich lustig, mein kleiner Jerasimos, na ja, macht nichts. Früher hab ich ihn gerufen, damit er mir einen Mokka brüht, und jetzt soll ich nach ihm schicken, damit er mir Order gibt.«

»Der Alte war unter dir Matrose?«

* Schirokko und Levante sind Winde. Pylaros heißt der Golf von Kefalonia, Tsante ist ein anderer Name der Insel Zakynthos.

»Ja, auf einem Schiff der Vejas-Reederei. Das war vielleicht ein Drückeberger, erste Sahne. Bis der einen Fuß hochgehoben hatte, stank der andere schon. Dumm wie Schifferscheiße. Er hat nie gelernt, einen Spleiß zu machen oder einen Palstek zu knoten.* Er hat immer nur in der Nase gebohrt, wie jetzt auch.«

»Die Leute sagen noch ganz andere Sachen über ihn, du weißt schon ...«, warf der Steuermann ein.

»Ah ... nach so was darfst du mich nicht fragen. Keine Ahnung. Ich selbst hab mich nie an Kindern vergriffen. Seht mal! Die Sonne hat einen Hof! Es wird ein heißer Tag werden. Macht's gut. Und danke für die Gesellschaft.«

Sie gingen den Niedergang runter und blieben an Deck stehen.

»Steck nicht schon wieder eine an«, sagte der Steuermann. »Du hast genug gequalmt. Laß uns schlafen gehn.«

»Und?« sagte der Funker, während er auf die Planken stierte.

»Was, und?«

»Nun ja, wegen der Geschichte mit dem Mädchen ... in Beirut ...«

»Ach so, ja, du hast recht ... Es war nicht deine Schuld. Ich wußte's nicht besser. Entschuldige.«

»Schon gut. Bist du müde?«

»Schon, wieso?«

»Na ja, wir könnten uns noch 'ne Weile hierhersetzen, wo's kühl ist.«

»Du hast vielleicht Nerven. Wir werden uns die Gesund-

* Ein Spleiß ist eine belastbare, dauerhafte Verbindung von Tauwerk, ein Palstek ein seemännischer Knoten.

heit ruinieren. Es tut nicht gut, durchzumachen. Und dann noch in diesen Breiten! Wir holen uns den Tod.«
»Hast du Angst vorm Tod?«
»Wie alle Menschen.«
»Ich bin neugierig drauf. Wie es wohl sein wird?«
»Genau das richtige Thema für diese Tageszeit. Um Mitternacht sprechen wir uns wieder.«
Er wollte gehen, zögerte aber.
»Sag mal, hast du das Mädchen wiedergesehn? Hast du sie gefunden?«
»Nein … nie!«
»Na dann.«
Der Funker blieb allein zurück. Er zündete sich eine Zigarette an und nahm einen tiefen Zug. Kalter Schweiß stand ihm auf der Stirn. Er lehnte sich vor, beugte den Kopf über die Reling, steckte zwei Finger tief in den Hals und übergab sich ins Meer.

Zweiter Teil

Sechste Wache

Portrait of a Man
À la Comtesse Ariane de Jacquelin Dulphé

Die Sicht liegt bei einem Meter, bei einem halben, unter einem halben, man sieht nichts, gar nichts. Der Nebel ist früh herabgesunken. Er hat einen eigenen Geruch, wie das Gewitter, der Taifun, der je nach Jahreszeit wechselnde Sturm. Wie er riecht! Er weitet meine Nasenflügel, aber ich kann dir nichts darüber sagen ... Judith! Dich trennen zehntausend Meilen von Gomel und fünf von mir. Du atmest den Schweiß von Tasman ein. Ich bin mir sicher, daß du jene Nacht an Deck der *Cyrenia* vergessen hast, auf der Höhe des Leuchtturms von Minicoy. Die Nacht hüllte dich ein. Dein purpurnes Kleid hing wie ein Fetzen zu deinen Füßen, deinen schlanken Füßen mit den phönizischen Sandalen. Du hast es von dir geschleudert, und es ist im Wassergang* hinter dem Beiboot verschwunden. Allein das Grün deiner Augen hat sich bewegt.
»Zieh dein Kleid wieder an. Bedecke dich. Zieh es an, ich bitte dich.«
»Der Monsun hat es erfaßt. Siehst du nicht?«
»Du bist wie eine nackte chinesische Klinge.«
»Mich verlangt nach meinem Futteral.«

* Rinne rund um das Deck, durch die das Wasser abfließt.

Judith! Alle Dinge haben ihren eigenen Geruch. Nicht so die Menschen. Sie nehmen ihn den Dingen weg. Dein rotes Haar riecht nach dem Laderaum der *Pinda*, die von ihrer ersten Reise zurückkehrte. Nach den engen Straßen des Ghettos … *Streets are not safe at night. Avoid all saloons.* Chagall: der Oberrabbi.

»Tolpatsch, küß mich.«

»Ein andermal. Wenn ich meinen Geschmack wiedergefunden habe.«

»Hast du ihn verloren? Wo?«

»Auf Barbados … im Sand. Ich habe ihn auf den Lippen einer Schwarzen vergessen.«

»Gut. Dann beiß mich. Bis es weh tut.«

»Ich habe keine Zähne. Ich habe sie in einer unreifen Mango zurückgelassen, gleich dort drüben, in Cochin.«

»Streichle mich.«

»Judith, mit welchen Händen? Ich habe den Tastsinn auf der ausgebleichten Seide eines Sessels verloren, in einem Haus in Iquique, irgendwo weit weg. Mit einem Saphir, einem großen Saphir.«

»Dann schau mir in die Augen. Warum starrst du auf den Boden? Sieh mich an.«

»Das sind nicht meine Augen. Die meinen hat ein alter Bettler aus Volos. Wir haben getauscht.«

»Dann sieh mich mit seinen Augen an.«

»Er war blind. Ein Mädchen führte ihn bei der Hand.«

»Dann will auch ich dich bei der Hand führen.«

»Ja.«

»Laß uns gehn. Mir ist kalt.«

»Warte, ich will dir ein Märchen erzählen.«

»Ich will nicht … Komm.«

»Drinnen ist es stickig. Der Ventilator ist kaputt. Es stinkt wie in einer Apotheke. Die Laken sind verdreckt, das Waschbecken ist schmutzig. Ein Skorpion rennt über die Wand. Ich habe Angst ...«

»Vor dem Skorpion?«

»Vor dir.«

»Komm schon, wir gehen.«

»Laß meine Hand los. Erzähl mir was.«

»Wie du willst ... Nur der alte Yekhou schlief noch nicht. Er las im Schein der Lampe mit dem rußgeschwärzten Glas. Er las in seinem großen Buch. Die Tür hat unter den Stößen der Gewehrkolben nachgegeben. Ich war zwölf Jahre alt. Ich bin nicht mehr dazu gekommen, mir meine roten Haare zu kämmen. Es waren zwölf, sie hatten schwarze Kreuze auf den Armen. Alle waren sie betrunken. Dann ... im Beisein meiner Mutter, im Beisein von Yekhou, der mit geschlossenen Augen betete.«

»Alle zwölf?«

»Ich kann mich nicht erinnern. Seitdem habe ich keinen Mann mehr angefaßt. Aber heute abend ... Nicht, daß du mir gefällst. Ich bin einfach neugierig. Laß uns gehn.«

»Morgen, in Colombo.«

»Jetzt.«

»Gib mir deine Hand, damit du nicht stolperst. Hier, eine Stufe. Mach das Licht nicht an. Du mußt wissen, ich hab eine Krankheit.«

»Macht mir nichts aus.«

»Hör zu ... Das ist, als ob wir ein Spielzeug zerstören würden, nur um hinter sein Geheimnis zu kommen.«

»Ich möchte mich in deine Haut kleiden. Dir auch etwas wegnehmen.«

»Nimm, was du willst. Nur zeig es mir vorher.«
Und so geschah es, wie damals, als ich in Anwesenheit dreier Museumswärter einen Akt von Pascin liebkoste, ohne daß sie es bemerkten.

Vorm Bug hat man keine Handbreit Sicht, stöhnt der Steuermann. Es klart nicht auf. Der Nebel wird immer dichter, schimpft er und spuckt aus. Die Zigarette ist feucht, ungenießbar. In regelmäßigen Abständen zieht er an der Leine der Dampfpfeife, und der Schornstein brüllt. Fünf Sekunden. Dann fünfundfünfzig Sekunden Stille.
Er spitzt die Ohren nach Steuerbord, Backbord, voraus. Mal hält er das eine, mal das andere Ohr mit der Hand zu. Da ist ein zweiter Schornstein, der wimmert, gerade eben zu hören. Polychronis, der Ausguck, steht am Bug, und jedesmal, wenn das Tuten der *Pytheas* verhallt ist, bläst er ins Handnebelhorn. Das andere Schiff kommt immer näher ... Ich kann es jetzt an Steuerbord leise hören.
Wieder das Tuten. Dann Todesstille. Und das Geheul des anderen, der uns entgegenkommt.
»Halt dich in Alarmbereitschaft«, ruft er zum Rudergänger. »Wenn ich dir sage: Hart Steuerbord oder Hart Backbord, dann machst du das mit ganzer Kraft, verstanden?«
»Ja.«
Er grübelt. Da haben wir mal wieder das große Los gezogen. Diamandis hat Fieber. Was fängt der sich aber auch die Syphilis ein ... Na, er hat Glück im Unglück, jetzt, wo's die neuen Medikamente gibt.
Er zieht an der Leine. Läßt sie los ...
Neue Medikamente. Hier an Bord ist nichts neu. Alle Ge-

räte sind marode. So eine Dampfpfeife hat schon mein Großvater bedient. Von wegen Radar, Echolot. Das wäre wohl zuviel verlangt. Damit wären wir fein raus ... Diamandis ist jung, er wird die Krankheit überstehn; wir aber sind verfault. Vom Quecksilber.
Wieder gibt er ein Signal mit der Dampfpfeife.

Diamandis, ausgestreckt in seiner Koje, hat Angst. Er ist von Pickeln übersät. Ob das von der Hitze kommt? Aber das Fieber ... Er hört das Tuten. Erinnert sich an die Frau, an das weiße Kleid, das sie nur hochgehoben hat, ohne es auszuziehen. An die dunkle Behaarung auf ihrem Bauch. Er zerrt an dem durchnäßten Bettuch, tritt es mit dem Fuß weg. Sie hatte unschuldige, gutmütige Augen. Der Assistent lächelt und entspannt sich. Wenn sie was gehabt hätte, hätte sie's mir gesagt, wie damals das Mädchen in Lomé. Er denkt an seine Mutter. Vom Leben gezeichnet, ganz in Schwarz. Draußen vor der Tür, neben dem Blumengarten mit den Basilikumtöpfen, hat sein bis zum Bersten vollgestopfter Seesack gestanden. Seine Schwester hat eine Nelke gepflückt, sie ihm gereicht und sich dann zurückgezogen. Seine Mutter hat nicht geweint. Auf der Insel weinen die Frauen nicht vor anderen. Das wäre so, als würden sie sich ausziehen, oder noch was Schlimmeres tun. Sie weinen nachts, wenn das Öl in der Lampe aufgebraucht ist und der Docht knistert. Wenn sie der Qualm des verbrannten Öls im Hals kratzt. »Diamandis«, hat sie mit ihrer rauhen Stimme gesagt, »paß auf, sieh dich vor.« Sie hat es ihm ins Ohr geflüstert. Dann haben sie den Seesack auf den Karren gepackt. Erst als sie das letzte Haus des Dorfes hinter sich gelassen haben, ist sie in Tränen ausgebrochen.

Vielleicht ist es bloß die Krätze! ... Noch zwei Tage. Alles kommt zusammen. Erst schwere See von vorn, dann kein Dampf, und jetzt auch noch der Nebel ... Ab sofort bin ich vorsichtiger. Ich werd mein Patent machen, und gleich danach bringen wir die Kleine unter die Haube.

Er schaut zur Decke. Eine Nietung zieht sich quer über das Schott. Er schließt die Augen ... Wenn die Zahl der Nieten gerade ist, hab ich nichts.

Eins, zwei, vier, acht, zwölf. Gerade. Vielleicht hab ich mich vertan. Er zählt noch mal ... zwölf. Richtig. Er lächelt.

Er steht auf und geht zum Waschbecken, nackt. Um diese Zeit ist das Wasser abgestellt. Morgens wird's aufgedreht, von acht bis zehn. Eigentlich weiß er, daß es jetzt kein Wasser gibt. Er dreht den Wasserhahn zu. Legt sich kurz in die Koje, steht wieder auf und rückt das Foto des Vaters gerade, das schief gehangen hat. Wieder geht er zum Waschbecken. Dann stellt er sich aufs Bett und zählt die Nieten eine nach der andern mit dem Finger ab. Zwölf ... Noch mal von vorn.

Er läßt sich rücklings aufs Bett fallen und schläft, bei brennendem Licht, ein.

Panajis, der zweite Offizier, wirft sich in seiner Koje von einer Seite auf die andere. Hört das Tuten. Nebel! Wie damals. Niemand hat mir vorwerfen können, daß ich lange von der Brücke weggewesen bin ... Ich war nur kurz pinkeln, und bevor ich zurück auf der Brücke war, saßen wir schon auf dem Holländer drauf. Du bist schuld an der Kollision, sagen sie. Wenn ich bloß Jerasimos als Steuermann gehabt hätte ...

Im Liegen tastet er mit der herabhängenden Hand den Boden ab, bekommt eine Flasche zu fassen, dreht sich auf die Seite und pinkelt hinein.

Dann sucht er etwas an der Wand. Ah, da ist es. Er hört zwei hohe Glockenschläge. Ein Segen, wir können noch drei Stunden liegenbleiben. Er beginnt zu schnarchen.

»Steuerbord voraus!« ruft Polychronis von der Back. »Er kommt näher.«

»Hart Steuerbord!« befielt der Steuermann dem Rudergänger und gibt umgehend ein lang anhaltendes Signal*.

»Paß auf!«

»Ruder liegt hart Steuerbord«, antwortet der Rudergänger.

Das Nebelhorn des anderen Schiffes ist schwach zu hören, stirbt dann ab. ›*All starboard*‹** war auch das Kommando auf dem Gegenkommer gewesen.

»Komm auf.*** Nicht, daß wir mit den Hecks zusammenstoßen.«

»Liegt mitschiffs«, sagt der Rudergänger.

»Na, sieh einer an, mein lieber Schwan, wie schwarz das Schiff aussieht. Als wär's eine Insel. Ruder Backbord!«

»Backbord!«

»So, das hätten wir, Thanassis. Da sind wir noch mal knapp davongekommen. Der hat auch kein Radar. Das sparen sie

* Warnsignal.

** Hart Steuerbord.

*** Ruder wieder mitschiffs legen, damit das Schiff nicht zu weit dreht.

sich für die Passagierschiffe auf. Was zählt schon eine Besatzung?«

Er wischt sich mit dem Handrücken die Stirn ab. Zündet sich eine Zigarette an. Im Morgengrauen, denkt er, wird das Wetter aufklaren. Wäre doch gelacht.

»Telefon, Käpt'n Jerasimos!«

»Ja. Der Wetterbericht? ... Es klart auf, heißt es? Hab ich mir schon gedacht. Hast du zu tun? ... Geht so, bin total durchgeschwitzt ... In Kifissia*? Wie kommst du denn jetzt darauf? ... Beruhige dich ... Stimmt, da ist es schön kühl. Gönn ich ihnen. Na, laß dich noch gar rösten, du Armer. Also, bis dann.«

Wieder zieht er an der Leine der Dampfpfeife. Wann ich wohl mal zur Ruhe komme? Frisches Gemüse anbauen ... Ein bißchen umgraben, säen, zugucken, wie's gedeiht. Immer nur das Meer ... Ständig Wachen ... Das ist doch nicht normal. Sind wir vielleicht Fische? Zum Teufel damit. Und am Ende wickeln sie dich in Segeltuch, beschweren dich mit Ballast, und platsch, runter vom Heck. Ohne Priester. Wenn ich sterbe, sagt Nikolas, sollen mich ruhig die Haie fressen, ich merk doch sowieso nichts mehr davon ... Weiß man's?

Und noch mal zieht er an der Leine.

Warum zünden sie dann Kerzen an, warum halten sie Totenmessen? Dieses Rauhbein von Nikolas ... Ich glaube nur, wenn ich Angst habe, sagt er. Ich scheiß auf deinen Glauben.

Polychronis stellte sich neben ihn.

»Warum bist du nicht mehr vorn, Freundchen?«

»Um 'nen Mokka brühn zu gehn und Thanassis abzulösen. Luft is rein, keiner mehr zu hörn.«

* Vornehmer, grüner Vorort von Athen.

»In Ordnung, geh. Mach aber schnell. Bring auch ein paar geröstete Kaffeebohnen zum Kauen mit.«
Er zieht wieder an der Leine. Und eine Frau, denkt er ... Auf dem Bett liegen, eine rauchen und ihr zugucken, wie sie umhergeht, singt, nörgelt ... Der kann mir viel erzählen. Frauen sind treue Wesen. Ein Gottesgeschenk. Er läßt die Leine los, stützt sich einen Moment lang auf den Messingtelegraphen.
»Was hast du gesagt?«
»Der Mokka.«
»Stell ihn ab. Hier, Thanassis, kau ein paar Kaffeebohnen, damit du nicht einnickst. Ruf ab und zu rüber. Und du, närrischer Polychronis, paß auf da am Ruder.«
Er zieht erneut an der Leine und grübelt weiter.

Sales Terriens ...

Im Funkraum knistern die atmosphärischen Störungen. Nur vom Wimmern des Schornsteins werden sie übertönt. Lärm und Hitze sind kaum auszuhalten.
Der Funker sitzt vor dem Empfänger, Ellenbogen auf dem Tisch, den Kopf in die Hände gestützt. Der Empfänger spricht eine eigene Sprache. Bestimmt zwanzig Schiffe sind auf Sendung, zu hören sind, im Umkreis von fünfhundert Meilen, auch die Küstenstationen.
de VJR ... XXX** man overboard ... approximate position ... please all ships in vicinity keep sharp lookout.*

* Unterscheidungssignal eines Schiffs, eigentlich eine vierstellige Buchstabenkombination.
** Dringlichkeitszeichen. Es wird gesendet, wenn äußerste Gefahr, aber noch kein Seenotfall besteht.

Er notiert es in seinem Funktagebuch. Lächelt bitter. *Keep sharp lookout.* Bei Nacht und Nebel. Selbst wenn's Tag wäre, könnten sie lange suchen. Geradewegs in den Rachen des Hais. Seemannsschicksal. Einer ist uns von Suez bis Aden gefolgt. Ein anderer von Aden bis Colombo. Und der hungrige, der uns jetzt begleitet und vermutlich erst vor Shantou verlassen wird, der hat sich in Sabang zu uns gesellt.

»Und woher wollt ihr wissen, daß es in jedem Hafen ein anderer ist?« hat mich mal eine Landratte spöttisch gefragt, »unterscheidet ihr sie an der Krawatte?«

Armer Irrer ... Die Straßenbahn, die dich nach Hause bringt, erkennst du doch auch von weitem.

Einmal, unterwegs auf 'nem Frachter, hab ich das Herz eines Hais gesehn, den wir gefischt hatten. Hab gesehn, wie es aus dem Körper rausgerissen war, in einer mit Salzwasser gefüllten Pütz zuckte, uns in kräftigen Stößen vollspritzte. Eine halbe Stunde dauerte das Spektakel, bis der Herzschlag langsamer wurde und aufhörte. Das glaubt einem kein Mensch, wenn man das erzählt.

Man overboard. Er gibt die Meldung weiter.

Moment mal. Der ist von einem indischen Schiff über Bord gegangen. Dann muß es ein Schwarzer sein. Der ist davongekommen. Ein Hai würde einen Schwarzen nur versehentlich anfallen.

Überleg doch mal, die jungen Schwarzen in Aden, oder in Dschibuti, die zwischen den Haien baden.

»Aber nachts, wie kann er sie da auseinanderhalten?«

In der Nacht, dreckige Landratte, verrät ihm der Körpergeruch die Hautfarbe. Wenn du einen Hai an der Angel hast, darfst du ihn niemals lebend an Deck holen. Er kann dich töten, die Lukenpersenning* aufreißen, großen Schaden anrichten. Du mußt ihm von hinten auf den Kopf schlagen. Komm mal näher, ich flüstere dir was ins Ohr, aber sag's keinem weiter, sonst ziehen sie dich auf. Mit einer Pütz Süßwasser kannst du den wildesten Hai betäuben. Ihn töten. Schütte es ihm in Augen und Maul. Er kommt nie in die Nähe von Flüssen. Nicht mal von Mündungen. Er läßt dich in Ruhe, sobald er trübes Wasser sichtet.

»Das ist gelogen! Warum schwimmen dann die Weißen bei Basra, im Fluß Schatt el Arab, nicht außerhalb des Stahlnetzes?«

Weil's ein *stream* ist, Dummkopf, eine Meeresströmung, die weit ins Land reicht; der folgen sie. Glaubst du mir etwa nicht? Fahr mal hin, dann kannst du's mit eigenen Augen sehn.

»Ich liebe Möwen«, hat mal ein hübsches Mädchen zu mir gesagt. »Das sind stolze Vögel.«

Was du nicht sagst, Dummerchen ... Landratten sind das, genau wie du. Nur um zu fressen, fliegen sie weit raus. Sobald sie spüren, daß ein Gewitter im Anzug ist, fallen sie in die Häfen ein. Ein Delphin spielt mit der Bugwelle. Da stürzt sich der ganze Schwarm auf ihn, pickt ihm die Augen aus, zerfleischt ihn, frißt ihn auf ... Vorhafenvögel. Es gibt Vögel, die gerade mal so groß sind wie dein kleiner Finger; die siehst du überm Ozean, und niemals würden die sich auf einem Mast ausruhen.

An Land wird mir schlecht. Die schlimmste, die gefährlichste Reise, die hab ich auf dem Asphalt gemacht, vom Syntagma- zum Omoniaplatz in Athen. Im Libanon hab

* Schutzbezug aus wasserdicht imprägniertem Segeltuch über der Luke.

ich mich übergeben, wie ihr Landratten euch übergebt, wenn Meltemi-Wind aufkommt. Ihr bedauert uns, weil wir kein Zuhause haben, weil wir breitbeinig gehn, weil wir beim Landgang verknitterte Hemden, ungebügelte Kleidung tragen. Ich gönn's euch ja. Ein sicheres Bett, ruhigen Schlaf. Mokka und Zeitungen auf dem Nachttisch. Wochenendausflug mit Hackfleischbällchen. Aber ich würde meinen Job nicht gegen euren eintauschen, nicht

für einen einzigen Tag.

»Erzählen Sie uns doch etwas von Ihren Reisen ...«

Wie oft hab ich das schon gehört ... Warum sollte ich? Damit ihr euch gegenseitig mit dem Ellenbogen anstoßen könnt und was zu lachen habt?

Der Steuermann gibt Signal. Er ist ein guter Seemann. Sieht voraus, unablässig voraus. Er schaut dich nicht an, wenn er dich was fragt, sondern läßt das Meer nicht aus den Augen. »Sag mal«, fragt er mich vorgestern plötzlich, »wo ist eigentlich dein Vater begraben?«

»Was weiß ich, ich war auf See, als er gestorben ist.«

Ein Kind der Mandschurei ... Als er mit siebzehn zum ersten Mal dorthin kam, nach Tianjing, hörten die Chinesen in der Gegend mit einem Schlag auf, Opium zu rauchen, und waren trotzdem schlimmer berauscht als zuvor. Was hatte er ihnen nur eingeflößt? Er war Kuropatkins* Heereslieferant. Eines Nachts zerrten sie meinen Vater in dessen Zelt. Auf der Kiste, die Kuropatkin als Tisch diente, thronte eine riesige Schabe, ein wahres Monstrum von einem Kakerlak.

»Vor Morgengrauen lasse ich dich erschießen.«

Mein Vater nahm das Beweisstück in die Hand, schätzte

* A. N. Kuropatkin (1848–1925), russischer Kriegsminister und Oberbefehlshaber. Seine Truppen wurden im Russisch-Japanischen Krieg vernichtend geschlagen.

es mit den Augen ab, steckte es in den Mund und schluckte es runter.

»Eine Rosine, Euer Exzellenz. Eine Rosine von meiner Heimatinsel.«

Kuropatkin fiel es schwerer, sein Lachen zu unterdrükken, als es meinem Vater gefallen war, das Viech runterzuschlucken.

»Wegtreten … Aber beim nächsten Mal kommst du mir nicht ungeschoren davon.«

Spielkarten hatten in seinen Händen ein Eigenleben. Mal verlor er eine Brauerei in Laoag, mal gewann er eine Bäckerei in Shenyang … 1920 kam er mit Wrangels Armee* zurück, mit einem Fünftausender in der Tasche und einer Bonbonschachtel. Dann begann er, sich rumzutreiben … Konstantinopel, Smyrna, Piräus, Alexandria, Brindisi … Eines Nachts ist er mit einem Handkarren, vollbeladen mit türkischen Silbermünzen, nach Hause gekommen. Jedem von uns hat er eine Handvoll davon gegeben. Einen Monat später hat er sie uns schon wieder abgenommen.

»Her damit, Kanaillen, ihr kriegt sie in Gold zurück …«

Meine Mutter hat nur den Kopf geschüttelt.

Kaum war ich achtzehn, sagte ich ihm, daß ich Seemann werden will.

»Von mir aus kannst du werden, was du willst. Hauptsache, du wirst kein Zuhälter und kein Schwulinski.«

Einen Augenblick dachte er nach.

»Obwohl es durchaus Schwule gibt, die Schneid und Anstand haben, die korrekt sind. Aber einen vertrauenswürdigen Zuhälter, das hat's noch nicht gegeben.«

* Peter Nikolajewitsch Baron von Wrangel (Wrangell), russischer General (1878–1928).

Noch am Tag vor seinem Tod hat er der Krankenschwester, die ihn pflegte, zwischen die Beine gegrabscht.
Kannst du nicht mal aufhören, Jerasimos? In Gottes Namen, hör endlich auf. Mir brummt der Schädel. Wo er begraben ist ...? Den Sarg, in dem er lag, haben sie in einer Ouzokneipe, beim Hl. Dionysis in Piräus, wo sich die Seeleute treffen, stehenlassen. Der freundliche Totengräber wurde dafür bezahlt, einen neuen anzufertigen. Die Mutter hat an der Gangway des Schiffs auf ihren Sohn gewar-

tet, der den Toten an Bord bringen und nach Kefalonia auf einen ruhigen Friedhof begleiten sollte. Sie hat sehr wohl bemerkt, daß die Särge ausgetauscht worden waren, hat aber kein Wort darüber verloren. Auch später hat sie nie gefragt. Acht Jahre China hatten sie gelehrt zu schweigen.
Wenn man meine Knochen doch nur auch irgendwo vergessen könnte, am besten in einem Bordell! Die Frauen könnten sie als Röhrchen für ihre Spülungen, als Zigarettenspitzen und als Pfeifen benutzen.
Jetzt hör doch endlich auf, an dieser verfluchten Strippe zu ziehn ... Welcher Schurke von Pope, welcher Hurenpope wird mir nur die Beichte abnehmen? Hieronymus aus Zola*. Wie lange mag das hersein? In Dili, in Kupang. Nein. In Bali. Irgendwo da unten, in einem Hafen, wir hatten mit der *Argonaut* wegen eines Ruderschadens angelegt.
Noch eine Meldung ... *TTT*** ... *medical advice* ... *sailor of twenty five* ... *fever forty one* ... *probably of contagious water* ... *any ship with doctor please advise* ... Macao hat es empfangen. *As* ... *QRX**** ...

* Dorf auf Kefalonia.
** Dringlichkeitszeichen.
*** Warte ... Ich werde zurückrufen.

Ich hab Durst. Was ist nur mit mir los? So wie damals, an Bord der *City of Djeddah.* Ein Rudergänger war an Typhus erkrankt. Wir fuhren von Bombay gen Norden. Wir hatten ihn in einer Kammer im Vorschiff isoliert. Zwei Schiffsjungen hielten in der Nacht bei ihm Wache, mal der eine, mal der andere. Meine Wache begann um zwei Uhr morgens. Monsun von vorn. Ich rieb ihn mit Kampfer ein und legte ihm Essigkompressen auf die Stirn. Er war ruhig. Als meine Wache um war, kam niemand mich ablösen. Das Wetter war schlechter geworden. Tonnen von Wasser strömten vom Bug übers Vorschiff. Ich erneuerte die Reginald-Kompresse. Seine Stirn war eiskalt, und er lächelte mit aufgerissenen Augen und schiefem Mund. Selbst wenn jetzt jemand reingekommen wäre, hätte ich nicht weggehn können. Manchmal schien es mir, daß er mit den Augen blinzelte, manchmal, daß er die Lippen bewegte oder mit der Hand zuckte. Damals trank ich, zum ersten Mal in meinem Leben. Ich schüttete etwas Zucker in die Spiritusflasche. Medizin gegen die Angst …

Dasselbe heute abend … Wonach zum Teufel riecht dieser Alkohol? Woran erinnert er mich? … Arrak! Genauso stank Blanche aus dem Mund … Hast du sie wiedergesehen? Ja, zwölf Jahre später, wieder in Beirut. Auf der *Corinthia.* Sie kam an Bord an meine Tür. Sie umarmte und küßte mich, wie sie's immer tat, auf beide Wangen. Mir kam es so vor, als ob sie lallte. Sie wird betrunken sein, dachte ich.

»Ich hab dir meine Tochter mitgebracht. Erinnerst du dich, wie du mit ihr gespielt hast, als sie noch ein Baby war? Einmal hat sie dich naßgemacht … Hier ist sie.«

Die Kleine wurde rot. War um die Sechzehn. Trug die große weiße Flügelhaube der Schwestern des Hl. Joseph.
»Ich geh mir das Schiff ansehen«, sagte sie und verschwand.
Blanche fing an zu weinen. Es war das erste Mal, daß ich sie weinen sah, und ich war sprachlos.
»Sie verläßt mich. Geht nach Pau ins Kloster. Diese Drecksweiber haben ihr den Kopf verdreht. Vielleicht hat
 sie auch von was Wind bekommen ... Ich hab ihr eine Schiffspassage in der Ersten Klasse gebucht, aber ohne Bett. Ihr seid voll belegt. Im Namen unserer alten Freundschaft, Nikolas, tu, was du kannst, daß mein Kind irgendwo unterkommt. Daß sie eine angenehme Überfahrt hat. Hast du gesehen, wie mager sie ist?«
»Sie schläft in meiner Kabine«, sagte ich. »Ist das alles?«
»Und du?«
»Ich? Ich komm schon irgendwo unter.«
Sie ergriff meine Hände und drückte sie. Sie weinte verzweifelt. Ihre Schminke löste sich in den Tränen auf und lief ihr übers Gesicht. Wie ein Sack ließ sie sich auf mein Bett fallen.
»Na, na ... Warum weinst du denn? Wann immer du willst, fährst du los und besuchst sie. Vielleicht bereut sie's ja und kommt zurück. Kopf hoch.«
Da stand Blanche, die in Beirut das Haus mit den Spiegeln besaß, ein anderes in Aleppo und noch eins in Damaskus, an deren dicken Armen fünf goldene Armreifen klirrten, deren Vermögen auf zwanzigtausend goldene Pfund geschätzt wurde und die Tag und Nacht ununterbrochen reden konnte, ohne erschöpft zu sein, diese Blanche stand schwerfällig auf, trat nah an mich heran, sehr

nah, Gesicht an Gesicht, öffnete ihren Mund und streckte die Zunge raus – vielmehr das, was von der Zunge noch da war, was das Radium und die Krankheit übriggelassen hatten.
Ich wich um kein Haarbreit zurück. Ließ mir nichts anmerken.
»Warum fährst du nicht nach Paris?«
»Da komm ich gerade her.«
»Du wirst gesund werden«, sagte ich. »Du bist nicht die erste mit so 'ner Krankheit.«
Sie ließ mich nicht ausreden.
»Du kannst dir die Trösterei sparen. Ich sag dir nur eins: Wenn es eine Sünde ist, daß Frauen mit fremden Männern schlafen, dann geschieht's mir ganz recht! Aber die Strafe ist hart. Sie ist unerträglich.«
Sie bekreuzigte sich.
»Und dein ›Haus‹?«
»Hab ich dichtgemacht. Vor zwei Monaten. Ich hab zu Vera gesagt – die kanntest du doch –, daß sie es übernehmen darf, aber sie wollte nicht.«
»Vera ... Wo ist Vera jetzt?«
»Tot. Ist einen Monat her. Sie hat Kurare* getrunken. Das Alter hatte sie häßlich gemacht. Und arm war sie. Aber sie hatte ihren Stolz. Nicht einen Teller Essen hat sie aus meinen Händen angenommen. Sie haßte mich ...«
Sie zögerte.
»Und du haßt mich auch.«
»Ich? Wenn du damals nicht gewesen wärst, als ich das Zeug bei mir hatte ...«
»Du hast es mir nicht verziehen ... das mit der aus Lesbos. Es war nicht meine Schuld. Sie wollte es selber so. Ich

* Strichnin.

hatte sie in die Küche gesteckt und fand sie im Bett wieder. Es war ihr Wille ... Ich hab dir damals Kummer bereitet.«

»Hör zu, Blanche, ich weiß nichts mehr von alldem. Der Armenier, Afxendis, ist der noch bei dir?«

»Nein, der ist abgehauen. Was soll's, war ein Schuft ... Also, paß auf das Kind auf wie auf deinen Augapfel.«

»Sei unbesorgt. Wie ein Bruder werde ich's beschützen. Wie ein Vater.«

Sie ergriff meine Hand und wollte sie küssen. Schnell zog ich sie weg.

»Du hast ›Vater‹ gesagt ... He? Das hast du gesagt.«

Sie beugte sich vor und flüsterte mir ins Ohr: »Ich werde jetzt gehen ... Soll ich dich küssen, oder ekelst du dich vor mir?«

Ich nahm ihren Kopf zwischen meine Hände und küßte sie auf den Mund. Angriff ist die beste Verteidigung.

»Ich muß los. Ich geh noch von meiner Kleinen Abschied nehmen.«

Ich beobachtete die Szene von weitem. Die Tochter schaute weg, als ihre Mutter ihr einen Kuß gab. Gelangweilt. Ohne eine Träne zu vergießen. Aus den Lautsprechern tönte es:

»*All visitors ashore.*«

Sie ging als letzte von Bord. Es war Nacht geworden. Sie spazierte an den Polizisten und Zollbeamten vorbei, die lächelnd ihre Peitschen zum Gruß erhoben. Ich sah, wie ihr Auto zwischen den Unterständen des Zollgebäudes verschwand. Ihre Tochter spielte mit zwei Kindern und lachte. Die Lichter von Beirut flammten auf. Die Phönizier ...

Das Geheul der Dampfpfeife, Nebel, Hitze, Müdigkeit werden eins.

Zieh dich aus. Der Nebel soll dein Kleid sein. Ich trink noch einen, auf das Meer. Auf die Meerjungfrau, die auf meinen Arm tätowiert ist. Die jede Nacht ins Wasser springt und mich mit Poseidon betrügt. Morgens, wenn ich noch schlafe, kehrt sie zurück, übersät von Seetang und Feuerquallen. Wenn wir irgendwo länger im Hafen liegen, verdorrt sie, und ihre Farben verblassen.

Ein Häuschen im Grünen. Alle zwei Jahre eine Nacht dort schlafen. Keine Frau neben sich. Und morgens wieder aufbrechen. Zurück zum Stampfen der Maschine, zum Gestank des Bilgewassers, zum Schiffsmief, zum Koch, der sich die Fingernägel mit dem Küchenmesser schneidet. Immer auf Wache, in der Koje Wanzen, Überholungsarbeiten, der Geruch der Mennige, von kochendem Teer, die Fäkalientanks, in der Pütz trübes Wasser. Flußwasser mit Löwenhaaren drin und von Krokodilen verdreckt, Schimpfwörter bei Tisch, angebrannter Milchreis, Flüche als Morgengruß, Seekoller, zur Wachablösung mit einem Ruck am großen Zeh geweckt werden. Anker hieven, Anker fieren. Kreuzsee*.

Wachablösung. Batterien aufladen. Ein Gläschen? *À la Casa de Lautrec*. Und jetzt Musik. Ein Lied aus China. Weiter zurück. Der Bolero von Ravel: eine Fliege, die in einer Glaskugel umherschwirrt, bei wechselnden Farben. Europa, du alte Schlampe …

Wer wird mir vergeben? Alevisos in Kupang. Nein … der liegt schon seit Jahren auf Bali begraben.

Wir waren mit der *Argonaut* wegen eines Ruderschadens

* Seegang, der durch zwei sich kreuzende Wellenrichtungen entsteht.

eingelaufen. Ich war nicht älter als siebzehn. Es war Morgen. Ich rasierte mich gerade in meiner Kammer. Durch die Tür sah ich die bewegungslosen Palmen und ein Licht, das Meer und Land überflutete. Ein Licht, das ich Jahre später auf Delos wiederfinden sollte, auch diesmal an einem Morgen … Bali! Klänge drangen zu unsrem Schiff, wie von einer Hirtenflöte.

»Ich suche einen Hurensohn, einen Schurken, einen Be-

trüger, einen Dieb wie mich, einen Landsmann.«

Eine unbekannte Stimme. Ich ging mit Rasierschaum im Gesicht raus.

»Hier bin ich«, rief ich. »Hier. Womit kann ich dienen?«

»Ich will … was ich will, Pupsgesicht, ich will Oregano und Knoblauch haben. Wenn möglich, auch etwas Petersilie. Und zwar sofort.«

Ich lief zum Steward, der mir alles gab. Der alte Mann nahm die Gewürze in seine zittrigen Hände und führte sie an die Nase. Er seufzte. Er war sehr alt, mager, mit einem großen, vom Tabak gelb gefärbten Schnurrbart und buschigen Augenbrauen, die seine Augen verdeckten. Er trug ein dreckiges, löchriges Gewand aus gelber Rohseide und einen alten Tropenhelm.

»Wenn die Sonne untergeht, hol ich dich ab und bring dich auf meine Farm, ich lad dich zum Essen ein.«

»Nein«, sagte ich.

»Was, nein? Am Arsch, du Lahmarsch. Sei gefälligst fertig, wenn ich wiederkomme.«

Vor Anbruch der Dunkelheit war er zurück.

»Bist du *ready*?«

»Ja, ich hol bloß noch 'ne Flasche Whiskey.«

»Einen Scheißdreck nimmst du mit. Komm schon.«

Wir stiegen in ein längliches, schmales Boot. Ich tauchte die Hand ins Wasser und befeuchtete mir die Stirn. Dann tauchte ich die Hand erneut ins Wasser.
»Was machst du da, du Rindviech, du Hammel auf zwei Beinen. Zieh gefälligst deine Flossen ein, und steck sie in die Hosentaschen, wenn du nicht als Einarmiger von Bord gehen willst; hier gibt's Schwertfische.«
Wir legten an.
»Wir gehen zu Fuß, dann kannst du dir die Gegend ansehen.«

Unterwegs grüßten ihn die einheimischen Frauen und Männer, freundlich lächelnd:
»Ich scheiß auf deinen Gott, Alevisos«, rief einer auf griechisch.
»Scheiß auf die Gottesmutter«, ein anderer.
»Ich scheiß auf deinen Glauben«, rief einer weiter weg.
Er konterte mit ähnlichen, ja noch schlimmeren Flüchen.
Ich lachte.
»Lach nicht, Blödmann, sonst bring ich dich sofort dahin zurück, wo ich dich hergeholt hab.«
Während wir weitergingen, kam uns ein Schwarm Raben entgegen. Die Raben torkelten wie Schwammtaucher, die von der Taucherkrankheit befallen sind, und hüpften uns zwischen den Beinen herum. Er beugte sich runter und streichelte sie.
Dann überquerten wir eine kleine Holzbrücke und erreichten einen großen Landsitz mit einem baufälligen Bungalow in der Mitte. Die Nacht war angebrochen. Drei splitternackte junge Mädchen erwarteten uns in der Tür. Ich blieb stehn und starrte sie an. Er schubste mich ins Haus, und ich landete in einem Schaukelstuhl. Eine riesi-

ge Schlange ließ sich von der Decke auf meinen Schoß fallen. Ich schrie auf.

»Schißhase … Christodoulos, komm her zu mir, ich geb dir was zu fressen.«

Die Schlange schlängelte sich um Alevisos' Körper.

»Sie ist mein Kind. Ich hab sie seit fünfzehn Jahren. Sie schläft bei mir in der Kammer.«

Die Mädchen brachten große Schüsseln und wuschen uns die Füße. Wir setzten uns hin zum Essen. Das Huhn blieb

mir im Hals stecken. Ich sah mal die, mal jene verstohlen an.

»Iß jetzt, Junge, später kannst du alle drei bumsen. Aber erst mußt du kräftig was essen, um dich zu stärken.«

Ein schneeweißer Papagei mit einem gelben Kamm marschierte über den Tisch und kackte in einem fort auf das Tischtuch.

»Ekelt dich das?« fragte er. »Wenn du willst, scheuch ihn weg. Los, raus, verrückter Dionysis.«

»Ach was«, gab ich zurück. »Laß ihn doch. Warum spricht er denn nicht?«

»Er ist seit heute morgen beleidigt. Ich hab ihn mit einem Löffel verhauen, weil er Christodoulos gejagt hat. Magst du Mangos?«

Ich antwortete nicht, denn soeben beugte sich eines der Mädchen vor, um mir aufzutun, und eine Brustwarze kitzelte mich am Auge.

Als wir gegessen hatten, kam der Kaffee, und wir zündeten uns Zigarren an.

»Wollen wir uns die Beine vertreten? Im Dorf gibt's hübschere als diese hier.«

»Nö. Ich bin müde. Besser, wir gehn schlafen.«

Ich legte mich hin und wartete. Wie er es angekündigt hatte, kamen alle drei. Draußen spielte die Hirtenflöte. Ab und zu war da ein Brüllen. Ein-, zweimal hörte ich einen langgezogenen Pfeiflaut. Die Mädchen richteten sich erschrocken auf, knieten sich hin und schrien:

»*Naya-naya** …!«

Später lagen wir alle vier auf dem Rücken, rauchten und sahen uns die Sterne an, die durch die großen Fenster ins Zimmer leuchteten und tief zu uns herabstiegen, so tief, daß man sie mit der Hand berühren, mit ihnen *Gerade und Ungerade*** spielen konnte. Da stimmte Namila ein Lied an. Loana begleitete sie auf einem Instrument, das ich nicht sehen konnte, während Talora schweigend weiterrauchte. Ab und zu streichelte ich ihre Knie. Kurz darauf schliefen sie ein. Ich stand auf und ging in Alevisos' Kammer.

Er saß im Schneidersitz auf einer Matratze. Er kaute auf einer Zigarettenspitze aus schwarzer Koralle herum, ohne Zigarette. Neben ihm brannte eine Öllampe mit drei Dochten. In der Hand hielt er einen Almanach von 1912. Er trug nur eine Unterhose. An einer bronzenen Kette, die er um den Hals hatte, baumelte ein Medaillon, das zwischen seinen Schenkeln hin und her pendelte. Er hatte lange, dünne Beine wie Gerten. An seiner Seite schlief auf einem seidenen Kissen die Schlange. An der Decke und an den Wänden hingen getrocknete Kraken und gepökelte Fische.

»Willkommen, mein Augenscheinchen«, sagte er. »Du wirst Durst haben … Verständlich. Du bist ja ganz schön

* Kobra.

** Altes Glücksspiel, bei dem die gerade oder ungerade Zahl einer Münze o. ä. in der geschlossenen Hand geraten werden muß.

rangegangen. Gib einer 'nen Tritt, und sag ihr, sie soll uns was zu trinken bringen, außerdem Ananas und Mangos.«
»Sie schlafen«, sagte ich. »Laß sie doch.«
»Was, die Schnepfen«, donnerte Alevisos. »Und du hast auch noch Mitleid mit denen, du Blödian?«
Er brüllte los. Erschrocken kamen sie angelaufen.
»Blutsauger! Ihr werdet ja nicht mal trocken, wenn ihr übers Feuer vom hl. Ioannis springt!«

Sie brachten Früchte, die einen so intensiven Geruch verströmten, daß einem schwindlig wurde.
»Wenn ihr zurück in Griechenland seid, dann schick mir mal ein paar Bücher. Christliche Bücher. Und eine Priesterstola.«
»Seit wann lebst du schon hier, Onkel Alevisos?« fragte ich.
»Hör mir mal gut zu, Bürschchen … Fünfzig Jahre. Und jetzt Schluß mit dem Verhör; mehr kriegst du nicht aus mir raus. Denkst du etwa, mich hat es wegen einer Frau hierher verschlagen? Ha ha!«
Sein Lachen ging in Husten über.
»Wie saublöd du bist. Frauen taugen nichts. Löcher sind sie, und damit basta, Löcher, und nichts sonst. Zieh Leine, leg dich ein paar Stunden aufs Ohr, ich kann deine Visage nicht mehr sehen. Du bist grün wie 'ne Eidechse.«
»Ich vertrag das Klima nicht«, sagte ich schüchtern.
»Du verträgst was nicht, Junge? Es ist das beste auf der ganzen Welt. Los, hau ab, leg dich schlafen.«
Ich ging. Da rief er mich zurück.
»Setz dich. Ich will mit dir reden. Rauchst du manchmal Haschisch?«
»Wenn's sich ergibt, sag ich nicht nein.«

Wir steckten uns zwei Zigaretten an. Er nahm einen tiefen Zug, wollte was sagen, schluckte es aber runter. Der Rauch stieg in einer dichten Wolke zur Decke, ohne sich aufzulösen. Ein durchdringender Schrei, der in ein Weinen überging, drang aus der Ferne in die Kammer.
»Aina kriegt ein Kind«, sagte er wie zu sich selbst. »Noch so ein Bastard, der mir in einem Jahr in die Blumenbeete pinkelt ... Wo waren wir stehengeblieben? Ach ja, also, du kannst hierbleiben, wenn du willst. Wenn du Lust drauf hast. Du arbeitest in meinem Geschäft. Die Arbeit ist ein Witz. Du hast ein Auge aufs Land und kannst mit allen Frauen der Insel schlafen, die älter sind als neun. Kapiert? Und wenn ich sterbe, ist alles, was ich hab ...«

Sein Kopf neigte sich langsam nach vorn, als wolle er Buße tun. Er begann zu schnarchen. Ich blieb sitzen, blickte mal die sich rekelnde Schlange, mal Alevisos an. Da kam plötzlich Dionysis, der verrückte Papagei, wie ein schlingerndes Kanonenboot angeflogen. Er stürzte sich auf Alevisos und zwickte ihn in die Unterhose. Daraufhin zog er sich zurück und fluchte – der ausgekochteste Zuhälter wäre vom Zuhören rot geworden. Alsbald hörte er auf zu lästern und begann mit der Litanei »Christus ist auferstanden«. Mittendrin brach er ab und fluchte erneut. Bis er müde wurde, sich in Alevisos' Schoß kuschelte und einschlief.
Ich legte mich wieder zu den Mädchen. Als es hell wurde, stand ich auf und wusch mich in einem Faß. Die drei Mädchen glänzten im Licht. Von ihren Haaren triefte das Wasser auf ihre Körper. Unentwegt plauderten sie miteinander und lachten. Sie brachten mir Kaffee. In der Ferne sah ich auf dem Meer die *Argonaut* liegen, ihr An-

strich war blaß geworden. Wie ein angeschossenes Wild schien sie zu warten. Alevisos tauchte auf.

»Wie sieht's aus, gehst du?«

»Ja.«

Ich versuchte, seinen Blick zu ergründen, aber wieder wollte es mir nicht gelingen. Die drei Mädchen umringten ihn.

»Fohlen«, murmelte er.

Er drehte sich erneut zu mir um.

»Na dann, scher dich ... Gute Reise.«

Er gab mir seine große, knochige Hand.

»Scher dich zum Teufel«, krächzte der Papagei. »Zur Teufelsmutter! Verpiß dich! Auf Nimmerwiedersehen!«

Ich erschrak und blieb stehn.

»Los, geh schon. Nur vor guten Wünschen solltest du dich in acht nehmen.«

Bevor ich über den Fluß war, warf ich noch einmal einen Blick zurück und sah, wie sich Alevisos mit einem braunen Tabaktuch die Stirn abwischte.

»Falls du's bereust, komm zurück, wann immer du willst ... ich werde warten.«

Er winkte mir nach.

Drei Jahre später traf ich einen griechischen Schiffshändler* in Jakarta. Ich erkundigte mich bei ihm nach Alevisos. Er verzog das Gesicht.

»Der ist schon lange tot. Fünf Tage lang hat er mit dem Tod gerungen und alle wilden Tiere, alle Vögel nachgeäfft. Kurz vorher hat er die Einheimischen zu sich gerufen und ihnen ein Faß voller Gold gezeigt.

›Das gehört euch‹, hat er ihnen gesagt, ›aber erst, wenn

* Proviantlieferant.

ich die Waffen gestreckt hab.‹ Er hat es irgendwo auf der Plantage vergraben – zweitausend Morgen Land. Die Leute sind immer noch am Graben. Er war ein Seelenkrüppel. Hatte schon an die zwei Jahre, bevor er abgekratzt ist, ein paar Schrauben locker. Die Mikroben hatten sich in seinem Oberstübchen breitgemacht. Er verkleidete sich als Pope und schlug sich ganze Nächte mit dem Weihrauchfaß um die Ohren. Dazu sang er Psalmen, begleitet von seinem Papagei. Und ein geiler Bock war er auch. Jedem seiner Hausmädchen vermachte er hundert Pfund, vorher zwang er sie zu schwören, daß sie einmal pro Woche auf sein Grab pinkeln. Kanntest du ihn gut?«

Bevor ich antworten konnte, hatte ihn der Alte zu sich gerufen. Also, wer ist es, der mir vergeben wird?

Damals, als Blanche gestorben ist. Ein paar Tage danach. In Beirut. Draußen vorm Zoll. Du bist aus einem langen, hellblauen Auto ausgestiegen. Hast ein khakifarbenes Wüstengewand getragen, und einen Reisehut. Rechts und links von dir haben zwei vollbeladene Kamele gekniet. Deine Augen waren hart, und dein Gesicht war vom Chamsin, vom Samum, vom Haboob und vom Monsun gegerbt. Maria! Unmöglich. Ich muß träumen.
»*Demain, demain, c'est promis.*«
»Bitte vergib mir. Aber sieh mir nicht in die Augen. Es war nicht meine Schuld.«
»Du bist es doch, der mich wie ein Idiot anglotzt. Deine Haare sind grau geworden. Immer noch dieselben Ärmelstreifen, dieselben Klamotten. Wie ich sehe, bist du richtig vorangekommen. Bravo! … Was? Daß ich nicht lache.

Du hast es nicht mal geschafft, eine einzige Schachtel *Nummer 1* durch den Zoll zu kriegen, du Missionar ... Gib mir eine Zigarette.«

Als ich ihr Feuer gab, zitterten ihre Hände. Sie befahl den Schwarzen in deren Sprache, ihre Schrankkoffer an Bord zu tragen. Sie ging in den Stateroom*, stellte sich vor den Spiegel und richtete sich die Haare.

»Komm schon rein. Was wartest du da wie ein Muabi**

draußen vor der Tür? Bestell was zu trinken. Zwei Dry Martini.«

»Ich trinke nicht«, murmelte ich.

Sie drehte sich zu mir um und sah mich an.

»Wenn du irgendwas wert gewesen bist, dann nur, weil du gesoffen hast.«

Das Glas, das ihr der Steward brachte, trank sie in einem Schluck leer und bestellte ein zweites. Sie hatte einen Koffer geöffnet und suchte nach etwas. Ihr Mundwerk stand nicht still.

»Komm, setz dich, was stehst du da rum? Worüber haben wir geredet? Ach ja ... Vom Bei hab ich leicht abhauen können. Ich hatte seine Spucke und die syrischen Gebäkke satt. Hab dann in einem Kabarett in Damaskus angefangen. Dort bin ich auch abgehauen und nach Basra gegangen. Das Klima da hatte mir nicht gutgetan. Drei Monate bin ich in einem Bordell in Okha geblieben. Von dort bin ich weiter nach Marmagao, dann nach Cochin. Mit einer Karawane bin ich nach Kalgan gezogen. Von Osaka mit einem Schoner nach San Francisco ... Sag mal, wird Meltemi-Wind aufkommen? Das einzige, woran ich mich nicht hab gewöhnen können, ist das Meer; wirklich ko-

* Luxuskabine.

** Arabischer Türsteher.

misch. Einmal hab ich dich abends in Buenos Aires gesehn, im ›Calli Pinchincha‹, und dir zugenickt. Du hast mich nicht erkannt. Statt dessen hast du dir eine Chilenin ohne Augenbrauen ausgesucht, dünn wie ein Rohr. Geschmackssache … Dann bin ich in den Osten zurück, nach Aden. Von dort nach Hadramaut. Da hatten sie Krieg. Schöne Männer waren das. Kerzengerade. Zwei Jahre wohnte ich bei einem Stammesoberhaupt, in einem mit Teppichen ausgelegten Zelt. Unsern Lagerplatz haben wir wie Unterwäsche gewechselt. Ich hab mich in Soukan verliebt. Er war geschmeidig, hatte was Weibliches. Eine Nacht hat der Anführer mit mir geschlafen, eine mit Soukan, immer abwechselnd, und nach Mitternacht, wenn der Alte genug hatte und schnarchte, hab ich mich zu Soukan gelegt. Wenn er mich an den Schultern gestreichelt hat, sieh mal, von oben bis zum Ellenbogen, so … Streichle mich, los … Du rührst dich ja gar nicht. Auch gut. Ich kehre jetzt mit Koffern voller Gold nach Griechenland zurück. Ich will heiraten. Will ein Kind kriegen, einen Jungen, ihn in den Schlaf singen, ihn großziehen. Findest du das komisch? Stimmt schon, ich bin schon fast fünfunddreißig. Mein Schoß ist verbrannt. Stahl und Feuer. Aber du hast von so was keine Ahnung.«

Sie zog was aus dem Koffer hervor.

»Ah, jetzt hab ich's gefunden. Für dich … Fang.«

Ich fing es auf. Ein Buch mit ledernem Einband und goldenen Lettern darauf: *Robinson Crusoe.*

»Aber was ist denn los mit dir? Trottel!«

Sie strich mir übers Haar und schloß die Tür.

Still Life with Fruit

Für Ismini und Thomas Politis

»Hast du gepennt? Wir sind am Krepieren da unten. Der Kesselraum ist die reinste Hölle. Ich hab dir den Ventilator zurückgebracht. Warum haust du dich nicht aufs Ohr?«

Tsamburnas, der Schmierer, steht mit beklecksten nackten Oberkörper da und lacht.

Der andere antwortet nicht. Er öffnet eine Schublade und gibt ihm einen schrumpeligen Apfel. Der Schmierer beißt hinein, zögert einen Moment.

»Vergiß nicht, was du mir versprochen hast. Ist schon länger her. Egal, was. Immer, wenn du was wegschmeißen willst. Meine Frau näht das um für die Kinder.«

Der andere nickt.

»Und den Anzug, von dem du gesprochen hast ...«

»Ja, morgen, ganz bestimmt.«

»Willst du irgendwas haben? Wasser, Kaffee?«

»Nein.«

Der Schmierer wischt sich die Stirn mit dem Schweißtuch ab und geht.

Ja ... Hier stinkt's. Nach Sickergrube. Mir ist nicht gut. Als ob ich nicht richtig sehn könnte. Was klopft da? Fünf Schläge ... Weißt du noch, die fünf Reisen nach Australien ... Wenn ich sie nur auseinanderhalten könnte. Die erste ... Das Mädchen mit dem Basedow. Die zweite ... Nein. Doch. Das vierstündige Meeresleuchten im Golf von Aden ... Aden. Scheißfelsen ... *fuckin' place.* In all den Jahren, die ich zur See fahre, hab ich vor nichts größere Angst gehabt als vor dem Felsen, an dessen verfluchtem schwarzen Fuß die Kinder aus Kefalonia Verstecken spielen. Wohin magst du nur gegangen sein, Kind aus Paris, dich von deiner Schande reinzuwaschen? *Steamer Point.* Das Museum mit den lebenden Meerjungfrauen. *And no water.* Und diese beschissene Insel in der Hafeneinfahrt, mit dem Lazarett. Drei weißgetünchte Bambushütten. Ich will mich lieber nicht dran erinnern ... Und erst die schottische Nonne ... ein Mädchen mit roten Wangen, das dort arbeitete, im Andenken an Cyril.

Ich möchte Port Said wiedersehn. Das Büro am Kanal, den *Simon Arzt**-Laden, die Bäume. Möchte die Frachter sehn, die aus dem Süden zurückkehren und kurz vor Anker gehn. Die nackten Seeleute aus dem Norden mit ihren Narben, an die Reling gelehnt ... Sie freuen sich, daß sie noch einmal heimkehren. Werd ich dort wieder hinkommen? Werd ich jemals zurückkehren? Es ist ein anderes Port Said, wenn du in den Süden runter mußt. Dann hält es für den Seemann nichts als *prickly heat powder, fruit salt* und Chinin bereit. *Bloody* Chinin und Zitronen, die auf dem Roten Meer schon zu schimmeln anfangen. Krebse, die nach Schlick riechen ... Wird sie die letzte Frau sein, mit der ich schlafe? ... So viele haben schon Angst davor gehabt. Ich bin nicht der einzige, der Angst hat. Die andern auch, sie geben's nur nicht zu. Ich hab's in ihren Augen gesehn. Du kannst lange warten, wenn du meinst, daß dir die Seeleute irgendwann ihr Herz ausschütten. Die Wahrheit bringt Unglück. Uns selbst sagen wir sie manchmal, insgeheim, und dennoch haben wir Angst.

Was wir fürchten, ist nicht so sehr das Meer. Das beherr-

* Zigarettenmarke.

schen wir, und es beherrscht uns. Niemand kann die See so gut befahren, wie's die Griechen können. Griechen vom Bosporus, aus Marmara, vom Schwarzen Meer, Inselgriechen. Gezeichnete Gesichter. Kaputte Hände. Nörgler und Quengler. Von euch hab ich gelernt zu spleißen, einen Palstek und andre Knoten zu knüpfen. Gib ihnen das neueste Schiff. In einer einzigen Wache haben sie's umgemodelt. In der zweiten Wache haben sie's komplett auf sich zugeschnitten. Wirf sie ins schändlichste Klima. Ohne Kopfbedeckung. Ins vertrackteste Meer, in die schwierigste Fahrrinne. Ohne Lotsen und Karten.

»Schlaf immer bei angelehnter, nur eingehakter Tür«, sagte mir einmal Michalis, ein Bootsmann aus Spetses. »Bei einer Kollision, einer Havarie oder einer Explosion kann sich die Tür verklemmen, und du kriegst sie nicht mehr auf. Hab immer Streichhölzer griffbereit.«

Ich lachte.

»Da haben wir's, Blödmann« sagte er und schüttelte den Kopf. »Du hast keine Angst, du Idiot, weil dir der Arsch noch nie auf Grund gegangen ist.«

In einem Altersheim in Piräus, mit Blick auf die verstaubten Bäume, ist er gestorben. Gestorben ... Auch ich muß sterben. Wann? Nicht heute abend. Das Land ist nah. Ich rieche es. Ich hab noch Reisen vor mir. Häfen. Es geht gar nicht anders. Frauen. Die Gassen von San Lorenzo, Genua und dich, Rue Bouterie, die du jetzt nur noch in den Bildern Dignimonts und in meinen Gedanken weiterlebst. Ihr schmalen chinesischen Straßen, an euren Türen hängt Opium- und Knoblauchmief. Bombay ... Eisenkäfige, vollgestopft mit schwarzen Frauen, die nach Stier riechen. Algier ... die Stufen zur Kasbah. Du bist auf

Pistolenschüsse gefaßt. Rio … Wo auch immer. Hauptsache, da sind rote Lichter. Festgehalten, vor langer Zeit, mit dem Spachtel. James Ensor … Versperr mir den Weg. Wenn ich den Vorhang vor deinem Gesicht beiseite schieben wollte – aber das will ich ja gar nicht –, würd ich dahinter nichts vorfinden. Ich weiß. *Tu viens, chéri?* Zigarette? Nimm. Schnalz mit der Zunge, soviel du willst. Ich geh nicht mit dir mit. Ich will nicht die Wendeltreppe hochsteigen. Bei allen Treppen kenne ich die fehlende Stufe. Kenne die Wände, die bald einstürzen werden. Das Bett mit dem kaputten Fuß, das nasse Handtuch am Nagel, die randvolle Wanne mit dem Permanganat, das mich ans Tiziansche Rot erinnert, das schiefe Bild an der Wand: Die mutige Timokleia vor dem Mazedonier. Ich weiß, wie du deine Schuhe ausziehst, ohne dich zu bücken, indem du nämlich den einen mit dem andern abstreifst. Und wie ich, mit der Gazette in der Hand, schließlich den Blick auf die ausgebleichte Tapete hefte und den Lärm höre, den das Klistier in deinem Schoß macht. Nein, ich geh nicht rauf. Ich würde mit dir mitgehen, wenn du hättest, wonach ich seit Jahren suche … Nebenan oder schräg gegenüber. Bleib draußen vor der Tür stehn. Ich zahle dafür, daß du da stehenbleibst, regungslos, stumm, ohne zu atmen. Ein Götzenbild, das ich verehre. Nicht! … Geh nur ein bißchen zur Seite, ganz wenig, einen Fingerbreit, damit dieses menschliche Knäuel an dir vorbeikommt, das auf den Händen läuft, die Arme sehn aus wie die Beine der Karsavina*. Was? … Du hast Angst vor Riccardo? Bist hungrig? Du lügst. Symbole haben keine Angst. Man hat vielmehr Angst vor ihnen.

* Russische Primaballerina.

Hunger kennen sie nicht … Du stinkst nach Fisch. So riecht auch der Tote. Ich hab noch den Geruch in der Nase. Im Fluß Kalamas. Ich soll dich mitnehmen? Du weißt nicht, was du da sagst. Ich trag dich doch immer mit mir herum. Morgens, mittags, wenn ich schlafe, auf Wache, auf Freiwache. Du bist meine Aussteuer. Du und diese Straße und alle Straßen und der Fischmarkt und dieses menschliche Knäuel, das seinen Hintern dort hat, wo sonst der Kopf ist, und diese düstere Kathedrale, in der

keine Messen mehr abgehalten werden. Giorgione di Castelfranco. Ich, der ich deine Modelle ausgezogen habe. Der Zwerg aus Kalabrien. Misch mir das Grün. Reich mir den Firnis. Mach die Pinsel sauber. Sandro Dato. Zusammen sind wir durch Florenz gegangen, bevor mich die Schergen getötet haben. Georges Pierre Seurat. Die drei Meister der Palette. Zwanzig Jahre lang war ich auf der Suche nach Cézannes Geheimnis. Im Morgengrauen, am Mittag, in der Abenddämmerung. In Aix, im Vallon des Lauriers im Estaque-Gebirge. Lach nicht. Wage es, und ich schlag dir mit der Zange hier den Kopf ein. In Kifissia hab ich's gefunden, um Mitternacht, auf dem Weg nach Strofyli. Hab gewissermaßen seine Materie gestreift. Du lachst … Ist mir doch scheißegal. Goldstaub in Magellans* Bart. Du legst Karten. Siehst in die Zukunft. Deutest Träume. Weißt, wo die Pistole gezückt wird, wo das Messer aufblitzt, aus welcher Ecke das Lasso angeflogen kommt, das deine Beine umschlingen wird. Beine. Immer wieder Beine. Ach! Marinellas Beine. Im Juge-du-Palais-Gäßchen, im Viertel der Schande. Von dort konnte man

* Fernão de Magalhães, portugiesischer Seefahrer (um 1480–1521), der auf den Philippinen im Kampf mit Eingeborenen umgekommen ist. Nach ihm wurde die Magellanstraße benannt.

einen Teil des alten Hafens und den Hügel der Kirche Notre-Dame de la Garde sehen. Sie begleiteten dich zur Erstkommunion. Aus der Rue Coutellerie und der Rue Saint Victoret, von überall her strömten die »Mädchen« halb nackt herbei, um dich zu bewundern. Eines Mittags im Winter. Eine rückte dir den Hut zurecht, eine andere den Schleier und Mimi die Haarbänder. Ich erinnere mich noch an deine kleinen, mageren Beinchen. Später hab ich sie in derselben Straße wiedergesehn, noch immer mager, aber nun von einem grauenhaften Ereignis übel zugerichtet; sie baumelten vom Polizeiauto herab, auf den man dich geworfen hatte, nachdem du von Anatol, dem Mann mit dem Backenbart und der von Faustschlägen entstellten Fratze, ermordet worden warst. Marinella … Frauen haben vier Beine! He, hab ich meine mitgezählt? Nein, Frauen, die haben gar keine.

Du phantasierst, bist krank. Du hast Angst. Nein. Kranke haben Symptome, ihnen tut was weh. Ich hab Kranke gesehn. Draußen vor den Leprastationen im Süden hab ich gewacht, vor abgeriegelten Grundstücken, auf denen Cholerakranke untergebracht waren. Quarantänestationen … Jetzt erzähl mir mal. Erzähl mir von denen, die im Spiegel das Zeichen zwischen den Augen zum ersten Mal gesehen haben, die weißen Flecken am Gaumen, die roten Tupfen auf der Brust … Es reicht. Mach die Augen auf. Solange du sie geschlossen hast, siehst du in dich hinein, und das ist nicht gut. Mit geöffneten Augen siehst du nur, was um dich herum geschieht, bis zu einem gewissen Punkt … In dem Hafen da in Chile, in dem wir Salpeter geladen hatten. Der Karren der Eisverkäuferin. Dieser Alten mit den verstaubten, löchrigen Schuhen, die die

Geschichte endloser Wege erzählten. Nein, laß sein, ein andermal, nicht mehr dran denken. Schmeiß die verfluchte Flasche aus dem Bullauge, gefüllt mit Sünde und Erinnerung. Und doch, ein kleines Mädchen hielt sich am Rock der Alten fest, und in der andern Hand hielt es die Eiswaffel. Ein strahlend blauer, heiterer Tag! Consuela. Sieh mir in die Augen … Du hast keine. An ihrer Stelle zwei rote Löcher. Sag es mir, woher nimmst du diese Freu-

de, die dein Gesichtchen erhellt und es zum Strahlen bringt? He! Du, die du den Karren ziehst. Ich kaufe dir alles Eis ab, den Karren dazu, kaufe dich, den ganzen Platz, das Land mit seinem Salpeter und die ganze Welt hinter dem Meer und lege sie der Kleinen als Spielzeug, wie einen Ball, zu Füßen. Wenn sie je Farben gesehn hat und sich daran erinnern kann, wird sie traurig sein.

»Gib ihr die Farben.«

Aber sie sieht doch nichts. Wer spricht?

»Gib ihr deine Augen, damit sie sehen kann. Nur was dein ist, kannst du weggeben. Was du siehst, was du spürst, was du hörst … Alles weitere gehört dir nicht und liegt nicht in deiner Macht. Verstehst du?«

Ja … Sterben würde ich, wenn sie es wünscht. Auf der Stelle.

»Ich sagte, du sollst nur deine Augen geben.«

Aber … Zum Teufel noch mal. Ich halluziniere schlimmer, als wenn ich weißes Zeug genommen hätte. Wenn nur jemand käme, um mir eine Pütz Wasser über den Kopf zu schütten. Wenn nur eine Welle über mir zusammenschlagen und mich naß spritzen würde, damit diese Grille, die wie eine Bohrmaschine in meine Kopfdecke eindringt, zu zirpen aufhört. Wie ist sie hier bloß reingekommen? Alle Ecken des Funkraums hab ich abgesucht, die Decke, die Löcher, das Regal mit den Büchern. Ist sie mit dem Schiffsproviant an Bord gekommen, irgendwo zwischen dem Gemüse versteckt? Zusammen mit den Skorpionen in Colombo? Die Skorpione haben wir erledigt, aber die unsichtbare Bestie kann ich nicht ausfindig machen; sie muß doch irgendwo hier ganz in der Nähe sein, neben mir, über mir, in mir. Am Anfang hat es mich noch amüsiert. Sie erinnerte mich an Sommernächte. Heuschober, Thymian und Oregano. Geschnittenes Gras. Scheunen, in denen die Pflugochsen schlafen. Aber jetzt merke ich, daß ich langsam verrückt werde. Idiot! Wer verrückt geboren ist, braucht sich vor nichts zu fürchten. Ah, da ist sie ... die Verrückte in den Trümmern des alten Hafens ... Lily!

Es war kurz nach dem Krieg. In Marseille. Die ganze rechte Seite, vom Rathaus bis zum Fort Saint-Jean, hatten die deutschen Kanonen dem Erdboden gleichgemacht. Ein paar Kokotten saßen mit übereinandergeschlagenen Beinen in den Cafés der Rue Canebière. Alle waren sie neu hier. Hatten große Ähnlichkeit mit ihren Müttern. Da wurde mir bewußt, daß ich alt geworden war. Als es dunkel wurde, schlich ich mich wie ein Dieb in die Rue Coutellerie. Hundert Meter weiter begannen die Trümmerhaufen. Ich fand Peglis. Er trug dieselbe Baskenmütze wie vor dem Krieg. Verkaufte Drinks in einer kleinen Pinte.

»Wo sind die Mädchen?« fragte ich.

»Frag besser nicht ... Die haben sie auf Karren verladen und in Deutschland zu Seife verarbeitet ... Kannst glücklich sein, wenn du dich mit so 'ner Seife gewaschen hast. Nicht eine ist übriggeblieben.«

»Nicht eine!«
Er wischte mit einem Lappen über den Tresen.
»Doch, eine ist noch da – aber anders wäre es besser für sie.«
»Welche?«
»Lily!«
»Wo ist sie? Sag es mir.«
»Geh, wenn es ganz dunkel geworden ist, durch die Rathauspassage zu den Trümmerhaufen. Du brauchst dort keine Angst zu haben. Da geht kein Mensch hin. Du wirst sie dort sehen, wie sie in den Steinen wühlt.«

»Warum tut sie das?«
»Junge, Junge, du stellst Fragen. Hat dich etwa jemand geschickt, mich auszuhorchen? Die ist verrückt, sag ich dir. Und jetzt laß mich in Ruhe, ich hab zu tun.«
Ein paar Araber waren reingekommen.
»Komm morgen, dann essen wir zusammen. Also wirklich. Es ist immer noch dieselbe Scheiße mit dir, du hast dich keine Spur verändert. Also, mach's gut ... Und paß auf, daß sie dich nicht beißt.«

Chagall: Cimetière

Ich stolperte über Steine, versank im Matsch. Ein-, zweimal rutschte ich aus und fiel hin. Ab und zu blieb ich stehn und sah mich um. Wenn diese Steine sprechen könnten! Mit wieviel Kraft war diese Erde getränkt worden, seit die Phoker eingetroffen waren!
Plötzlich sah ich Lichter angehen. Sah, wie die Brücke ihren alten Platz einnahm. Die Türen sich öffneten und

schlossen. Ich hörte die heiseren Schallplatten mit Liedern von 1929. Ein Hauch des *Pompeia*-Parfüms der Marke Piver streifte mich. Ich hörte in den Bistros die Vorhänge aus Bambus und Glasperlen klackern.
Um die gleiche Tageszeit, vorm Krieg. Ich sah jenen Assistenten der *Argonaut*, sechzehn Jahre alt, mit seiner Mütze aus Triest, der sein Geld fest in der Hand hielt, um es nicht zu verlieren. Eine Frau zog ihn sanft zu sich heran.
»Leg deine Moneten beiseite.« Sie nahm sich einen Fünfer und verstaute ihn in einer Schublade. »Wenn du willst, gibst du mir nachher einen Franc.«

Er kann sich nicht mehr an ihren Namen erinnern. Er weiß nur noch, daß er sich die Vorhaut aufriß. Die Frau bekam einen größeren Schrecken als er. Tat, was sie konnte, um das Blut zu stillen. Ging mit ihm bis zur Straßenecke.
»Trink zwei Pastis«, hat sie gesagt, »und hab keine Angst mehr. Allen passiert das.«
Dann öffnete ich die Augen und sah die Trümmerhaufen. Ich stolperte wieder, aber diesmal nicht über einen Stein.
»*Qu'est-ce que tu veux?*«
»*Toi.*«
»*Va-t-en.*«
»*Lily!*«
»*Laisse-moi tranquille.*«
»Zimtmädchen!«
So nannten wir Griechen sie, wegen ihrer braunen Haare. Ihre Beine waren schneeweiß, wie ich es sonst bei keiner Frau gesehen hatte.
Sie wollte weglaufen. Ich packte sie am Arm. Da fing sie an »*Police ... Police ...*« zu schreien. Ich ließ sie los.

»Ich hab Prosper getroffen«, rief ich ihr nach. »In Nouméa.«
Sie blieb stehen. Ich sah, wie ihre Augen glänzten, flehend hob sie die Hände.
»*Dis moi vite.* Wo ist er?«
»Er ist raus aus dem Bagno. Hat ein Geschäft. Ständig hat er nach dir gefragt. Und mich gebeten, dich besuchen zu gehn.«

»Hat er geheiratet?« Ihre Stimme zitterte.
»Ach was. Ich sag dir, der kommt bestimmt zurück. Sobald er die Genehmigung kriegt. Sag mal, Lily, wie ist es zu all dem Unglück hier gekommen, wieso haben die alles zerstört?«
Sie unterbrach mich.
»Hat er Schlimmes durchmachen müssen? Ist er alt geworden?«
»Er ist unverändert.«
»Hat er an den Handgelenken Narben von den Ketten? Tun sie ihm weh?« (Mir fiel ein, wie oft diese Hände sie geprügelt, wieviel Geld sie ihr weggenommen und wie oft sie ihr Haare ausgerissen hatten.) »Hat er noch seine Zähne? Seine Haare?«
»Ich sag dir doch, ein Löwe von Mann.«
»Ich glaub dir nicht. Hat er dir irgendein Andenken für mich mitgegeben?«
Ich knöpfte mein Hemd auf und holte das kleine Medaillon der Gottesmutter heraus, das mit einer Sicherheitsnadel an meinem Unterhemd befestigt war. Die Kette hatte ich während der deutschen Besatzung verkauft. Ich gab es ihr. Sie preßte es an ihre Lippen. Von diesem Moment an machte es mir keine Gewissensbisse mehr, daß ich sie so

belog. Sie setzte sich auf einen Stein. Ich mich auf einen anderen, ihr gegenüber. Ihre Beine leuchteten im Dunkel. Lange sprachen wir nicht.

»*Veux tu faire l'amour avec moi?*«

»Ich will dich was fragen.«

»Was immer du willst.«

»Wie ist es zu der Zerstörung hier gekommen? Dieser ganzen Verwüstung?«

»Nun ja, in jener Nacht hab ich mit einem Schwarzen geschlafen. Von den Megaphonen sind wir wach geworden.
Wir sollten eine Tagesration Brot mitnehmen und auf die Straße runtergehen. Das waren vielleicht Straßensperren! Aus allen Ecken rückten Kanonen an, überall Maschinengewehre und Karabiner. Wir waren an die viertausend. Ein Durcheinander, sag ich dir. Ungewaschen und ungekämmt sind die Frauen die Treppen runter, in großer Angst. Unten sind sie auf die Zuhälter und Schwulen gestoßen. Zwei spanische Terroristen, die sich versteckt gehalten hatten, haben sich das Gehirn durchgepustet, um nicht der Gestapo in die Hände zu fallen. Und einer eurer Landsleute auch. Ich hab gesehn, wie die älteste Patronin, Madame Mélanie, ihren Goldschmuck aus dem dritten Stockwerk auf die Straße geworfen hat und dann hinterhergesprungen ist. Bis zum Einbruch der Dunkelheit haben sie selektiert. Die einen haben sie nach Les Baumettes oder Fréjus in Konzentrationslager verladen, die andren zum Erschießen. Als das Viertel leer war, ging die Kanonade los. Zehn Tage lang haben sie alles beschossen. Den Block da hinten haben sie stehen lassen, weil ein, zwei alte Stadtvillen dazwischen sind. Auch diesen Glockenturm haben sie nicht zerstört. Das Château du

Roi René auch nicht. Das verdanken wir nicht den Arschlöchern, sondern unsern Leuten, die sie dazu veranlaßt haben.«
»Und die Frauen?«
»Die haben sie auf die Kantinen in den Konzentrationslagern verteilt. Viele sind an den Entbehrungen gestorben. Keine einzige ist zurückgekommen.«
»Und Katina? Was ist mit ihr?«
Sie zuckte zusammen.

»*Bonsoir, Nico.*«
»Warte. Sag mir, was aus Katina geworden ist ... Ich bin bald wieder in Nouméa.«
Ihre Stimme wurde heiser.
»Warum fragst du mich das, he? Es war nicht meine Schuld.«
Ich gab ihr eine Zigarette. Ganz offensichtlich hatte sie lange nicht geraucht. Ich nahm ihre Hand und streichelte sie. Da fing Lily an zu weinen. Ich verlegte mich aufs Bitten. Und wirklich, sie ließ sich erweichen und begann:
»Katina ... Du hattest sie lieb, das weiß ich noch. Als der Krieg anfing, hatte sie ihren Laden hier nebenan. Ich hab für sie gearbeitet. Sie hat ein paar Griechen versteckt, hinter denen sie wegen irgendwelcher politischer Sachen hergewesen sind. Ich hatte ein Verhältnis mit einem Deutschen und nahm ihn aus. Jedes Geheimnis, das ich in Erfahrung bringen konnte, hab ich an Katina weitergegeben. Eines Nachts, wir hatten gerade geschlossen, wollte ich durch die Hintertür weg. Katina hielt mich zurück. Sie verriegelte die Tür und zerrte mich in die Küche. Sie war betrunken, vor lauter Angst ... Ihre schwarzen Augen, ihre Haare ... Kein Wunder, daß du sie lieb hattest. Sie

zog mich an den Haaren und warf mich auf den Fliesenboden. In der Hand hatte sie die Axt, mit der sie sonst das Fleisch zerteilte, und sie fuchtelte mir damit überm Kopf herum. *Madonna mia.* Sie riß mich hoch und drückte mich gegen die Wand.
›Jetzt rechnen wir ab, du Früchtchen‹, sagte sie. ›Als Frauen, nicht als Nutten.‹
›Laß mich. Warum tust du mir weh? Sag mir, was ich getan hab.‹

›Du bist die undichte Stelle. Heute morgen haben sie Mathios geschnappt, als er durch diese Tür hinausgegangen ist. Du hast ihn verraten. Brauchst dich gar nicht zu bekreuzigen. Ich werde dich wie ein Lamm abschlachten und in den nächsten Abwasserkanal werfen.‹
In dem Moment schlug jemand mit einem Pistolenkolben gegen die Tür. Wir rappelten uns auf, und sie schloß auf. Es war Hans, mein Freund. Er nahm mich mit. Am nächsten Tag haben sie sie festgenommen. In Fesseln ist sie an mir vorbeigegangen. Hat mich angespuckt ... Nikolas ...«
Ihre Stimme klang furchterregend, so, als dringe sie aus einem Loch empor, aus vielen Löchern.
»Nikolas ...«
Sie hob einen Stein vom Boden auf und küßte ihn.
»Bei diesen Ruinen, dem Ort, an dem ich geboren wurde, an dem ich mich geschunden habe, an dem ich sterben werde ... Ich habe Katina nicht verraten ... Beim Leben von Prosper ... Es war jemand anders.«
Es fing an zu nieseln. Ich stand auf. Sie hatte den Kopf auf ihre Knie gelegt. Ich wollte ihr aufhelfen.
»Nein. Ich bleibe hier. Wann sehe ich dich wieder?«

»Wenn ich wiederkomme. In ein paar Monaten. Wo finde ich dich?«

»Hier. Genau auf diesem Stein. Da. Merk dir die Stelle. Schräg gegenüber vom Glockenturm. In der Rue de la Prison. Weißt du noch? Hier, wo ich jetzt sitze, war die Treppenstufe zu Prospers Geschäft, die Treppenstufe, auf der er die drei Männer, einen nach dem anderen, erstochen hat. Recht hatte er. Sag ihm, daß ich auf ihn warte.

Hier. Gute Reise, Nikolas. Ich werde warten.«

Noch oft bin ich nach Marseille gekommen, aber ich hab sie nicht mehr besucht. Man hat begonnen, die Gegend aufzugraben und neue Fundamente zu legen. Dabei ist sogar ein Apollo-Heiligtum entdeckt worden. Baustellen, Stahlträger, Zement. Als Bauarbeiter einen Bottich mit frisch gelöschtem Kalk leerten, haben sie auf dem Boden den verätzten Körper einer Frau gefunden. Einer Frau, deren Beine einst weißer gewesen waren als der Kalk.

Frauen. Vierzehnjährige. Die, die später die schlimmsten Huren sind, die sich in dreckigen Laken suhlen werden, auf Straßen, in Parks, unter Brücken, dort, wo man sich im Stehen liebt, an den Knien mit einem Riemen festgebunden und die Schultern in einer Schlinge, in Kirchen, vor den *Calvaires**. Und die, die sich nie gesuhlt haben und nicht mehr vierzehn sind, die sich niemals zu Männern legen, die niemals an Ehebruch, Betrug, Verrat denken, die sich niemals beschmutzen werden. Alle sind sie heilig, gebenedeit.

* Große, plastisch-architektonische Kreuzigungsgruppen.

Anthi ... Sicher bist du heilig gesprochen worden.
»Ist dir eigentlich mal der kleine, schlechtgekleidete, mittelalte Mann aufgefallen«, hab ich dich eines Nachts gefragt, »der geröstete Kichererbsen verkauft und vom Morgengrauen bis spät in die Nacht zu deinem Fenster hinaufschaut?«
»Ja. Schon vor über einem Jahr. Was er wohl will?«
»Deine Barmherzigkeit. Ruf ihn doch abends mal zu dir in die Kammer.«
»Du bist verrückt. Was will der von mir?«
»Deinen Mut.«
»Werd nicht gemein. Ich hab immer versucht, nicht zu tun, was mir gegen den Strich geht. Bestimmt stinkt er.«
»Um so besser.«
Ich hatte erwartet, daß sie wütend werden würde. Statt dessen sah ich, wie sie die Stirn runzelte und nachdachte. Da hab ich meine Worte bereut.
Ich hab den Mann nie wieder gesehn. Er war verschwunden. Ich bin nicht wieder zu ihr raufgegangen.
Anthi ... anders geht's nun mal nicht. Und dann bezeichnen sie nur die als Helden, die keine Angst vorm Tod haben.

Gäbe es doch eine Frau, die mit Fischöl getauft ist. Ihr Kiel mit Mennige bemalt. Mit Pech kalfatert. Ihr Speichel salzig. Ihre Haare Seetang, Tentakel ihre Arme. Wäßrige Augen. Ihre Beine ... nein, sie dürfte keine Beine haben. Genau wie die hinter den Scheiben des Aquariums, von ... Nein. Nirgendwo. Nur in meinem Traum. Ihr Name: Marina. Sie würde die Sprache der Fische sprechen.

Die Kolben der Maschine sind zum Stillstand gekommen. Eine Masse geölter Stahl. Eine Kollision? Sind wir aufgelaufen? … Steuern wir die Schiffe, oder steuern sie uns? Wir nennen sie Schrottkähne, altes Eisen. Es gibt Schiffe mit dem Namen eines Mannes, die weiblich sind, und umgekehrt. Manche hassen dich, sowie du den Fuß auf sie setzt, sie hetzen dich, sie schubsen dich, du stolperst über Dampfrohre, über Wassergänge; wieder andere mögen dich, machen dich zu einer ihrer Schrauben, ihrer Belegnägel, ihrer Ruderdollen.

Flaggenmast. Eisen. Na großartig! Man sollte etwas Geld beiseite legen und dem Ganzen für immer den Rücken kehren. Nicht zum Kai runtergehen. Sich bloß nicht erinnern … Aber wer hat je klaffendere Wunden gesehen als die, die vom Rost oder der abgeblätterten Mennige an den Bordwänden aufgeworfen werden? Wer hat je menschlicheres Weinen gehört als das, was der Schornstein von sich gibt, wenn er den Nebel liebkost oder gar bei Sturm zu heulen beginnt, ohne daß eine Hand an der Leine der Dampfpfeife gezogen hat? Während die Sirene mit dem Wind Hochzeit feiert, klagt sie von selbst …

Zwei Augen. Grün das eine, ein Smaragd. Das andere rot, ein Rubin. Man nennt sie Seitenlaternen, Positionslampen. Augen sind es. Wir steuern die Schiffe nicht. Sie sind es, die uns steuern.

Anonymus: Selbstporträt

Meiner Schwester Zenia

Mir ist übel. Wie früher, als Kind, wenn mir auf dem Meer schlecht wurde. Was für eine heimtückische Sache, die Seekrankheit. Kotzen, Galle spucken. Du fühlst dich wie ein Spielball, bist ausgelaugt. Denkst nur noch daran, daß du so schnell wie möglich abmustern wirst, sobald du den nächsten Hafen erreicht hast. Und wenn du da bist? Dann hast du alles vergessen und fährst weiter. Du gewöhnst dich langsam daran. Denkste. Nun wird dir zwar nicht mehr vom Schlingern* schlecht, aber vom Stampfen** kriegst du immer noch Brechreiz. Dann gewöhnst du dich auch daran. Jetzt mußt du dich nur noch an das Rollen gewöhnen, wenn das Schlingern und das Stampfen zusammentreffen. Du bist über den Berg. Du steigst um. Wechselst das Schiff. Du mußt dich ans Schaukeln des neuen Schiffs gewöhnen. Jedes Schiff schaukelt auf seine Art. Einer, der vom Frachtschiff kommt, wird auf einem Passagierschiff seekrank. Seltsames Leiden. Die einzige Arznei ... das Land. Gehörlose Menschen und die, die den Geruchssinn verloren haben, werden nicht seekrank. Verrückte auch nicht.

Ich erinnre mich an einen Bergbewohner, der zum ersten Mal in seinem Leben das Meer sah und auf einem Schiff fuhr. Von Volos nach Kavala. Schneesturm. Die *Kassandra* spuckte Schlangen. Alle Passagiere lagen flach. Der Bauer hatte seine Satteltasche aufgemacht und verdrückte ein Hühnchen.

* Bewegung des Schiffs nach links und rechts.

** Auf- und Abbewegung.

»Wird dir nicht schlecht, Väterchen?« fragte ich ihn.
»Wieso?«
»Na ja, es schaukelt ja ziemlich, dreht dir das nicht den Magen um?«
»Das Maultier schaukelt auch«, gab er zurück.
Ich schloß mit dem Zahlmeister eine Wette ab: Ich würde den alten Mann dazu bringen, daß ihm schlecht wird. Je mehr es schaukelte, desto größer schien sein Appetit zu

sein.
»Sag mal, Väterchen, ist es der Berg, der schaukelt, oder das Wasser?«
Er verharrte lange, sah mal zum Land und mal aufs Meer. Dann übergab er sich.

»Du wirst auch seekrank!«
Wer spricht da? Ich hab Angst. Die Stimme kommt mir bekannt vor, ich kann mich an sie erinnern ... Kürzlich hab ich sie schon ein paarmal gehört. Aber sie gehört zu keinem der Seeleute, mit denen ich unterwegs bin.
Wer hat gesprochen?
»Du, der du die Passagiere dazu bringen kannst, daß ihnen schlecht wird, der du seit zwanzig Jahren zur See fährst, der du zwanzigmal den Äquator in beiden Richtungen überquert hast, sag mir eins: Auf welcher Seite schläfst du?«
»Die halbe Nacht auf der rechten, die andere halbe auf der linken.«
»Und bei Sturm?«
»Auf dem Rücken.«
»*All right*. Damit gibst du zu, daß auch du seekrank wirst.

Und jetzt erzählst du mir die Geschichte von Marie-Laure.«
»Wer bist du? Ich kann dich nicht sehn.«
»Na und? Erzähl!«
»Ich möchte mich hinsetzen.«
»Nein. Und stütz dich ja nicht auf mich, du besudelst mich sonst. Sprich.«
»Marie-Laure ... ich erinnre mich nicht mehr. Geh zur Seite. Ich will weg, ich bin müde.«
»Du kannst im Hafen zwölf Tage am Stück schlafen, mit dem Schlafen hast du ja kein Problem. Sprich.«
»Nicht heute nacht.«
»Ich höre.«
»Ich kann mich nicht erinnern.«
»Sprich.«
»Na gut, warte ... Meinst du die kleine Französin in Bandol? Diese Blonde, die sich nicht schminkte, die kein Roulette spielte, sondern immerzu auf der Terrasse des billigen Hotels lag. He, meinst du die? Keine Ahnung ... Ich hab sie nicht wiedergesehn ... Setz mir nicht so zu, ich hab sie nicht geliebt. Beim Meer, auf dem ich fahre. Ich ... Ich liebe nur das Meer.«
»Du liebst nicht mal deinen eigenen Körper. Du sagst ›ich‹, und das Wort füllt deinen Mund. Du fährst auf dem Meer, weil du dich vor dem Festland fürchtest. Du schläfst mit Prostituierten, weil du feige bist. Aus der Not hast du den Ekel überwunden. Du bist von Tätowierungen übersät. Nichts als Maskerade. Du hast sie nicht aus Treue zur Seefahrt machen lassen. Die anderen lassen sich in betrunkenem Zustand tätowieren und bereuen es hinterher; du bist nüchtern hingegangen. Du hast sie machen

lassen, um damit zu protzen. Reine Angabe. Du bist jederzeit bereit, Purzelbäume zu schlagen, um die andern zum Lachen zu bringen. Du bist ja weniger wert als ...«

»Hör auf. Es reicht. Ich erzähl dir von Gretchita, von Oraya, von ...«

»Marie-Laure!«

»Gib mir mein Taschentuch.«

»Hier, nimm.«

»Gib mir die Flasche.«

»Sie ist zerbrochen. Wenn du fertig bist, kann ich dir gerne eine Scherbe geben, wenn du weißt, was ich meine.«

»Eh ... Dann gib mir 'ne Zigarette.«

»Die sind aufgeweicht. Der Tabak ist rausgequollen.«

»Also gut, hör zu: Ich kann mich nur an ihre Augen erinnern. *Aqua marina.* Die unschuldigsten Augen, die ich je hab sehen dürfen. In jenem Winter bewachte ich eine Jacht in Bandol. Sie hat mir erzählt, daß sie von ihrem siebten Lebensjahr an beim Zirkus gewesen war, bis sie sich ihre Beine ruiniert hatte und nicht mehr am Seil hochklettern konnte. Drei Monate im Jahr arbeitete sie in den Kabaretts im Mittleren Osten. Ein kleines Ding. Höchstens zwanzig. Ja, ich war verliebt in sie. Ich hab sie gefragt, ob sie mich heiraten will. Sie hat seltsam gelacht und gesagt:

›Ich würde schon einwilligen. Aber eines Tages könnte jemand auftauchen, der dich dafür auslacht.‹

›Ich werd dich nicht nach deiner Vergangenheit ausfragen. Selbst wenn du in 'nem Bordell gearbeitet hast, macht es mir nichts aus.‹

Sie hat mich entsetzt angesehn.

›Es ist was Schlimmeres. Tausendmal schlimmer. Ich kann es dir nicht sagen.‹

Ich hab versucht, sie davon zu überzeugen, daß mich nichts schrecken kann. Um Mitternacht hatte ich sie soweit. Wir landeten im Bett. Plötzlich stand sie auf und schüttelte mich.

›Hau ab! Ich will dich nicht wiedersehen. Verschwinde, los!‹

Ich wußte von anderen, daß viele Frauen sich in dem Moment so verhalten. Wenn du dich einschüchtern läßt, spucken sie vor dir aus, nennen dich einen Idioten und verachten dich. Ich zog sie ins Bett zurück. Da holte sie unterm Kopfkissen eine Waffe hervor, die wie eine Spielzeugpistole aussah.

›Ich verpasse dir gleich alle sechs.‹

Von dem Trick mit der Pistole hatte ich noch nicht gehört. Ich hatte zwar keine Angst, aber ihr Blick erschreckte mich.

›Auf ein Wort … laß mich nur ein Wort sagen.‹

Ich hielt sie fest. Es gelang ihr, sich loszumachen. Ich hörte einen Knall, und eine Kugel pfiff an meinem Ohr vorbei und bohrte sich in die Wand. Mit der freien Hand wies sie mir die Tür. Ihr Busen war ganz nackt. Ich ging die Treppe runter. Zögerte. Ein Lichtstreifen fiel durch die halb geöffnete Tür. Ich hörte ihre Stimme, leise, voller Schmerz.

›*Good luck … God bless you.*‹

Ich hörte, wie sie die Tür vorsichtig schloß. Wie viele Türen … Genug. Bist du zufrieden? Für das, was danach gekommen ist, finde ich keine Worte.«

»Du bringst die Geschichte zu Ende, hab ich gesagt.«

»Dann hilf mir auf, und bring mich kurz zur Tür … Damit ich Luft holen kann.«

Der Morgen war angebrochen. Der Nebel hatte sich gehoben. Alles tropfte. Die Sterne waren verblaßt. Nur einer blinkte noch. Einen Moment ließ er sich auf dem Flaggenknopf an der Mastspitze nieder, dann verschwand er. An Backbord erstreckte sich die chinesische Küste.

»Also gut, aber zur Hälfte bist du schuld, fällt es auf dich zurück. Fünf Jahre später hatte ich sie vergessen. Komplett vergessen. Es war nicht mal ein Jucken geblieben, wie man es bei Südwetter von 'nem Messerstich kennt. Nicht mal der Name kam mir mehr in den Sinn. Ein Jahr vor Kriegsausbruch löschten wir Holz in Mex. Am ersten Abend kam mein alter Freund Hassan mit seiner Kutsche.

›Wo geht's hin, Chef?‹

›Zu den Ställen.‹

›Pfui, *mafis** … Gehn du zu kleine schwarze Mädchen, besser sein …‹

›Zu den Ställen, Hassan.‹

Wir fuhren zum Kanal von Mahmoudia. Das war damals das teuerste Vergnügen von Alexandria. Ein Pfund. Heute gibt's die Ställe nicht mehr. Wir kamen an. Der Geruch von Dung stach uns in die Nase. Die Kutsche blieb in einiger Entfernung stehn. Auf ein Klopfzeichen ließen sie mich rein. Ein paar alte Touristinnen, ein Mädchen mit Sommersprossen auf den Wangen und zwei fremde Seeleute in Uniform waren da, alle standen. In der Mitte des Stalls war eine eingezäunte Plattform. Ein Araber in 'ner dreckigen Dschellaba verkaufte Fotos und Haschischzigaretten. Ein andrer sammelte die Pfundnoten ein. Zwei

* Arabisch: nicht.

zogen einen schwächlichen Nilesel herbei, einen Augustesel, wie man sagt, und ließen ihn mitten auf der Plattform stehn. Eine Frau sprang grazil über das Geländer auf die Plattform. Sie trug einen schwarzen, mit roten Vögeln bestickten Kimono. Vorne offen ... Ich kann nicht weiter. Komm morgen wieder, dann erzähl ich dir den Rest.«
»*Go on, dirty mate.*«
»Marie-Laure stellte sich dann vor das ruhige Tier und streichelte ihm sanft über den Kopf.
....
Die alten Schachteln schauten sich jede Einzelheit durch ihre Stielbrillen an. Das Mädchen schlug sich die Hände vors Gesicht, wandte sich ab und stöhnte. Die beiden Seeleute lachten.
›*Chavanga*!‹ rief mir ein Araber zu. ›Wirf die Zigarette nicht auf den Boden, das Heu kann Feuer fangen.‹
Ein Glöckchen klingelte süß.
›Hassan, folg dem Wagen da vorn. Verlier ihn nicht aus den Augen. Du kriegst ein doppeltes Bakschisch.‹
Die Peitsche schnalzte. Wir kamen in die Gassen. Fuhren durch die El Guénéné-Straße. Die Frauen wiegten einladend ihren Bauch und riefen: *Uachat selin.* Wir sahen die Lichter von Ramleh* und hielten vor ’nem Lokal an der Küstenstraße. Hassan wollte nicht wegfahren.
›Chef krank ...*La, la filus*** ... Ich warte bis *bokra****.‹
Sie saß auf einem Barhocker, mit dem Rücken zu mir. Innerhalb einer halben Stunde kippte sie fünf Whiskeys runter, ohne Soda. Ich trank genauso viele. Ich gab dem Kellner ein Zeichen. Er grinste spöttisch.

* Viertel von Alexandria.
** Kein Geld, ich will nicht.
*** Morgen.

›Warte, bis ich Feierabend habe, ich kann dir was Besseres besorgen.‹
›Ich will die da.‹
›Hör zu, Landsmann … ekelst du dich nicht?‹
›Ich dachte, du kriegst das hin. Wenn nicht …‹
›In Ordnung. Warte.‹
Er brachte sie mir in die Kutsche. Wir gingen auf ihr Zimmer, in den Sportingclub.
Als wir uns gegenüberstanden, rezitierte ich laut einen Vers, von dem sie mal gesagt hatte, daß er ihr Übelkeit verursachen würde.
›*J'ai une pitié immense pour les coutures de son ventre*.‹
›Marie-Laure … erinnre dich an den Pistolenschuß in Bandol …‹
Ihre Augen weiteten sich. *Aqua marina.* Wurden zu einem Meer, einer Untiefe, in der ich ertrank. Draußen wartete Hassan.
›*Babur**?‹
›*Eiua***.‹
Später erfuhr ich, daß man sie zwei Monate danach, aufgehängt an ihrem Strumpfband, in 'nem billigen Hotel in Bandol gefunden hatte.«
»Und du, warum hast du dich nicht aufgehängt?«
»Ich? … Ich hab mich aufgehängt, gleich an jenem Abend an den morschen Balken des Stalls. Bis heute hat mich keiner abgenommen.«
»Du bist ein Mörder.«
»Nein. Da ist noch 'ne Geschichte …«
»Ich verabscheue dich. Ich gehe. Du stinkst.«

* Schiff.
** Ja.

»Nein, du bleibst, solange ich es will. Ich hab nämlich noch 'ne Geschichte zu erzählen. Ohne Liebe, ohne Sinn, ohne Gerechtigkeit. Ich will dich speien sehn. Auch ohne Unwetter.«

»Nein. Ich will nicht. Du tust mir leid. Ich gehe.«

»Mach, was du willst. Ob du weggehst oder nicht, ich rechne jetzt ab.«

Die *Cafard* ... dreihundert Tonnen. Wir stachen in Marseille in See und klapperten die Küste Afrikas ab. Klammheimlich liefen wir aus Gibraltar aus und kamen bis nach Casablanca. Das war vielleicht ein Pott! Das einzige, was ihm fehlte, waren Schaufelräder an den Bordwänden. Kein Trockendock hatte seinen Kiel je gesehn. Wir haben nicht ein einziges Mal Jagd auf Ratten gemacht. Nachts zwitscherten sie wie Kanarienvögel. Groß wie Katzen waren die. Einem algerischen Heizer haben sie während des Schlafs die Nase angefressen, er blieb für sein Leben entstellt. Einem Franzosen das Ohr und einem Malteser die Eier. Weißt du, wie sie nagen? Ganz sachte. Du merkst es nicht. Einmal haben wir eine Katze in den Laderaum geworfen und sie nicht wiedergesehn. Du mußtest mit einer Pistole unterm Kopfkissen schlafen. Nicht wegen der Ratten. Wegen deines Nachbarn. Was das Essen anging: Nudelsuppe und Schiffszwieback. Allerdings haben wir ordentlich abgesahnt. Einen Haufen Geld. Alle zwei Monate legten wir in Marseille an und blieben ungefähr eine Woche. Ich hatte ein Mädchen, Gaby, die nahm mich ganz schön aus. Sie bewohnte eine Mansarde in einer der Gassen, am Fuß der Accoules. Hübsches Ding, aber eine Nut-

te durch und durch. Eine Lügnerin und Diebin. Eines Nachts – im Morgengrauen sollten wir nach Algier auslaufen – weckte sie mich statt um vier, wie ich ihr gesagt hatte, zwei Stunden früher.
Es war Winter. Während ich mich anzog, stand ihr Mund nicht still. Bring mir dies, vergiß das nicht, schreib's auf … Sie stellte sich mit der Kerze in der Hand in die offene Tür – das Haus hatte keinen Strom –, und noch bevor ich

die ersten vier, fünf Stufen runtergegangen war, hatte sie die Tür schon geschlossen und ließ mich im Dunkeln stehn. Ich suchte nach meinen Streichhölzern, hatte sie aber bei ihr liegenlassen. Zurück nach oben oder lieber runter? Ich tastete mich an der Wand entlang und begann, vorsichtig die Treppenstufen runterzusteigen. Totenstille und Schimmelgeruch. Allmählich gewöhnten sich meine Augen an die Dunkelheit. Drei Pistolenkugeln pfiffen, eine nach der andern, an mir vorbei. Noch zwei von unten. Jemand fiel mir entgegen, schlang seine Arme um mich, sackte dann in sich zusammen und kullerte langsam die Treppe runter. Oben ging die Tür wieder auf, und jemand rannte auf mich zu.
Ich hatte mich mit dem Rücken an eine Tür gedrückt. Meine Hände bekamen einen kalten Knauf zu fassen. Ich drehte ihn vorsichtig, ohne ein Geräusch zu machen. Dann trat ich zwei Schritte zurück. Jetzt befand ich mich in einer Kammer, hinter mir die geschlossene Tür. Ich tastete mich vom Kragen bis zu den Füßen ab. An vielen Stellen war ich klatschnaß. Es war irgendwas Breiiges. Meine Hände klebten. Ich hielt sie mir vor die Augen, an die Nase, ohne mich zu berühren.
Die Kammer roch nach Medizin. Da mußte ich husten. Ich

hörte ein leises Pfeifen. Ein-, zweimal. Dann verstummte es. Ein Lichtstrahl blendete mich. Schnell schloß ich die Augen und torkelte wie ein Betrunkener hin und her. Das Licht der Taschenlampe kreiste, fand mich wieder und kam dann rechts neben mir zur Ruhe. Ich öffnete die Augen und sah eine weiße Hand, wie aus dem Nichts, die mich zu sich winkte.

»Bitte … halten Sie das Licht ein wenig nach unten, damit ich sehe, wo ich hintrete«, flüsterte ich.

Ein Pfeifen wie das einer Kobra antwortete mir.

Sofort wanderte das Licht nach unten. Es beleuchtete meine Hacken, und ich näherte mich einem Bett. Die Decken wurden zurückgeschlagen, und ich fiel in meinen Klamotten, sogar die Schuhe ließ ich an, neben einen warmen Körper. Das Licht ging aus. Ich suchte in meiner Hosentasche nach Zigaretten, aber eine Hand hielt mich davon ab.

Plötzlich hörte ich Lärm auf der Straße. Motorräder, Trillerpfeifen, Hundebellen. Der Lärm kam die Treppen hoch, immer näher. Die Hand zog mir die Decken über den Kopf und hüllte mich darin ein. Ein warmer Geruch streichelte mich. Von einem Frauenkörper … Das vertreibt deine Angst, beruhigt dich, beschützt dich. Neben ihm, auf ihm vergißt du, daß du eines Tages deinen letzten Atem aushauchen mußt. Er streichelte mir die Stirn. Ich hörte, wie die Tür, ohne daß vorher angeklopft wurde, aufging.

»*Permettez … Police.*«

Wie viele mögen es gewesen sein? Wie lang sind sie geblieben? … Ich hörte schwere Schritte. Wie der Schrank geöffnet wurde, wie sie unterm Bett nach etwas suchten.

»Excusez, mon enfant …«
Und kurz bevor die Tür geschlossen wurde:
»Pauvre Calamité!«
Dann waren ihre Schritte im Stockwerk über uns zu hören. Ich hörte Gaby fluchen. Ich steckte meinen Kopf unter der Decke hervor und suchte nach den *Gauloises.* Wieder hielt sie mich zurück, diesmal, als wollte sie mich tadeln. Ich spürte, wie sie mich zaghaft streichelte. Nur küssen durfte ich sie nicht. Und während der ganzen Zeit,

in der wir miteinander rangen, war da das Pfeifen – unentwegt –, das mich erschaudern ließ. Schließlich gelang es mir, sie zu küssen. Ein leerer Kuß, unerfüllt, als entziehe er sich. Stille, Totenstille hatte sich wieder auf das Haus und die Straße gelegt.
Wie spät mochte es sein? Wie lange war ich geblieben? Die *Cafard* würde auslaufen. Einen Moment noch, eine Minute … Ich muß erst das Pfeifen orten, dann geh ich. Ich streichelte ihr mageres Gesicht. Kleine Nase. Schmale Lippen, ein klitzekleines Kinn. Und ein Hals … Meine Hand blieb an etwas Glattem, Kaltem, Metallenem hängen, einer Art Ring. Ich legte meinen Daumen darauf, ließ ihn dort liegen. Da merkte ich, wie ihr Körper erzitterte, zuckte …
»Wir legen im Morgengrauen ab!«
Ich küßte sie auf die Stirn. Die Stirn war kalt. Ich stieg die dunkle Wendeltreppe runter, ohne an irgendwas zu denken. Mord, Polizei … Ach Unsinn. Ich rieb nur leicht Daumen und Zeigefinger aneinander. Die Straße war menschenleer. Ich hob eine noch brennende Kippe auf und steckte mir damit eine Zigarette an. Eine Uhr schlug sechs. Ohne Hast, ohne zu suchen, fand ich meinen Weg

durch die Stadt. Eine Frau, die ich am Spätnachmittag um sechs Uhr gesehn hatte, geschmückt wie eine Braut in der Eiseskälte, nüchtern, aber geschminkt, sah mich an, hatte aber nicht mehr die Kraft, mir zuzunicken. An einer Ecke ging ein Fenster auf, und eine Schüssel wurde über mir ausgeleert. Der Vieux Port. Gegenüber die Abtei Saint-Victor. Der Pont Transbordeur ... Ich hatte mich zu weit links gehalten. Ein Mann in einem Overall rannte an mir vorbei, warf ein glitschiges Ding weg, bog am Fort Saint-Jean ab und blieb am Kai stehn. Da tutete von der gegenüberliegenden Seite die Sirene der *Legion*. Der Typ im Overall sprang ins Meer. In zehn Schwimmzügen würde er sie erreichen. Die Luke der *Legion* würde noch fünf Minuten offen sein. Es waren noch zwei Schwimmzüge bis zum Schiff. Da beschloß ich, auch zu springen. Ein Schnellboot, voll mit Polizisten, schnitt ihm den noch verbleibenden Meter ab. Ich trat einen Schritt zurück. Neben mir hörte ich ein Lachen, das nach Enthaltsamkeit und Phosphor stank. Ich rannte los. Vom Schornstein der *Cafard* sah ich Dampf aufsteigen. Hundert Meter ... Fünfzig ... Zwanzig ... Ich rannte die Gangway rauf, da wurde sie schon eingeholt. Miguel, der Bootsmann, schubste mich, und ich fiel auf ein paar aufgeschossene Enden*. Jemand goß mir eine Pütz mit kaltem Wasser übern Kopf. Da hatte ich das Gefühl, im Hudson River ertrunken zu sein, im Morgengrauen, und zwischen benutzten Kondomen zu treiben.

Wo, auf welchem Nachttisch, hast du nur das Amulett liegenlassen, das dir die Mutter an jenem Morgen, als du

* Aufgerollte Taue.

das erste Mal aufgebrochen bist, mit einer Sicherheitsnadel ans Unterhemd geheftet hat ... Es gibt Bäume, Gärten, Berge. Sanft plätschernde Bäche, Venushaar, Betten, die nicht schaukeln, Frauen, die sich nicht schminken, Männer, die nicht fluchen. Weißgetünchte Zimmer draußen auf dem Land, ohne Nieten und Spanten an den Wänden. Etwas Abstand gewinnen von all den Dingen, derer du dich nachts vorm Einschlafen vergewisserst, die

du berührst, an denen du riechst, denen du zusiehst, wie sie hin und her schwanken, bis dir die Augen zufallen. *Béatrice d'Este** ... Ich stelle mir vor, wie du dich in deiner Hochzeitsnacht plötzlich allein mit dem geharnischten Mann wiedergefunden hast, der gerade erst aus der Schlacht zurückgekehrt war und nach Pferden, Wein und Krieg stank. Wie können frischverheiratete Mädchen nur mit einem Mann schlafen, den sie nicht kennen, dessen Atem sie noch nie gerochen haben? ... Wie hat es meine Mutter nur gekonnt? Das ist etwas, was mir den Magen umdreht. Béatrice ... Ich werd das Porträt des jungen Florentiners, das neben dem deinen hängt, abnehmen, weil es dich leiden läßt. Ich seh's dir an. Seine Hände. Alles auf diesem Porträt ist auf die Darstellung der Hände ausgerichtet. Die eine, die mit dem gekrümmten Finger, hängt herab, und die andere, die nicht vollständig zu sehn ist – vier Finger –, ruht auf dem Ärmel ... *Andrea Foscari, mignon du Cardinal de Raguse.***

* Gemälde von Ambrosio de Predis und Leonardo da Vinci. Sie wurde im Alter von 15 Jahren am 26. 1. 1491 an den fast vierzigjährigen Ludovico Sforza (il Moro) verheiratet und starb mit 22.

** Andrea Foscari, Mitglied der venezianischen Dogenfamilie des Francesco Foscari (1373–1457).

Als ich wieder zu mir kam, waren wir schon am Planier* vorbei. Der Alte überschüttete mich mit den wüstesten Beschimpfungen, weil ich zu spät erschienen war. Es war die schlimmste Fahrt meines Lebens. Wir liefen Algier, Ténès, Mostaganem, Oran, Tanger, Rabat und Casablanca an. Nirgends ging ich von Bord. In jedem Hafen kaufte ich bei fliegenden Händlern ein. Wenn wir in einen Hafen kamen, rechnete ich damit, von der Polizei einkassiert zu werden. Wovor hatte ich Angst? Ich wußte es selber nicht. In Tanger beschloß ich abzuhauen. Im letzten Moment überlegte ich's mir anders. Eines Mittags im Frühling sahen wir die Kathedrale Notre-Dame de la Garde mit ihrer Krone den Nebel durchbrechen.

Ich werd auf dem Pilgerweg barfuß den Hügel raufsteigen und dich anbeten! Rette mich vor dem Unrecht ...
Wir waren mit dem Einklarieren beschäftigt. Es wurde fünf Uhr, und einer nach dem andern zog sich seine Sonntagskleidung an und ging von Bord. Ich saß vor der Kombüse und dachte nach. Bis jetzt hatte keiner nach mir gefragt. Ob sie mich draußen neben dem Schiff festnehmen wollten? Ausgehen oder bleiben? Der Schiffskoch, ein Algerier, ein Suffkopp und Haschbruder, der jeden Tag mit einer leeren Flasche zum Steward marschierte und ihn um Wein für die Stifado-Soße bat – so was hatten wir auf der *Cafard* nie bekommen –, erschien in der Tür, wischte sich das pockennarbige Gesicht mit seiner dreckigen Schürze ab und sagte:
»Grieche, du gefällst mir gar nicht. Daß du nicht von Bord gehst, kann nur bedeuten, daß du irgendwas ausgefressen hast.«

* Kleine Insel mit Leuchtturm bei Marseille.

Er schneuzte sich in die Finger und verteilte die Rotze auf dem Küchenschott. Er drehte sich eine Zigarette, tat einen tiefen Zug und gab sie mir.

»Nicht mal als Bräutigam wirst du so was zu paffen kriegen. Hab ich eben erst geröstet.«

Ich machte gierig einen tiefen Zug. Noch einen. Fluchend riß er sie mir aus dem Mund.

»He, du hast sie ja fast aufgeraucht, Bastard aus der Kasbah.«

In dem Moment kam der Alte vorbei. Er hatte Witterung aufgenommen und baute sich vor mir auf. Er war ein Korse mittleren Alters, ein guter Schiffsführer und ein noch besserer Mensch. Auch wenn er niemals schimpfte oder fluchte, hatten wir alle Respekt vor ihm. Warum bloß fuhr er auf so einem Seelenverkäufer?

»Komm morgen früh«, sagte er, »damit ich dich auszahlen kann. Du bist entlassen. Das Schiff wird eine Weile am Kai liegen bleiben. Ich kann mich nicht über dich beklagen. Ihr alle seid Dreckskerle von derselben Sorte. Wenn du hörst, daß wir ablegen, komm ins Café de la Samaritaine.«

Noch immer leuchtete jenes liebliche Licht, das für Marseille so typisch ist und die Abenddämmerung von der Nacht scheidet. Ich sprang in meinem dreckigen Overall, wie ich war, auf den Kai.

Ohne daß mich der Zollbeamte angehalten hätte, blieb ich vor ihm stehn und und bot ihm eine Zigarette an. Ich verwickelte ihn in ein Gespräch. Warum? Um mit der Angst zu spielen. Und wenn er mich durchsuchte? Ich hatte an die zehn Meter Seide um meinen Bauch geschlungen, und darunter hatte ich etwa zwei Kilo ver-

staut. Von meinem Anteil an der geklauten Ware aus den Laderäumen, die wir in der Nacht aufteilen wollten, mal ganz abgesehn.
Ich ging die Stufen zur Kathedrale rauf und sah unten den Zollbeamten rauchen. Und wenn er mich erwischt hätte? Ach was ... Ab morgen ohne Arbeit. Wen kümmert's. Die nächsten beiden Monate komm ich über die Runden.
Als ich an der Place de Lanche ankam, war es dunkel geworden. Stimmen spielender Kinder. Ein kleines Mädchen stand abseits und weinte. Ich holte eine Schokolade hervor und gab sie ihr. Ich war selbst noch ein Kind. Die Kleine nahm sie, guckte sie kurz an, warf sie dann in den Dreck und heulte noch lauter.
Eine ärmlich gekleidete Frau griff sich das Kind, ließ es sich runterbeugen und gab ihm ein, zwei Klapse auf den Po. Dann drehte sie sich zu mir um und beschimpfte mich in ihrem schleppenden Akzent. Ein schlechtes Zeichen: wenn die Kinder dich nicht mögen und die Großen dich verjagen. Ich blieb vor einer Schaufensterscheibe stehn. Ich erschrak. Mein Gesicht war vor Müdigkeit und Angst ausgemergelt. Meine Ohren hatten etwas von kleinen Hörnern. Ich hatte schwarze Ränder unter den Augen und vom Zigarettenpapier aufgerissene, blutverkrustete Lippen. Eine Schirmmütze und einen Overall, der einst hellblau gewesen war ... Die Frau hatte recht.

Die Angst ... An der Tür eines Zollgebäudes hielt ein Wächter einmal einen Matrosen an.
»Was hast du versteckt?«

»Also, an die zweitausendfünfhundert Dollar. Vielleicht auch mehr, hab's nicht genau gezählt. Hatte noch keine Zeit dazu.«

Der Wächter warf ihm einen Blick tiefster Verachtung zu und schubste ihn dann weg.

»Ja, man sieht's dir an den Augen an. Scher dich zum Teufel. Idiot.«

Ein flacher Zollschuppen in Indien. Ein Matrose schnappte sich, für den Bruchteil einer Sekunde, den Stempel des Kontrolleurs, der gerade mit ein paar Passagieren sprach, und stempelte seinen Koffer ab, gefüllt mit Alkohol und Parfüm – der Zoll für die Ware war sehr hoch, die Strafe zwei Jahre hinter Gittern. Er näherte sich dem Ausgang, zitterte etwas. Der Wächter mit dem khakifarbenen Turban lächelte ihn an, besah sich den Stempel und klopfte ihm freundschaftlich auf den Rücken.

Ein dritter Matrose wartete eines Tages draußen vor der Hafenabsperrung auf den Mann, der ihm fünfundzwanzig Pfund in Gold durch den Zoll schmuggeln sollte. Das Schiff gab drei langgezogene, durchdringende Signale ab. Er überlegte, ob er das Geld in den Gully fallen lassen sollte. Seine Augen zuckten. Ganz in der Nähe stand ein Fellache, der Saubohnen verkaufte. Der Seemann schnappte sich eine Zeitung, formte sie zu einem Trichter, legte das Gold ganz unten rein, ein zerknülltes Stück Papier darüber und sagte zum Fellachen:

»Auffüllen.«

Die Tüte wurde bis zum Rand gefüllt – der Matrose mußte sie unten mit beiden Händen festhalten. Der Wächter durchsuchte seine Schuhe, nahm sich ein paar Saubohnen und aß sie auf. Ein paar Schritte weiter wur-

de er von einem andern Beamten in Zivil durchsucht, der sich auch ein paar Saubohnen nahm und dann wegging.
Endlich war er am Schiff ... Die Seeleute holten die Gangway ein. Die Zollbeamten an der Gangway durchsuchten ihn und griffen gierig in die Tüte. Etwas tiefer, und sie würden das Gold zu fassen bekommen. Der erste Offizier rief ihnen in ihrer Sprache zu:
»Macht schon. Laßt ihn durch.«
Der Matrose sah, wie die Jakobsleiter runtergelassen wurde. Ihm brach der kalte Schweiß aus. Für eine Leiter braucht man zwei Hände. Sollte er die Tüte ins Wasser fallen lassen? »Los, beeil dich«, riefen sie von oben. Da zerknüllte er kurz entschlossen die Tüte, die schon eingerissen war, und stopfte sie sich in den Ausschnitt. Er trug einen weiten Overall, der in der Taille von einem Strick zusammengehalten wurde. Er kletterte hoch. Die Leute an Bord schauten ihm alle von oben zu. Er sprang an Deck. Die Goldstückchen klimperten fröhlich. Keiner hörte es. Alle sahen ihm in die Augen.
Die drei Matrosen hatten, was seltsam ist, den gleichen Blick. Stumpf, trübe, immer müde. Und trotzdem heißt es, daß Angst sich nicht verbergen läßt.

Für Nikos Fameliaris

Die Rue de la Loge in ihrer Blütezeit. Mädchen warteten auf Freier. Nicht eine rief mir nach. Ich betrat das Geschäft des Chinesen, und wir zogen uns ins Hinterzimmer zurück. Wir wurden uns einig. Ich ließ ihm das Haschisch da, und er füllte mir die Taschen mit Geld. Und jetzt, auf zu Gaby. Aber wie soll ich diese Treppe hochsteigen ... Ich erinnerte mich an die feuchten Hände, das Zischen. Wieder begann ich, Daumen und Zeigefinger aneinanderzureiben. Wie ein Schlafwandler schleppte ich mich zum Haus, wo sie wohnte, und setzte mich völlig erschöpft auf der andren Straßenseite draußen in eine Bar. Ich hatte keinen Hunger, weder Lust auf Alkohol noch auf Frauen. Das einzige, was ich wollte, war, mir Klarheit

zu verschaffen. Mich von den Fesseln der Angst zu befreien ... Titin, der Kellner, brachte mir unaufgefordert einen gelben Anisette. Ein unerträglicher Gestank, der von seinen Füßen aufstieg, verschlug mir den Atem. Ich ließ kein Auge von der Tür des gegenüberliegenden Hauses. In der schmalen Straße dröhnte es. Sie mußte jetzt runterkommen. Zeit, auf Freierfang zu gehn. Es sei denn, sie arbeitet jetzt in einem Bordell oder hat ganz aufgehört. Oder sie ist tot. Wenn sie in fünf Minuten nicht unten ist, muß ich nachsehen gehn.

Ein Indochinese kam heraus und knöpfte sich die Hose zu. Dann eine alte Kokotte, ein Schwuler, der seine Haare richtete, ein Zwerg, eine Alte, ein Matrose. Eine Frau nahm meinen Anisette, trank ihn aus und zündete sich eine Zigarette an, die sie sich aus meiner Schachtel genommen hatte.

»Darf ich mich setzen?«

»Nein.«

»Du bist wohl von der schwierigen Sorte. Wartest du auf eine?«

»Ja. Kennst du Gaby?«

Sie lachte verächtlich.

»*Mon enfant.* An jeder Ecke gibt's eine Gaby. Ich heiße auch Gaby. *Alors, tu viens?*«

Ich gab ihr einen Franc, und sie ging weg. Eine Uhr schlug neun. Niemand nahm Notiz von mir. Und trotzdem hatte ich das Gefühl, von allen angestarrt zu werden. Ich stand auf. Zwei Meter waren es noch bis zur Tür. Ich glich einem Akrobaten, der das Gleichgewicht verloren hat. Fühlte mich wie auf einem Segelschiff. Zum Teufel ... Mein Geheimnis. Keiner kennt es, nicht mal meine Mutter. Hier ist es: Ich kann kein Segelschiff betreten. Über die schmale Planke, die den Kai mit dem Deck verbindet, hab ich noch nie gehen können. Warum? Schlimmstenfalls würd ich ins Wasser fallen, und schwimmen kann ich. Trotzdem hab ich immer eine Riesenangst davor. Wenn jemand das eine Ende einer Leine vom Segelboot aus festhält und ich das andre Ende ... eh, dann kann ich über zweihundert Meter lange Planken gehn. Sobald ich aber die Leine loslasse, falle ich ganz bestimmt runter.

Und in dem Moment hatte ich das Gefühl, ohne Leine mitten auf einer Planke zu stehn. Ich balancierte. Ein eiliger Passant rempelte mich an, und ich fand mich im Treppenhaus wieder. Ich stieg in den ersten Stock, den zweiten, den dritten. Ich stand neben dem Türknauf. Die Tür öffnete sich, und jemand kam raus. Ich rechnete damit, daß er auf mich fallen und dann in sich zusammensacken würde. Pfeifend lief er die Treppenstufen runter, indem er jeweils zwei auf einmal nahm. Ein Licht von oben beschien die letzten paar Stufen. Ich klopfte an Gabys Tür. Nach kurzer Zeit machte sie auf, sie trug nichts als schwarze Seidenstrümpfe.

»*Chéri Nico* ... Komm in einer Viertelstunde wieder. Ich

hab gerade einen Freier hier. Was hast du mir mitgebracht?«

»Einen Ring.«

»Gib ihn mir und verschwinde.«

Ich wartete draußen vor der Tür. Zehn Minuten später trat ich ein.

»Setz dich. Ich wasch mich kurz.«

Sie ging hinter den Paravent. Ich hörte Wasser laufen. Sie

kam zurück und setzte sich auf meinen Schoß. Sie trug den Ring mit dem grünen Stein. Nur widerstrebend ließ ich zu, daß sie mich anfaßte.

»Du bleibst die ganze Nacht bei mir. Nur einkaufen mußt du. Ich hab nichts da. Mach schnell, und bleib nicht lange weg.«

»Hör zu, Gaby. Zwei Nächte hab ich nicht geschlafen. Ich hab jetzt nicht die Kraft, Treppen rauf- und runterzulaufen. Hier, nimm das, und geh du.«

Sie zog sich einen ausgeblichenen Morgenmantel über und ging.

Ich blieb allein zurück und musterte die vergilbten Fotos, die Kunstblumen. Auf einem tragbaren Kohlenbecken hob ein Topf in regelmäßigen Abständen seinen Deckel. Ich nahm ihn ab. An der Wand hing das ewige Klistier. Der Schlauch berührte den Stich, der den Korsen mit seinem Zweispitz zeigte. Darunter das Bidet. Zum Glück hatten wir Frühling, und es gab keine Weintrauben. Im letzten Sommer hatten wir uns nur von Weintrauben ernährt. Mein Schätzchen hatte den Abfluß des Bidets zugestöpselt, es mit Eiswürfeln gefüllt und die Weintrauben draufgelegt. Die Eiswürfel waren geschmolzen, und wir hatten die Trauben eisgekühlt essen können. Ich ging

zum Fenster. Man sah auf verfallene Dächer. In einer Zimmerecke lehnte Samras Holzbein. Ich hatte es oft in der Hand gehabt, wenn ich ihm auf dem Schiff geholfen hatte, *Camels* darin zu verstauen – es paßten hundertfünfzig Päckchen rein. Einmal hatten wir darin mühelos vier Kilo weißes Zeug untergebracht. Jetzt hatte er bestimmt ein neues Bein. Gaby hatte sich angestrengt, aus Paris ein leichteres zu besorgen, in das noch mehr reinpaßte. Samra durchsuchten sie nie beim Zoll. Er hatte sein Bein im belgischen Ypern verloren und trug seitdem
eine Ordensbandschleife auf der Brust.

Gaby kam mit vollen Händen zurück.

»Ich hab Goldbarsche und Teleskopfische gekauft. Vertritt dir die Beine, bis das Essen fertig ist.«

Ich lehnte ab. Legte mich mit den Schuhen aufs Bett. Am Fußteil, über die ganze Länge, hing der Lappen – verwaschen –, der in keinem Bordell der Welt fehlt. Ich sah ihr zu, wie sie den Topf vom Herd nahm und die Tücher mit dem kochenden Wasser ins Waschbecken schüttete. Sie füllte den Topf erneut mit Wasser und warf die Fische rein. Dann kam sie zu mir und legte sich neben mich.

»Schön ist er, der Ring, den du mir mitgebracht hast. Ist er aus Gold?«

»Ja.«

Sie küßte mich.

»Was hast du mir sonst noch mitgebracht?«

»Ein Seidentuch.«

»Wo ist es?«

»Ich hab's um meine Hüfte gebunden.«

»Hol es schnell raus. Du hast es bestimmt schon zerknautscht.«

Sie machte sich daran, mich auszuziehen. Ihre Hände arbeiteten hastig.

»*Cochon.* Was sind das für Sicherheitsnadeln? … Ah! Was für eine schöne Seide. Ist die für mich?«

»Nein. Die hat jemand bestellt.«

»*Mon loup.* Dann mach sie ab, ich bewahr sie für dich auf.«

»Laß sein. Sie warten schon heute abend drauf.«

»Aber … schläfst du denn nicht bei mir?«

»Ich geh kurz weg und komm zurück.«

»*Mon vieux* … Wann reist du wieder ab?«

»Weiß nicht. Ich bleib ein, zwei Monate.«

»*Magnifique*! Nachts schläfst du hier. Kostet dich nichts. Na, zumindest wenig … Warum erzählst du gar nichts? *Tapette.*«

»Ich will, wie soll ich sagen … 'ne Kammer für mich allein. Hier unten … einen Stock tiefer. Ja. damit wir nah beieinander sind. Genau unter dir. Wenn man runtergeht, gleich rechts.«

»Was redest du da … Die ist vermietet.«

»Schon lange?«

»Ja. Seit sie Calamité tot aufgefunden haben … Vielmehr ermordet. Also, du bleibst bei mir. Im Sommer fahren wir nach Cassis.«

»Calamité? Wer …«

»Das ist Paquita, *mon maquereau.* Eine Lehrerin. Sag schon, wieviel hast du verdient?«

»Nun, ungefähr siebentausend. Und wie haben sie die gefunden?«

»Erzähl ich dir gleich. Siebentausend! Viel Geld. Ich bewahr's für dich auf. Ich hab eine Stahlkassette. Du kriegst den Schlüssel. Küß mich ... Du hast dich aber verändert. Bist irgendwie kalt.«

»Also, was das Zimmer betrifft ... Wenn du mal fragen gehn könntest.«

»Uff. Was löcherst du mich so? Selbst wenn es leer stünde, würd ich's dich nicht mieten lassen. Da hat 'ne Kranke gewohnt. Als du weg warst, ist sie gestorben.«

»Wie das?«

»An dem Abend ist im Stockwerk unter uns ein Mord passiert. Ein brasilianischer Bootsmann ist ermordet worden. Die Frau war schuld, die mit ihm geschlafen hatte. Das kommt davon, wenn man mit Frauen schläft, die man nicht kennt. Mein Lieber, du paßt da auch nicht auf. Der Mörder war so unverfroren, danach in Paquitas Kammer zu gehn. Vielleicht wollte er sich dort verstecken. Er hat sie zwar nicht geschlagen, aber auf ihrem Körper und auf den Laken hat man Blutflecken gefunden. Die Kanaille muß versucht haben, ihr die Platte rauszureißen. So ein Monster, der hatte vielleicht Nerven. Ich würd mich ekeln.«

»Was für 'ne Platte?«

»Paquita hatte eine Luftröhrenverengung. Damit sie atmen konnte, hat man ihr 'ne Kanüle eingesetzt ...«

»Von was für 'ner Krankheit?«

»Das hat man nicht rausgefunden. Krebs, Schwindsucht.«

»Syphilis vielleicht?«

»Nein, danach sah's nicht aus. Sie war 'n braves Mädchen, sittsam. Diese Bestie hat sie noch vergewaltigt, bevor er getürmt ist. Das haben die Ärzte gesagt.«

»Haben sie ihn rangekriegt?«

»Nein, entweder hat er's noch in die Fremdenlegion geschafft, oder er ist ab auf ein Schiff.«

»War sie hübsch?«
»Nee ... Die sah aus wie ein Engerling. Blond war sie. Ein braves Mädchen. Aber jetzt küß mich doch endlich. Was sitzt du da so blöde rum?«
»Gaby ... Sag mal, bin ich heiser?«
»Ja. Wer weiß, was du unterwegs alles geraucht und getrunken hast.«
Ich stand auf.

»In einer Viertelstunde bin ich zurück.«
»In Ordnung. Laß nur das Geld hier. Um diese Zeit ist es nicht ungefährlich.«
»Ich werd ja jetzt erst bezahlt.«
»Soll ich mitkommen? Nicht, daß sie dich beim Zählen übers Ohr hauen.«
»Unsinn. Leuchte mir nur mit der Lampe, bis ich die Treppe runter bin.«
»Mit was für 'ner Lampe? Entweder bist du betrunken oder verrückt. Du siehst mir gar nicht gut aus.«
Sie drehte den Schalter, und auf der Treppe wurde es hell. Weiter als bis zur oberen Treppenstufe kam sie nicht mit.
»Bleib nicht zu lang weg, *ma tapette*.«
Ich blieb vor Calamités Kammer stehn. Wollte nur den Türknauf anfassen, ihn, wenigstens einen Moment lang, berühren. Mit welcher Hand? Dann eben mit beiden. Jemand wird rauskommen. Jemand wird die Treppe hochsteigen. Ich ließ die Haustür hinter mir angelehnt. Es gibt viele Türen. Nie bin ich wieder durch sie durchgegangen. Gaby hab ich nie wiedergesehn. Aber oft, selbst im Sommer, krieg ich kalte Finger, und dann kann ich nichts Metallenes anfassen. Auch nichts aus Gold.

Cocky, der Papagei, kletterte auf das Dach des Funkraums, legte die Flügel an und krächzte:

»*Merde, Signor del mundo.*«

Marmaro, der Affe, spuckte den zerbissenen Riemen seines Halsbands aus und sagte:

»Du alte Schaluppe ... Kannst von Glück reden, daß sie dich nie festbinden.«

Eine Schlange glitt herbei.

Cocky wich zurück. Er biß sich an der Antenne fest und kletterte daran nach oben.

Marmaro näherte sich der Schlange und fragte: »Wo bist du denn an Bord gegangen?«

Die Schlange zischte: »In Sabang.«

»Beißt du?«

»Nein. Ein Magier hat mir die Zähne gezogen.«

»Arme Socke. Wie bist du hergekommen?«

»In einer Gemüsekiste.«

»Wie das?«

»Ich hab geschlafen. Ist keine Absicht gewesen. Wo sind wir hier eigentlich? In 'nem Gefängnis?«

»Auf 'nem Schiff.«

Plötzlich zirpte die Grille.

»Dieses Zirpen«, sagte der Affe. »Wenn wir dich nicht hätten, wären wir längst verrückt geworden. Du erinnerst uns ans ...«

»Ans Festland, ans Festland«, fiel ihm Cocky ins Wort.

»Vollidiot«, murmelte er. »Ich rieche die Erde schon seit gestern. Und dann protzt du damit, daß dich der Portugiese auf seiner Schulter hatte.«

»*Orospu ... Kahpe ... Kaltak!** Festland.«

* Türkische Schimpfwörter.

»Kann dir doch egal sein. Obwohl sie dich nicht festgebunden haben, haust du ja doch nicht ab. Ich für meinen Teil verschwinde, sobald wir anlegen.«
»Wie haben sie dich gefangen?« fragte die Schlange.
»Mit 'ner Falle. Vor zwei Jahren.«
»Und wie geht's dir hier?«
»Nicht mal meinem ärgsten Feind wünsch ich das ... gestern hat mir ein Matrose Mennige ins Gesicht geschmiert. Warum hat er das nur gemacht?«

»Polychronis, paß auf, daß das Schiff nicht giert.«
»*Querotiro ... Puta quetaparios.*«*
»Schnauze!«
»Wer brüllt da?« fragte die Schlange.
»Ach, nur ein Mensch eins weiter unten.«
»Stirbt er?«
»Von wegen ... der ist besoffen.«
»Was bedeutet das?«
»Alkohol. Mir haben sie auch mal was ins Wasser getan. Du tanzt, schreist, danach schläfst du.«
»*Tabacos ... Cigaros ...*«
»Cocky ist ein Genießer. Er raucht. Der läßt nicht eine Kippe liegen. Und er ist 'n Halunke, deshalb lieben sie ihn hier auf dem Schiff.«
»*Omak ... abouk.*«
Ein Rauschen war zu hören. Und dann war es, als sinke eine Wolke herab. Ein großer Vogel fiel ihnen mit gespreizten Flügeln zu Füßen.
»Willkommen, du Scheißer«, sagte Cocky.
»'nen schönen Platz hast du dir zum Runterfallen ausgesucht«, sagte der Affe.

* Spanische Schimpfwörter.

»Ein Falke ... Ich verschwinde.« Die Schlange machte sich aus dem Staub.
»Woher kommst du?«
»Vom Festland.«
»Warum bist du runtergefallen?«
»Ich wollte zu den Inseln fliegen.«
»Zugvogel?«
»Wo denkst du hin? Ich bin geflohen. Sie haben mich verwundet. Draußen herrscht Krieg.«

»Gibt's Nüsse dort?« Cocky kletterte langsam hinunter. »Mangos? Ananas? Ich hab beschlossen zu türmen.«
»Wenn ihr Tote mögt, dann nichts wie hin. An denen könnt ihr euch überfressen. Ist das sauberste Futter von allem. Überall Gift: im Wasser, auf den Weinhängen, im Reis, in den Bäumen.«
»Wer verspritzt das?«
»Die Weißen.«
»Gegen wen kämpfen die?«
»Gegen die Gelben.«
»Warum?«
»Wer weiß das schon! Es heißt, es sind zu viele geworden. Das Land reicht nicht mehr für alle.«
»Aber sie sterben doch auch ...«
»Und werden geboren.«
»Sollen sie sich die Eier abschneiden.«
»Dafür leben sie ja.«
Der große Vogel spreizte die Flügel. Er strauchelte und fiel aufs Deck, vor die Tür zum Funkraum ... Es wurde hell.

190 Die Sonne. Ein Lichtstrahl fällt schräg auf sein Gesicht. Bricht sich. Ein anderer, der vom Bullauge kommt, zerlegt das Gesicht in Kuben. Er hat keine Stimme mehr. Nur seine Lippen bewegen sich.

»Warum bist du nicht weggegangen?«

»*Shurrup you crook … fuckin' mate*. Strick und Messer. Verwesung und Krankheit. Du ernährst dich von ihrem Atem. Wirst dick und lebst. Ich spuck auf dich.«

»Ich bin zu schlapp, es wegzuwischen. Wer bist du?«

»›Auf dem Meere‹. Erinnre dich an das zerfledderte Buch, das du in einem Glasschrank in Assos* gefunden hast. Voll mit Stichen: *De Vries und der kleine Will*, *Der Baoab*, *Der König Dingo Bingo* …«

»Eines Abends sind wir auseinandergegangen, vor vielen Jahren, an der Pier in Piräus, hinter der Poop der Schiffe. Du hast einen Seesack geschultert, und ich bin mit 'nem Buch in der Hand zurückgeblieben. Ich hab mich nicht getraut, mit dir mitzugehn.«

»Ja … Jetzt erinnere ich mich. Du hast einen Reishut mit 'nem schmalen Band getragen. In Fiskardo. Ein Bambusrohr mit Haken, du hast geangelt. Du hast nur Goldfische und kleine Barsche gefangen. Anders als deine Geschwister hast du nie Schwimmen gelernt. In deinen Vogelfallen sind nie eine Amsel oder ein Distelfink gewesen. Nur ein Kuckuck. Das ganze Dorf hat gelacht. Sommer auf dem Land. Die andern Jungs haben die Mädchen befingert, die auf Badeurlaub da waren. Ich hab dich oft um Mitternacht heimlich abgeholt und dich an der Hand die kaputte Treppe zu Vassiliki hochgeführt, der Frau aus Lefkada, deren ungewaschene Matratze nach Milch gero-

* Dorf auf Kefalonia.

chen hat … Wir sind nicht auseinandergegangen. Du bist vor mir abgehauen. Feigling.«

»Es reicht.«

Seine Stimme versagt, nur seine Lippen bewegen sich noch.

»Zu Hilfe.«

Dritter Teil

Anonimo XIV sec.: Trionfo della Morte

Für Eva Deli

Nimm mich bei der Hand; und zeig mir die Welt. Die große Seekarte ist zerrissen. Das Seehandbuch zwischen nutzlosen Büchern verschüttgegangen. Der Sextant hat keine Linsen. Die haben wir rausgenommen, um uns Zigaretten damit anzuzünden. Der Peildiopter ist kaputt. Das Parallellineal hat sich verzogen. Die Kompaßrose spinnt und zittert. Das Log hat ein Raubfisch abgebissen, ein Hai vielleicht. Die Sanduhr? Da rieselt kein Sand mehr durch. Laß uns die Sonne schießen*. Nur welche der vielen Sonnen?**

»Etwas Schiffszwieback ...«

»Hier, nimm ... Warum spuckst du ihn aus?«

»Wasser.«

»Nichts mehr da.«

»Du hast gesagt, daß du dir meinetwegen eine Ader aufschneiden würdest.«

»Schau her. Ich habe sie aufgeschnitten. Es kommt kein Tropfen raus.«

»Land in Sicht. Da. Drei Palmen.«

* Zur Breitenbestimmung die Sonnenhöhe messen.

** Wenn der Sextant nicht mehr funktionstüchtig ist, kann es vorkommen, daß man mehr als eine Spiegelung der Sonne sieht.

»Nein. Fünf … Sieben … Tausend. Tausende. Nicht mal eine halbe Meile. Ist nicht mehr weit.«
»Gib mir die Riemen.«
»Die sind völlig morsch.«
»Dann laß uns an Land schwimmen.«
»Siehst du das Maul des Hais? Er wartet.«
»Wirf ihm den Schiffszwieback ins Wasser.«
»Den kotzt er aus, den spuckt er zurück. Siehst du das

nicht? Halt, laß mich springen. Dann ist er satt, und du schaffst es bis zur Küste. Es kommt Wind auf. Gegenwind. Wir driften ab. Es regnet. Trink. Schlaf, ich werde über dich wachen.«
»Ich schlafe. Bin schon lange eingeschlafen.«
»Wie schön deine Haare sind. Laß mich das Salz rausmachen.«
»Nein.«
»Warum entgleitest du mir? Wo bist du? Ich habe neue Tätowierungen, die ich dir zeigen will. Wach nicht auf … So, wie du bist, werde ich dich als Galionsfigur am Bug anbringen … Kleines Mädchen. Nimm mich bei der Hand, und zeig mir die Welt.«
»Ich habe keine Hand. Es gibt keine Welt.«

Zwei sind nicht mehr da! Erinnerst du dich noch an sie? Der eine ertrank, kurz nachdem er Kapitän geworden war. Vor Sigri auf Lesbos. Das Meer hat seinen Schuh ausgespuckt. Schuhgröße fünfundvierzig. Welcher Fisch hat seinen Ring mit auf die Reise genommen? Am nächsten Tag wußte das Meer von nichts. Es glitzerte wie ein See in der Wintersonne. Am Abend zuvor hatte es noch Eisen verbogen, am Morgen dann war es satt. Es war nur mit ein paar Flecken Öl, zwei, drei Fässern und vereinzelten Holzplanken geschmückt. Ein kupferner Mokkatopf schipperte auf einem Stück Kork. Achtzehn waren's, Mann und Maus. Nicht einer kam an die Oberfläche. Ein weißer, mit Leinen versehener Rettungsring stieß an eine hölzerne Kiste. Einer von denen, die sich die Reisenden auf den Passagierschiffen auf die Knie legen, um sich damit fotografieren zu lassen. Kaum einer weiß, daß er nicht nur als Zierde dient. In schwarzen Lettern war sorgfältig aufgemalt: *Elpis Piräus*. Das Linienschiff suchte das Meer bis zum Einbruch der Dunkelheit ab. Fischte Wrackteile auf. Die wurden dann zur Hafenpolizei gebracht. Dann wurde die *Elpis Piräus* aus dem Schiffsregister gestrichen und daneben in roter Schrift notiert: »Am 20. Januar 1939 mit der ganzen Besatzung nordwestlich der Küste von Lesbos gesunken«. Das war's dann schon.

Und der andere? Mit siebenundzwanzig wurde er Kapitän auf einem Frachter. Die Augen stets wachsam, schnelles Reaktionsvermögen, geschickt im Manövrieren. Auch das Theoretische war für ihn ein Kinderspiel. Um Mitternacht saß er, mit 45° Steuerbord-Schlagseite, im Süden plötzlich auf einer Sandbank fest. Der Kurs war korrekt. Das Gewässer tief. Als er erkannte, daß er das Schiff nicht losbekam, ging er in den Kartenraum. Er machte eine Positionsbestimmung, rechnete, schob das Parallellineal mal hierhin, mal dorthin. Niemand hatte sich etwas vorzuwerfen. Stimmte die Seekarte etwa nicht? Er ging in seine Kajüte und brachte sich um. In dem Moment klopfte der Steuermann an, um ihm zu sagen, daß das Schiff von selbst losgekommen sei, daß es nirgendwo lecke und er nach oben kommen solle, um den neuen Kurs abzusetzen.

Ein Kanake, der mit seinem Boot längsseits kam – hätte der Bastard nicht eine Stunde eher kommen können? –, erklärte dem Steuermann das Rätsel. Alle sechs Jahre um Mitternacht ziehen sich Wassermassen ins offene Meer zurück. Drei Stunden später kehren sie wieder. Vor Sonnenaufgang. Er lachte, als er das erzählte, und zeigte seine weißen Zähne. *Every six years.*

Nicht ein einziges Seehandbuch hatte das verzeichnet. Später haben sie's ergänzt. Wie immer.

Sie fuhren raus auf die offene See. Dort haben sie ihn der See übergeben. Das also ist aus dem andern geworden. So welche gibt es viele. Tausende. Der Meeresboden: übersät mit Knochen und Schmuck. Fische, die weder Augen noch Farbe haben. Und dann ist da noch eine Eisenkiste mit Briefen, und auf der Kiste ist etwas Aufgeweichtes in Form einer Hand. Diejenige, die die Briefe geschrieben hat, schläft jetzt im Bett eines andern. Hechelt unter fremdem Atem. Nichts stört ihren Schlaf. Auch nicht das Meer, das gegen die Schwelle ihres Inselhäuschens schlägt, wenn es von weit draußen heranrollt. Ist sie Mutter, nagelt sie ihre Fensterläden zu, streicht sie von außen schwarz an und kocht nie wieder Fisch. Ist sie eine Schwester … hört sie irgendwann auf zu weinen. Nur die Mutter wird immer weiter weinen, bis sie die Augen schließt.

Erwachsene weinen nicht. Trotzdem ist da ein Knoten, der aufsteigt, oder eine Schlinge, die einen würgt. Genau das ist es, was Menschen an Land dazu treibt, Bücher zu schreiben, und Seeleute schnitzen Segelschiffe, takeln sie auf und stecken sie in Flaschen, oder sie lassen sich ihren Körper tätowieren. Wenn die Bücher gut, die Segelschiffe sauber gearbeitet und die Tätowierungen schön bunt sind, dann ...

Das Meer an den Küsten! Alle Abwasserkanäle der Welt ergießen sich ins Meer. Die Spülbecken, alles Stöhnen der Nacht. Genau wie die Kloake.

Der Strand ist übersät mit Sardinenbüchsen, Haaren, Stuhlbeinen, abgelaufenen Pumps. Übersät auch mit Mädchen, die baden und das Wasser genießen. Ich schenke es euch.

Mokka für den Lotsen

Die Sonne steigt. Ein Sampan* bewegungslos auf dem Wasser. Ein splitternackter Matrose hält zwei große Fische in den Händen, hebt und senkt sie, ein anderer formt die Hände zu einem Trichter und ruft: »*Wota ... wota ...*« Sie tauschen Fische gegen Wasser. Die *Pytheas* fährt an ihnen vorbei. Die Ladebäume sind schon hochgestellt, die Läufer** und Winden geschmiert, der Zement in den Ankerklüsen ist kaputtgeschlagen***. Der Bootsmann betätigt die Ankerwinden am Bug. Er probiert sie aus, prüft, ob sie funktionieren. Steuermann Jerasimos steht vor der Kabine des Funkers. Er trägt einen abgewetzten Tropenhelm. »Rasierst du dich?«

* Chinesisches Boot.
** Drahtseile des Ladegeschirrs.
*** Früher wurden die Ankerklüsen beim Auslaufen mit Zement verstopft, um zu verhindern, daß unterwegs Wasser eintrat.

»Ja.«

»Gestern abend hast du dich vollaufen lassen. Konntest es nicht abwarten, bis wir angekommen sind.«

»Na und?«

»Also wirklich, wir sind doch keine Kinder mehr, oder willst du mir jetzt den chinesischen Emigranten vorspielen? Du hast im Funkraum auf dem Rücken gelegen, und so hat dich der Steward gefunden. Du warst sternhagelvoll. Er ist zu mir gekommen und hat mich geweckt. Wir haben dich in deine Kammer schleppen müssen … Herrgott noch mal, weißt du, in was für 'nem Zustand du warst? Man hätte dich an den Haxen hochheben und ins Meer werfen sollen.«

»Warum hast du's nicht getan?«

»Bist du jetzt etwa beleidigt?«

»Überhaupt nicht … Erinnerst du dich noch an Nikitas? Den hat ein Bagger aus dem Schlamm gezogen, in der La-Plata-Mündung.«

»War es Selbstmord?«

»Ja. Hat sich Hände und Füße zusammengebunden und ist gesprungen.«

»Ist nicht wahr.«

»Ein Dickschädel … Wie der sich gefesselt hat, all die Knoten, das ist 'ne Geschichte für sich. Der muß sich, bevor er gesprungen ist, den Kopf noch mit 'nem Eisen angeschlagen haben.«

»Beim Fallen?«

»Nein, vorher.«

»Was zum Teufel sind das für Geschichten am hellichten Tag? Kann mich gar nicht dran erinnern. Warum sollte er das gemacht haben?«

»Ist doch kein Wunder, wenn sie auf Frachtschiffen Frauen mitnehmen, die ihre Unterwäsche und Binden an der Gräting vom Maschinenraum und an der Reling zum Trocknen aufhängen ...«

»Ach, hör doch auf! Wir Seeleute sind anständig. Schlagen immer diskret die Augen nieder.«

»Die Frauen aber nicht. Auf dem Meer tun Salz und Jod ihre Wirkung. Sie kriegen zweimal im Monat ihre Tage.«

»Jetzt ist's aber gut ...«

»Bei meinem Augenlicht! Ich weiß das von den Stewardessen und Wäscherinnen auf den Passagierschiffen. Und ein andrer Funker, der ist auf die Brücke gegangen, da haben ihn die Frauenzimmer auf einen Mokka eingeladen, und er ist abgekratzt. Ihr seid doch alle zu mehreren. Mehr als drei in jedem Bereich. Ich dagegen bin allein.«

»Du verstehst keinen Spaß heute. Hör mit der Trinkerei besser wieder auf.«

»Hast du am Boden eine einzige Flasche gefunden?«

»Nein. Die hast du bestimmt gleich mit weggetrunken. Es ist deine Sache, du kannst tun und lassen, was du willst. Aber wir sollten uns nicht vor der Besatzung blamieren. Ach ja, da ist noch was! Neben deinem Kopf lag ein großer Vogel vom Festland, mit einem gebrochenen Bein.«

»Ein bunter?«

»Ja. Hellblau, grün und weiß, und blutverschmiert war er.«

»Habt ihr ihn freigelassen?«

»Er ist beim Bootsmann. Der hat ihm das Bein geschient. Hat ihn Christoforos getauft, nach der Kirche in seinem Heimatdorf Farsa.«

»Wann kommen wir an?«

»In drei Stunden stoppen wir, um den Lotsen an Bord zu nehmen. Um fünf müßten wir dann an der Pier liegen.«

»Alle Achtung! Das ging aber schnell.«

»Ob langsam oder schnell, jedenfalls werden wir ankommen. Es gibt genug, die auslaufen und nie ankommen.«

»Stimmt ... Schöner Tag heute, was? Alle, die sich gestern ertränkt haben, bereuen es jetzt.«

»Blödsinn ... Was wird eigentlich aus dem Assi? Ich kann mich hier nicht loseisen. Agenten, Ladungsinspekteure,

Hafenarbeiter, Gesocks. Allein sollte man ihn nicht gehn lassen. Es hat ihn richtig erwischt. Hast du den Mut, ihn zu begleiten? Der ist bestimmt ansteckend!«

»Tropft wohl auch noch, was? Wenn einer von den dreiunddreißig – oder wie viele sind wir hier? – behauptet, daß er's nicht hat, bring ihn zu mir, den spuck ich an.«

»Du übertreibst.«

»Und wer's noch nicht hat, holt sich's heute nacht.«

»Gehst du mit?«

»Klar, keine Frage. Habt ihr das Wasser wieder aufgedreht?«

»Seit heute morgen. Nimm 'ne Dusche, damit du zur Besinnung kommst.«

»Nicht gerade ein frühes Angebot. Wir stinken vor Dreck.«

»Was sollte ich machen? Vom Dreck stirbt man nicht. An Durst schon. Oder meinst du vielleicht, daß es mir gefällt, mich in drei Raten zu waschen? Also, laß uns mal überlegen, wo ihr hingehn könnt ...«

»Können wir nicht den Hafenarzt fragen?«

»Nein.«

»Den Lotsen?«

»Auch nicht. Besser irgendeinen Hafenarbeiter, und den ganz vorsichtig. Du hast gesagt, daß du ein Shore Leave* hast. Sieh mal nach!«
»Moment. *Santo Domingo ... Santos ...* Ist nicht dabei.«
»Guck mal unter *Sw* nach.«
»*Suva ... Swansea.* Hier haben wir's. *Swatow***. Hör dir das an: *Seaman's home: none. Seaman's agencies: none. Hospitals: none. Veneral disease physicians: none. Dentists: yes. Doctor Lin ...* Toller Hafen! Konnte er nicht Zahnschmerzen kriegen? Und noch was, du lachst dich schlapp: *Note: Nothing of interest to bring men ashore. Vicious conditions. Avoid rikshaw men at night ...* Ha ha! Das ist ja genau das Richtige für uns. Wenn du das den Männern steckst, dann wirst du sehn, wie die erst recht losrennen. Also, beknie irgendeinen Chinesen von der Schiffsagentur. Damit wir es heute abend hinter uns haben. Er hat mich letzte Nacht auf Wache dreimal drauf angesprochen, und seit ich aufgestanden bin, läuft er mir wie ein Hund hinterher. Sobald ihr einklariert seid, kommst du und sagst mir, ob es 'nen Arzt gibt. Wenn ich schlafen sollte, weck mich.«
»Und wenn sich unser Verdacht bestätigt, kauf an Medikamenten, was der Arzt dir sagt. Ich wollte dir vorschlagen, daß wir das halbe-halbe bezahlen, später sehn wir weiter.«
»Ja, ja. Hab ich auch schon gedacht. Bist mir bloß zuvorgekommen. Au ... Verdammt.«
»Was ist?«
»Hab mich geschnitten. Gib mir ein Stück Watte und das Streichholz. Im Regal rechts. Danke. Ich krieg immer Angst, wenn ich mich schneide.«

* Landgangführer für Seeleute.
** Englischer Name für Shantou.

»Laß es bluten, und drück dann kräftig drauf … Genau. Warum benutzt du keine Rasierklingen? Ist doch praktischer.«
»Rasierklingen … Die sind so leicht, so biegsam. Da kommt man schnell auf dumme Gedanken …«
Der Bootsmann unterbrach sie:
»Wir haben die Laschings in den Laderäumen losgemacht. Und das Trinkwasser gepeilt. In Ordnung. Ich hab

die Anker kontrolliert, sie sind klar zum Fallen. Sonst noch Order?«
»Nein. Nur die Wurfleinen müssen klar liegen. Genauso das alte Tauwerk, die Fender und die Lotsenleiter.«
»Sind an Deck. Alles an Ort und Stelle.«
»Das war's. Die Wachen werden ausgesetzt wie immer.«
»Und wie ist das mit dem Geld? Was soll ich ihnen sagen?«
»Morgen mittag. Auch die *overtime*. Alles zusammen. Und vergiß nicht, ihnen hinter die Ohren zu schreiben, daß draußen Krieg herrscht und sie gut dran tun, nicht in irgendwelchen Bordellen zu übernachten. Sie sollen in Gruppen ausgehn. Nicht allein. Und kein Wasser trinken, weil es verseucht ist. Und Alkohol auch nicht, denn der ist gepanscht.«
»Was sollen sie denn dann trinken? Pisse?«
»Ihr Problem. Was macht der Vogel?«
»Ist weggeflogen. Saß wie tot da, und auf einmal hat er mit den Flügeln geschlagen, daß ich richtig erschrocken bin. Und im Nu war der weit oben … Ich geh dann mal essen.«
Jerasimos fragte:
»Hat's aufgehört zu bluten?«
»Ja. Du solltest Pope werden, Memas. In irgend 'nem

Dorf. Könntest sie alle sonntags um dich scharen. Dir Gaben bringen lassen.«

»Du machst wohl Witze! Aber besser als der Job, den ich jetzt hab, ist das allemal.«

»Nur daß du dich ab und zu vergessen und von Christus bis zur Gottesmutter alles verfluchen würdest.«

»Den Zuhältern am Omoniaplatz in Athen geht's besser als uns. Die lesen morgens im Bett die Zeitung, neben sich 'nen Mokka. Weißt du, woran ich letzte Nacht auf Wache denken mußte? Für uns Seeleute gibt's im Jenseits keine Hölle. Die haben wir schon auf den Schrottkähnen, mitten in diesem Leben. Egal, was wir tun, uns ist verziehen, noch bevor sie uns die Letzte Ölung geben.«

»Gehst du manchmal zur Kommunion?«

»Ja. In meinem Dorf.«

»Ich nie.«

»Würd ich auch nicht an deiner Stelle. Dein Mund ist besudelt. Was du damit schon alles angestellt hast …«

»Du fluchst doch auch.«

»Ist das vielleicht dasselbe? Hör dir das an: Gestern hat dieser Blödmann von Spyros auf dem Schanzkleid sein Feuerzeug auseinandergenommen. Eine Schraube ist ihm aus der Hand geglitten und ins Wasser gefallen. Was meinst du, was der geflucht hat?«

»Keine Ahnung …«

»Ich scheiß auf den Esel, auf dem Christus beim Einzug in Jerusalem geritten ist.«

»Diese Kanaille!«

»Hast du den Matrosen Spyros Trisatos aus Pylaros noch kennengelernt?«

»Nein.«

»Mein lieber Scholli, das war vielleicht einer! Du hast ihm ’nen guten Tag gewünscht, und er hat geflucht. Der Alte hat ihm einen Shilling Strafe für jeden Fluch aufs Auge gedrückt.

›Ich will dich nicht mehr auf dem Schiff fluchen hören‹, hat er zu ihm gesagt.

Am Abend hatte er schon eine Monatsheuer Geldstrafe auf dem Buckel. Am nächsten Morgen war er verschwunden. Da hörten sie auf einmal von achtern her lautes Geschrei und Gefluche. Es war an ’nem Sonntag. Man hat das Deck abgesucht, nichts. Sie beugten sich über die Reling, und was sahen sie? Der Typ aus Pylaros hatte am Heck eine Stellage über Bord gehängt, saß auf dem Brett, schlenkerte mit den Beinen über der Schiffsschraube, rauchte und fluchte. Neben ihm hing an einer Leine sein Seesack.

›Mensch, du Spinner, was machst du denn da?‹ riefen sie ihm zu. ›Du wirst runterfallen.‹

›Was mach ich wohl, ihr Esel, der Teufel soll in euch fahren, und es soll ein Zwitter sein. Ich hab abgemustert, und sagt dem Bock von Kapitän, daß ich jetzt außerhalb von seinem Schiff weiterfluche.‹«

»Bei mir ist es auch so. Wenn ich was verloren hab, muß ich es erst zum Teufel schicken, sonst finde ich’s nicht wieder. Aber schlimme Flüche, nein.«

»Wär besser, du würdest schlimme Flüche benutzen, als …«

»Was willst du damit sagen?«

»Ach … Das führt jetzt zu weit. Laß uns essen gehn.«

»Ich hab keinen Hunger.«

»Na dann.«

›Sein Name heißt auf hebräisch Abaddon, und auf griechisch hat er den Namen Apollyon‹

OFFENBARUNG DES JOHANNES

Es schlug zwei Glasen. Zwanzig vor zwölf. Im Vorschiff, an einem ungeschrubbten, fleckigen Tisch, schlang Linatseros eine Mahlzeit hinunter. Polychronis kaute auf einem Oreganozweiglein herum, und Jakoumos, der Schiffszimmermann, wischte mit einer Brotkante seinen Zinkteller sauber. Vier Kojen am Steuerbordschott und zwei im Vorstevenwinkel, immer als Doppel übereinander, ungemacht. Der Typ vom Schwarzen Meer saß auf einer der oberen Kojen und schnitt sich die Fußnägel.

»Erzähl weiter, Kosmas ... Kannst du nicht mal deine Flossen in Ruhe lassen, anstatt uns so auf die Folter zu spannen?«

»Tja, um es kurz zu machen, dort in der ›Bario Cino‹, wie gesagt, in Barcelona ...«

»Vorm Krieg?« fragte Polychronis dazwischen.

»Schnauze, du Rindviech«, wies ihn Linatseros zurecht. »Ständig unterbrichst du ihn. Das ist 'ne ganz miese Angewohnheit.«

»Ja, vorm Krieg. Ich hatte ein paar Flaschen Madeira intus. Ich gabele mir so 'n Mädchen in den Gassen auf. Ganz hübsch. Ein bißchen mager. Wir werden uns einig ...«

»Wieviel?« unterbrach ihn Polychronis.

»Weiß ich nicht mehr. Wir gehn rauf, legen uns ins Bett. Das war vielleicht Unterwäsche! Lauter Seide und Spitze. ›Willst du's wie bei 'ner Frau?‹ fragt sie mich, ›oder ...‹ Ich versteh erst nicht, was sie meint. Ich faß ihr zwischen die Beine und laufe auf ein Riff auf. Und was für 'n Riff.«

»Was meinst du damit?«

»Das war ein Kerl, Leute, in Frauenkleidern. *Maricon* heißen die. Ich zieh mich also wieder an und will abhauen, da haben wir uns so in die Haare gekriegt, daß das im ganzen Viertel zu hören war.

›Du bezahlst mich voll. Du hast mich schließlich flachgelegt. Ich hätte dich nicht daran gehindert, es mit mir auch auf die andre Art ... Du wirst mich verdammt noch mal

bezahlen.‹

Mann, war das ein Gezeter, ein Gekreische ... Ich also nichts wie weg. Der flucht bestimmt immer noch. Dem hab ich ganz schön welche verpaßt!«

Linatseros steckte sich eine an und grinste.

»Ob wir dir das glauben sollen, Kosmas ... Letztes Jahr in Cardiff hast du eine Woche im Kittchen verbracht, weil du im Roath Park Bonbons an kleine Jungs verteilt hast. In Rotterdam, wenn du da nicht auf die fahrende Straßenbahn aufgesprungen wärst, würden sie dich jetzt noch verprügeln. Und in Dänemark war das ganze Vorschiff voller dreckiger Bengel, denen du Briefmarken geschenkt hast. Soll ich dir noch mehr aufzählen? ... Und in Barcelona, da willst du dich auf einmal geschämt haben? Wer's glaubt, wird selig.«

»Das streit ich ja gar nicht ab, Linatsas. Ich mein was anderes. Ich kann mit 'ner Frau in Männerkleidung schlafen, aber ich kann nicht ... wie soll ich sagen ... ich komm nicht in Stimmung bei 'nem Mann, der Röcke trägt. Aus und vorbei. Verstehst du ...«

»Du kannst mir viel erzählen«, murmelte der andere.

»Das ist doch 'n himmelweiter Unterschied, wenn man einen Vierzehnjährigen in kurzen Hosen sieht, bei dem die Schenkel im Winter von der wollenen Hose und von der Kälte gerötet sind. ›Lachs‹ nennen wir das in unsrer Gegend. Krieg das mal rein in deinen Schädel. Frauen stinken. Bah.«

Der Zimmermann klappte sein Taschenmesser zu, sammelte die Brotkrumen vom Tisch und sagte, ohne dabei irgendwen anzusehen:

»Eins müßt ihr mir erklären, denn da steig ich nicht mehr durch. Ich hab in ’nem Buch gelesen, daß derjenige, der das eine Laster hat, das andre auch hat.«

»Das hast du wohl im Scheißhaus gelesen, du Schlaumeier«, unterbrach ihn der Mann vom Schwarzen Meer.

»Ja, in dem am Mohammed-Ali-Platz, und zwar an dem Tag, als ich dich beobachtet hab, wie du vor der Tür vom Pissoir gewartet hast, um dir’s so richtig geben zu lassen.«

Der Mann vom Schwarzen Meer stand auf, knallrot.

»Immer mit der Ruhe«, sagte Linatseros besänftigend. »Erklär mal, was du meinst, Jakumos.«

»Also … wenn du Fische brätst, wie legst du sie dann in die Pfanne?«

»Erst von der einen Seite, dann von der andern.«

»Treffer … Und ein Sprichwort sagt, daß es egal ist, ob man die Seidendecke über oder unter sich legt, in beiden Fällen wärmt sie.«

Sie brachen in Gelächter aus.

»Ich scheiß auf euch Decksbauern«, brüllte der Mann vom Schwarzen Meer. »Euch hätt ich treffen sollen, als ihr noch klein wart. Karthago-Ochsen!«

Er spuckte gleich zweimal vor dem Zimmermann aus und ging fluchend weg.

»Er wird sich beruhigen«, sagte Linatseros. »Das ist nicht

das erste Mal. Der trägt's einem nicht lange nach. Er wird von sich aus wieder mit uns reden. Dieser Türke! Vorgestern hat ihn der Bootsmann gefragt, warum er nicht heiratet ... ›Ich warte‹, sagt er da, ›bis der Bischof die Erlaubnis gibt, daß Männer untereinander heiraten dürfen.‹ Und du, Dickerchen, warum heiratest du nicht? Du bist in die Jahre gekommen. Worauf wartest du?«

Der Zimmermann spuckte vor sich aus und schlug mit der Hand auf die Tischkante.

210 »Ich hab gelobt, nur ein unberührtes Unterhöschen heimzuführen. Außerdem hab ich Angst, daß mir Hörner aufgesetzt werden. Als wir einmal in Argostoli mit der *Yperochi* vor Anker lagen, schlachtete der Koch eines Morgens Schafsböcke und warf die Hörner ins Meer. Eins fiel in ein Boot. Der Bootsbesitzer nahm es in die Hand, schaute es sich gut an und fragte den im nächsten Boot:

›Sag mal, Lorentsos, was haben wir denn hier?‹

Er hatte noch nicht ausgesprochen, da regnete es Hörner in sein Boot. Lorentsos formte seine Hände zu einem Trichter und rief ihm laut zu:

›Das ist nichts, mein lieber Secondo, gar nichts. Der Kapitän und die Mannschaft kämmen sich.‹«

»Hab ich schon mal gehört. Weil grade von Unterhöschen die Rede war, das seltsamste, das ich je gesehen hab, trug eine Jüdin. Überall Rüschen, Knöpfe und Bändchen. Meine Hände zitterten dabei.«

»Und warum hast du sie es nicht selbst ausziehen lassen?«

»Ach was. Das macht doch keinen Spaß.«

»Sag das nicht ... Man liegt auf dem Bett, raucht eine und sieht ihr zu. Sie läßt es runterfallen. Dann, ohne die Hände zu benutzen, läßt sie es am rechten Fuß bis zu den

Zehen gleiten, und zuletzt schleudert sie es mit Schwung weg. Der Anblick ist Gold wert!«

»Geschmackssache. Die Kleinen hier in China, die tragen solche Kalikohöschen. Bis an die Knie, ohne jede Verzierung, oben in der Taille mit 'ner Schnur. Wenn du sie so siehst, sind ja noch Kinder, Mann, das macht dich traurig.«

»Besser als die Nylondinger, die sie jetzt schon beim Gemüsehändler verkaufen, sind die aus Kaliko allemal. Weißt du noch, was die Hausfrauen vor dreißig Jahren getragen haben?«

»Nein.«

»Wie soll ich dir das nur beschreiben. Wie Windeln. Riesig, in der Mitte geschlitzt, wie mit 'ner Schere aufgeschnitten.«

»Sag mal, woher willst du das denn wissen? Du warst schließlich noch klein damals.«

»Seit meinem neunten Lebensjahr hab ich in meiner Neugier nicht eine dreckige Frauenunterhose ausgelassen, egal, wo ich sie gefunden hab.«

»Meine Güte, von so 'ner Vorliebe hör ich zum ersten Mal.«

»Das ist doch harmlos. Da gibt's viel Schlimmeres ...«

»Ich hab 'ne andere Schwäche: Ich gucke gerne zu. Dieses ›Ciné Cochon‹ in Marseille ... Dann das ›Teatro Bataclan‹ in Buenos Aires mit den Menschen aus Fleisch und Blut. Kaum, daß sie dich stöhnen hörten, kam auch schon 'ne Frau zu dir. Nichts als Stöhnen von einer Ecke bis zur nächsten.«

»Junge, erinnerst du dich noch an die Männerbordelle in Marseille?«

»Mit Schwulen?«

»Nein, im Gegenteil. Da gingen Frauen hin, um ihren Spaß zu haben. Mir ist da vielleicht mal was passiert! Ich hatte ’nen Freund, der war Heizer, Minas hieß er. Ein Prachtkerl. Aber faul. Der hatte die Schippe und den Kratzer satt. Er arbeitete in dem Bordell, richtig mit Arbeitserlaubnis von der Polizei. Eines Tages bin ich ihn besuchen gegangen, durch die Hintertür, und wir haben uns in die Küche gesetzt. Der Patron, ein Spanier, mochte mich, weil

ich ihm Zigarren mitgebracht hatte.

›Schau dir den Salon an‹, sagt er zu mir. ›Wenn eine Kundin kommt, gehst du raus.‹

Auf den Kanapees ein Araber aus Marokko, ein Mexikaner und ein paar Weiße. Alle in blauen Hemden und weißen Hosen. Auf einmal stürmte ’ne Gruppe Amerikanerinnen rein. Bevor ich mich aus dem Staub machen konnte, nahm mich eine an der Hand. Die hatte ihr Gesicht mit ’ner seidenen Stola verhüllt. Ich wollte abhauen, doch der Spanier schubste mich in eine Kammer. Sie nahm das Tuch ab. Hätte sie das bloß nicht getan! Über siebzig. Und häßlich. Und dann wollte sie’s auch noch nach Art des Landes.«

»Und was hast du gemacht?«

»Genau das ... Bevor sie ging, hat sie mir noch einen Dollar gegeben.«

»Ganz schön viel ... Warst du schon mal, wo wir jetzt hinfahren?«

»Nein. Nur etwas weiter oben, in Amoy.«

»Weißt du, ob es da irgendwelche Bordelle gibt?«

»Keine Ahnung. Zum Heulen ist das. Überall werden sie geschlossen. Bloß in Beirut gibt’s noch welche. Deshalb kriegen ja alle Syphilis. Wie der Assi.«

»Ja. Sieht so aus, als hätte er sich angesteckt. Ständig tuschelt er mit dem Funker. Das ist auch so 'n Pißkerl. Sag mal, Polychronis, kannst du nicht mal aufhörn, in der Nase zu bohren? Ich kotz gleich. Meinst du, daß es eines Tages auf Frachtern Ärzte geben wird?«

»Ach was, Linatsa. Spinnst du? Damit noch einer ißt und scheißt?«

»Du mußt nur einen Arzt sehen, dann fühlst du dich gleich wieder gesund.«

»Und ich sage dir, du hast keinen Schimmer, wovon du sprichst«, antwortete der Zimmermann. »Ich bin auf Passagierschiffen gefahren und hab sie näher kennengelernt. Welcher gute Arzt mustert schon auf 'nem Schiff an? Einmal ist uns am Äquator ein Passagier krank geworden. Ein robuster Kerl. Um die Fünfundvierzig. Nach drei Tagen mußten wir ihn zur Tiefenmessung in den Indischen Ozean verlegen.«

»Eh, dann muß der doch todkrank gewesen sein. War denn da der Arzt schuld?«

»Der Passagier hatte Lungenentzündung. Der Arzt hat ihm nicht mal eine der neuen Spritzen gesetzt. Hatte einfach keine Lust. Ein andrer vertrieb sich die Zeit damit, in 'nem Sessel zu sitzen und Bücher über irgendwelche Bäume zu lesen. Wenn du um ein Aspirin gebeten hast, verzog er das Gesicht. Du hast gesagt:

›Doktor, mir tut das Becken weh.‹

Da hat er nur geseufzt und ›Ach … mir auch‹ gesagt.

Eines Nachts in Genua fällt ein Hafenarbeiter in den großen Tank. Man weckt den Arzt. Das erste, was er sagt, ist: ›Ach … mußte der gerade jetzt reinfallen? Wie soll ich da bloß runterkommen? Nachher fall ich auch noch rein.‹

Alt war er, das kam noch hinzu. Kaputter Typ. Wir riefen von oben: ›Haltet den Arzt fest!‹ Zu dritt haben wir ihn runtergebracht. Den Hafenarbeiter haben drei andere hochgezogen, tot.

Ein andermal hat eine Dame aus der Ersten Klasse nach ihm schicken lassen.

›Herr Doktor‹, sagt sie zu ihm. ›Ich hab …‹

Er läßt sie nicht ausreden, seufzt und sagt:

›Ach … ich auch.‹

›Ich habe Blutungen, Herr Doktor, verstehen Sie? Die Gebärmutter.‹«

Linatseros brach in Gelächter aus.

»Jetzt übertreibst du aber.«

»Und dann hatte er ein Laster, der alte Faulpelz. Eines Nachts haben wir ihn heimlich beobachtet. Schauderhaft. Hast du schon mal von der Schaukel gehört?«

»Das mit den Blöcken?«

»Nein. Also, du läßt dich fallen …«

Vier schnelle, doppelte Glockenschläge beendeten ihr Gespräch. Alle drei stürzten an Deck.

Kaum hatte die Glocke geschlagen, gingen zwei verschwitzte, von Kohle und Öl verschmierte Männer zur Luke eins. Sie trugen Jeans, ärmellose Hemden und löchrige schwarze Plattingschuhe. Der eine, Remuskos, setzte sich aufs Lukensüll und wischte sich mit dem Schweißtuch die Stirn ab. Er mochte um die Fünfzig sein, wirkte aber eher wie sechzig. Er hinkte, sein Gesicht war eingefallen, der Körper hager, vom Feuer aufgezehrt. Der andere kam von der Insel Tenedos, war etwa gleich alt, ein stämmiger Typ. Er biß auf einem Zipfel seines Netztuchs herum, das er sich um den Hals geschlungen hatte. Die Arme waren von Tätowierungen bedeckt.

»Was setzt du dich?« fragte der aus Tenedos. »Komm, wir gehn uns waschen, oder wollen wir vielleicht so essen?«

Remuskos stand schwerfällig auf, und sie gingen ins Vorschiff. Ein leichter Landwind wehte. Beide, Schmierer und Donkeymann*, waren gerade abgelöst worden. Der Donkeymann, ein wüster alter Mann mit dem Spitznamen »Stuhlmadam«, stellte sich ans Schanzkleid und sah zum Land hinüber.

»Mann, heute abend lassen wir die Sau raus«, murmelte er. »Jetzt heißt's, sich mit Vaseline einzureiben, wir sind bald da. Ich knöpf mir gleich zwei vor.«

»Klar doch … Dann sammle schon mal deine Kräfte«, spottete der Schmierer. »Und nachher dürfen wir dich dann mit Spiritus einreiben, und du liegst drei Wochen flach, wie neulich in Lomé. Hör mir doch auf damit.«

»Meinst du etwa mich, du Hund?« sagte der Donkeymann wütend. »Sprichst du von mir? Was wetten wir? Ich leg noch Zwanzigjährige flach.«

»Schnapp dir lieber ein paar von den Fotos, die du sonst immer anstierst, das reicht für dich. Du kannst es höchstens noch mit 'ner Puffmutter aufnehmen, abgewrackt, wie du bist. Erinnerst du dich noch an die Gartenmadam?«

»Und ob ich mich an die erinnere! Zwei Jahre hatte ich die. Und an Papyro auf Korfu, und an Lemonia, und an die mit dem dicken Arsch auf Syros, und an die Schiffslady und an Dubina. Das waren noch Puffmütter. Nicht wie die heutzutage.«

* Für den Hilfskessel zuständiger Heizer.

»Und die ›Stuhlmadam?‹ Die hast du sicher auch ganz gut gekannt, damals, als König Otto noch Griechenland regierte.«

»Ich scheiß auf die Auster deiner Mutter, du tönerner Pißpott! Hier, das hast du davon!« Und er gab ihm eine Ohrfeige.

Der Kohlentrimmer, ein schmächtiges Kerlchen aus Syros, rief nach ihnen.

»Essen ist fertig!«

Remuskos setzte sich aufs Lukensüll, der Typ aus Tenedos gesellte sich zu ihm, und sie begannen gemeinsam von einem Teller zu essen, Reisbrei mit Fleisch.

»Du ißt ja gar nichts«, sagte kurz darauf der aus Tenedos. Ich drei Bissen, du einen.«

»Essen soll das sein …? Wir kriegen heut Post. Meinst du, der Lotse bringt sie an Bord?«

»Was weiß ich … die reinste Folter ist das. Immer kommt sie mit Verspätung. Und oft so durchnäßt, daß man sie nicht mehr lesen kann. Und das Schlimmste ist, daß man den Umschlag mit den Briefen von der letzten Reise kriegt, und der mit den neuen liegt in irgend 'ner Schublade in Port Said. Denen bist du doch scheißegal. Zustände sind das! Letztes Jahr war ich über Ostern zu Hause. Meine Frau und ich saßen gerade bei Tisch, da klopft es an der Tür. Der Briefträger. Ein Briefumschlag voll mit Stempeln und durchgestrichenen Adressen. Das war vielleicht 'ne Verfolgungsjagd: Saint Vincent, Rosario, Halifax, Moji. Nirgends hat er mich erreicht. ›Schmeiß ihn weg‹, sagt meine Frau. ›Nein‹, sag ich, ›ich nehm ihn mit und les ihn, wenn ich an 'nem Feiertag auf dem Meer bin und lange keinen Brief mehr bekommen hab.‹ Wir haben beide gelacht.«

»Wie kannst du das lustig finden?« murmelte Remuskos.

»Ich halt's nicht mehr aus. Seit fünf Monaten hab ich keinen mehr gekriegt.«

»Aber du hattest doch 'n Telegramm auf offener See, Kamerad.«

»Und was soll ich damit? ›Wir sind wohlauf ...‹ Was weiß ich, ob sie die Wahrheit sagen!«

»Und in 'nem Brief merkst du, ob sie dich belügen?«

»Ein Brief ist was andres. Wenn was passiert sein sollte – Gott bewahre –, spürst du das, auch wenn sie's nicht schreiben. Ich erkenn die Handschrift meiner Tochter von weitem. Die reinste Kalligraphie. Und was sie nicht alles sagt! Im letzten Brief hat sie geschrieben: ›Liebster Papa, streng dich nicht zu sehr an, iß ordentlich, vergnüg dich‹, und weiter unten: ›In ein paar Jahren werde ich für dich sorgen. Du wirst in einem Liegestuhl liegen und brauchst gar nichts mehr zu tun.‹ Wie schön sie das gesagt hat!«

»Ist sie schon groß?«

»Sie wird bald zwölf. Den Großen zeigt sie's jetzt schon. Was sie will, sind Bücher. Und zwar nicht irgendwelche Klatschmagazine und olle Zeitschriften. Anspruchsvolle Bücher! Vorletzten Winter, als ich 'nen Monat zu Hause war, hat sie mir jeden Abend vorgelesen. Aber der Kummer wird mich eines Tages noch ins Jenseits befördern, Kumpel.«

»Sag so was nicht, du Schwarzmaler. Warum überhaupt?«

»Weil ... weil sie ... Wie soll ich sagen ... Während der

deutschen Besatzung war ich nicht da. Sie war vier, als ich weg mußte. Wie sollte eine Frau mit 'nem Kind allein durchkommen? Immerzu Kohl und Bohnen. Wenn sie die Konserven gehabt hätten, die ich im Krieg ins Meer geschmissen hab! Sie haben gehungert. Eines Tages hat meine Tochter sich am Schienbein verletzt. Die Wunde verheilte zwar, aber, nun ... mit dem linken Fuß kann sie nicht gut auftreten. ›Na und?‹ sagt sie zu mir. ›Stört mich überhaupt nicht, Vater.‹«

Der Kohlentrimmer brachte einen Mokkatopf und stellte ihn neben den beiden ab.

»Seid ihr fertig?«

»Ja.«

»Ich wasch euren Teller mit ab. Ihr habt Glück: Weil wir bald da sind, hab ich gute Laune.«

Er sammelte das Geschirr ein und ging. Der aus Tenedos strich sich über seinen großen Schnurrbart.

»Wie man's dreht und wendet, es ist alles 'ne große Scheiße. Aber es gibt Schlimmeres. Ich hab 'nen Jungen großgezogen, einen strammen Burschen, na ja, eigentlich hat die Mutter das Kind großgezogen. Während sie in den Wehen lag, rauchte ich eine Wasserpfeife. Und schon hier liegt der Hase im Pfeffer. Wir müßten auch 'n paar Stiche unterm Nabel verspüren, wenn unsre Frauen Kinder kriegen. Drei Jahre war er schon alt, als ich von der Fahrt zurückkam. ›Ein schwieriges Kind‹, sagte meine Frau zu mir. ›Ich werd mit ihm nicht fertig.‹ Ich lachte sie aus. Er hatte eine Zwille und schoß auf Hüte. Einmal hat er Nüsse genommen, sie in der Mitte auseinandergeknackt, ausgehöhlt, heißen Teer reingegossen und drei Katzen damit die Pfoten beschlagen. Nachts konntest du sie auf den Dachziegeln hören, klack-klack, klack-klack, wie Pferde ... Ich nahm ihn im guten beiseite und redete ihm ins Gewissen. Drei Tage lang kämpfte er damit, den Katzen die Nußschalen von den Pfoten abzumachen. Als er achtzehn war, war er in der ganzen Nachbarschaft dafür bekannt, daß er 'n großes Herz hatte. Er arbeitete als Tischler. Nicht einen Bettler hat er hungrig weggeschickt. Als er zwanzig war, in der Besatzungszeit, haute ihm ein Deutscher auf dem Omoniaplatz eine runter, weil er ihn angerempelt hatte. Da hat ihm mein Sohn die Fresse poliert, ihm die Hose runtergerissen und die Pistole in den Arsch gesteckt. Richtig tief reingesteckt. Du kannst dir denken, wie das ausging. Drei von denen haben ihre Pistolen auf ihn leergeschossen. Durchsiebt haben sie ihn. Man hat mir erzählt, daß er ihnen noch im Sterben die Zunge rausgestreckt und sich über sie lustig gemacht hat. Weißt du, Remuskos, mir wär's lieber, er hätte zwei lahme Beine, wäre blind und gelähmt. Aber wenigstens hätte ich ihn noch, könnte ihn sehn ... Hast du was gesagt?«

Der andere hatte den Kopf nach vorn gebeugt. Die Schiffskatze war auf seinem Schoß gesprungen und schmiegte sich an ihn.

»Was machst du denn da Schönes, Diamandis?« fragte der Funker.

Der Assistent schreckte auf.

»Ich kämpfe hier mit 'nem Hemd, das versuch ich zu bügeln, aber es will nicht ...«

Er hatte eine Decke auf den Großbunker gelegt und das nasse Hemd darauf ausgebreitet. Mit zwei Twistlappen

hielt er eine Flasche heißen Dampf – ein uralter Seemannstrick – und mühte sich ab, es glattzustreichen.
Der Funker stellte sich zu ihm und musterte ihn von der Seite. Unter dem Schweiß auf der Stirn des Assistenten sah er rosa Flecken. Die blonden Haare waren ausgedünnt. Das Gesicht war schmaler geworden.
»Ich mach mich fertig. Wir gehn doch gleich?«
»Keine Frage. Morgen um diese Zeit sind wir …« – er stockte –, »wissen wir Bescheid. Laß das mit der Flasche, quäl dich jetzt nicht damit ab. Ich hab ein ungetragenes Seidenhemd. Steht mir nicht. Komm mit, ich geb's dir.«

»Ja, aber … ist das denn in Ordnung?«
»Ich sag doch, ich schenk's dir. Gehen wir.«
»Moment noch … Wenn … also, wenn ich … wenn ich krank bin, muß ich dann im Hafen bleiben?«
»Spinnst du? Die Krankheit brauchst du doch gar nicht ernst zu nehmen. Dann holen wir uns Spritzen. Ich selbst werd sie dir setzen.«
»Sind die teuer? Mir stehn noch fünf Pfundnoten zu. Reicht das?«
»Diamandis! Wenn du eines Tages Kapitän oder Steuermann bist und dein Nautischer Assistent oder irgend jemand anders braucht deine Hilfe, was machst du dann?«
»Aber …«
»Kein aber. Laß uns gehen.«

»**He**! Am Vorschiff Lotsenleiter und Fangleine in Lee ausbringen«, rief es von der Brücke.
»Hängt alles!« antwortete Panajis, der Zweite Offizier, von der Back.

Der Kapitän war in weißes Leinen gekleidet, vier breite Streifen auf jeder Schulter und eine goldene Kordel über dem Mützenschirm. Er war um die Fünfzig, groß und stämmig. Mit einem kränklichen rosa Schimmer auf den Wangen und gelben Ringen unter den ausdruckslosen Augen. Sein Doppelkinn hing in den offenen Kragen seiner Jacke.

»Langsame Fahrt«, sagte er zum Steuermann, der daraufhin den Hebel des Maschinentelegraphen bediente. Die Maschine antwortete mit einem melodischen Klingeln.

»Maschine stooоppp«, sagte er kurz darauf.

Die Maschine stoppte. Die *Pytheas* verlor an Fahrt.

»Recht sooo.«

»Recht so«, wiederholte Linatseros.

Das Lotsenboot kam längsseits.

»Diamandis, hol die G runter und setz die H.«*

»Mokka und Kognak für den Lotsen«, befahl der Kapitän.

Der Chinese erschien auf der Brücke.

*»Tsingua Cho. What engine? Draft**?«*

*»Twenty three aft.«****

»O. K. Dangerous cargo!«

Der Kapitän neigte sich zum Chinesen hinunter und flüsterte ihm etwas ins Ohr. Der lächelte.

*»How many tugs**** want?«*

»Two.«

»Speed?«

»Eight.«

»All right.«

* G: Ich brauche einen Lotsen. H: Ich habe einen Lotsen an Bord.

** Tiefgang.

*** Hinten sieben Meter.

**** Schlepper.

Sie übergaben den Schleppern die Trossen.
»*Starboard*«, sagte der Lotse.
»Hart Steuerbord«, sagte der Kapitän. »Backbordanker klar zum Fallen.«
Das Schiff steuerte in eine Fahrrinne. Der Wind roch nach Kloake, fauligem Seetang und Krieg.

An Backbord und Steuerbord Hunderte von vertäuten Sampans. Eine in Khaki gekleidete Leiche schwimmt im Strom. Sie reist hinaus aufs offene Meer, wenn sie sich nicht in irgendwelchen Schlingpflanzen verfängt. Aus der Ferne ist Kanonendonner zu hören. Die hölzernen Piers kommen in Sicht. Wie in vielen Häfen sind sie bekritzelt. Jetzt kann man es entziffern. Unter den Matrosen, die die Schiffsrümpfe streichen, ist es Brauch, etwas auf die Balken zu schreiben.
Da steht auf holländisch: »Wir sind mit einem fünfzig Jahre alten Sarg eingelaufen. Hoch lebe Holland.«
Darunter auf griechisch: »Verkommener Hafen. Der Wein macht sofort blau. Die Frauen klauen, stinken und haben Läuse.«
Woanders auf französisch: »Zehntausend Meilen von der Place Pigalle*. *Sale* ...«
Und noch was: »Haltet nachts euer Taschenmesser bereit.«
Eines Mittags, als wir nach langer Zeit auf See in einen Hafen einliefen, fragte mich eine Reisende:
»Wir sind bald da. Warum lachen Sie nicht?«
Ich sah sie verständnislos an.

* Rotlichtviertel in Paris.

»*Sorry*. Ich hab die Frage nicht richtig gestellt. Ich wollte fragen, warum Sie sich nicht freuen, daß wir unser Ziel erreicht haben. Ihre Augen haben den gleichen Ausdruck wie in dem Moment, als wir ausgelaufen sind.«
»Wahrscheinlich, weil das nicht der *home port* ist«, antwortete ich.
»Aber natürlich. Das ist es. Darauf hätte ich auch von selbst kommen können.«
Da dachte ich, daß ich ihr wenn auch nicht die Wahrheit, so doch zumindest nichts Falsches gesagt hatte. Dieselbe Frage stellte mir Jahre später eine Inderin, als wir, aus dem Süden kommend, die Lichter von Piräus vor uns hatten. Zum Glück wurde ich in dem Moment zur Arbeit gerufen …

Unser Heimathafen: der schlimmste auf der ganzen Welt. Du kehrst heim. Im Vorhafen verlangt der Reedereiangestellte nach dir. Er druckst rum.
»Heißt das, daß ich abmustern muß?«
»Ja.«
»Werden wir Liegezeit haben?«
»Nein.«
»Also kommt ein anderer für mich?«
»Ja.«
»Gut, aber hättet ihr mir nicht eine Nachricht auf See schicken können, damit ich meine Klamotten fertig hab für draußen? In drei Stunden legen wir schon wieder ab. Das heißt, in drei Stunden muß ich von Bord sein. Sag mal, hab ich irgendwas verbrochen, daß ich weg muß?«
»Was weiß ich? Befehl des Büros. Ich mach, was mir gesagt wird. Ich bin nur angestellt.«
Dann sitzt du da wie ein Idiot und siehst dich um. Sechs

Monate oder ein ganzes Jahr hast du in deiner Kammer gelebt … Und plötzlich kehrst du wie ein Fremder in sie zurück. Du ziehst die Schubladen auf, packst als erstes den Seesack voll. Dann den Koffer und die kleine Tasche. Fertig. Aber es liegen noch zig kleine Sachen rum. Die stopfst du noch irgendwo rein. Jetzt mußt du noch etwas in einer Ecke zurücklassen – alter Seemannsbrauch. Ich lasse das Jod hier oder die halbleere Bismutflasche. Mal sehn …

Andere lassen einen halben Shilling zurück oder zwei Socken, die nicht zusammenpassen. Du gehst von Bord. Irgendwo schaut der Ärmel deiner Uniform mit den Epauletten raus. Zieh sie morgen an, dann kannst du auf dem Syntagmaplatz* darin flanieren. Wenn wir Fasching hätten, könnte ich mir das ja noch vorstellen. Nein, selbst dann nicht. Die Uniform ist geflickt, fleckig. Öl, Farbe, Salz, Schweiß. Blut … »Erzählen Sie uns doch eine Seemannsgeschichte.« Jetzt hören Sie mir mal gut zu, werte Dame … Am nächsten Tag gehst du zur Heuerstelle und wirst als letzter auf die Liste gesetzt, nach zweihundert andern, die wie du auf eine Heuer warten. »Du hast doch gerade Arbeit gehabt«, sagen sie dir. Scheiße. Keinen Penny hast du in der Tasche. Ein Seemann ohne Heuer, das ist ein Stück Dreck. Er wird dazu, von jetzt auf gleich. Braucht sich nur eine Meile vom Meer zu entfernen, schon ist er's. Dann sitzt du monatelang auf irgendeiner Parkbank und scheuerst dir die Hosen durch. Die Zigaretten machst du halbgeraucht aus. Mokka trinkst du gar nicht mehr. Dir bleibt nur das Komboloi**. Das geht dann auch kaputt, und du verlierst die Hälfte der Perlen. Besser in der Fremde arbeitslos werden. Wo deine Bekannten

* Zentraler Platz in Athen.

** Perlenschnur, mit der zum Zeitvertreib gespielt wird.

dich nicht sehn und den Kopf schütteln können. Wo du deinen Verwandten nicht auf die Nerven gehen kannst. In Cardiff. Im ›Sailor's Rest‹. Teller und Besteck mit Kettchen am Tisch festgemacht. Die Suppe tischen sie in einem Ding auf, das wie ein Klistier aussieht. Nachts schläfst du in deinen Klamotten, damit sie dir nicht geklaut werden. Nicht von deinesgleichen, sondern von anderen Typen, die keine Seeleute sind, sich aber unter sie mischen. Wenn die Sonne scheint, streckst du dich im Roath Park im Gras aus und schaust den Enten zu. Ausgeschlossen, daß sich dir eine Frau nähert ... Dann lernst du vom Zugucken in der Bute Street das Würfelspiel. Einmal hat jemand mit einem Shilling fünf Pfund gewonnen. Er steckte das Geld nicht in die Tasche. Blieb bei jedem Schritt stehn, zählte es nach und freute sich. An der nächsten Ecke riß es ihm ein Kubaner aus der Hand – am hellichten Tag – und rannte weg. Der andre stand nur da und guckte seine schwieligen Hände an. Dann kommt der Tag der Abreise. Du bist völlig erschossen von der ganzen Rennerei. Du bekommst ein Papier, und das Martyrium geht von vorne los: Seemannsheim, Emigrationsamt, Sicherheitspolizei, Arzt, Hafenamt ... Hoffentlich ist alles bei mir in Ordnung. Irgendwann bist du mit allem fertig. Bekommst den Vorschuß und zahlst deine Schulden ab. Du kletterst die Jakobsleiter hoch und fühlst dich wie ein Wrack. Du läufst aus. Du fährst. Und lebst immer mit der Angst, daß du entlassen wirst. Ist doch Quatsch, mag man einwenden. Vielleicht. Einer hat mal zwei Jahre lang um eine neue Heuer gekämpft. Als er das Papier endlich bekam, zerriß er es und ging in den Park von Terpsithea* zurück. In der Abenddämmerung brachte er sich um.

* Park in Athen.

»Fallen Backbordanker.«

Der Bootsmann löste die Bandbremse der Ankerwinde. Der Anker fiel mit lautem Gerassel.

Bei jedem eintauchenden Schäkel schlug der Bootsmann an die Glocke. Eins, zwei, drei.

»Kette halten.«

»Halten.«

»Fieren.«

»Fieren.«

»Anker fest.«

»Anker fest.«

»Der Schlepper soll achtern anziehen.«

Der Schlepper zog an.

»Festmacher an Land.«

Zwei Leinen wurden geworfen, an denen dicke Trossen nachgezogen wurden. Vier, fünf Chinesen stülpten die Augen* über die Poller.

»Vorne und achtern anhieven. Gebt die Springs über.** Langsamer hieven.«

Sacht legten sie an der hölzernen Pier an. Der Steuermann stieß am Fuß des Brücken-Niedergangs auf den Bootsmann.

»Alles klar?«

»Alles.«

»Die Rattenbleche***?«

»Die auch … Hat jemand die Post gebracht?«

»Ja. Der Lotse.«

»Habt ihr sie schon verteilt?«

* Schlaufen am Ende der Trossen.

** Werft die Springs (schräg verlaufende Festmacher) auf die Pier.

*** Schutzschilder, die über die Festmachertrossen geschoben werden, damit keine Ratten aufs Schiff gelangen.

»Mann, du löcherst mich schon wie die andern, Vangelis. Ich hab's ihm zweimal gesagt, daß die Leute warten.
›Sollen sie warten‹, hat er geantwortet.
›Gib sie mir‹, sag ich zu ihm, ›dann verteil ich sie.‹
›Nein, und dabei bleibt's‹, sagt er.«
»Nein am Arsch. Soll ich dir sagen, warum er das macht? Möge ein Maulesel mit allen vieren nach ihm ausschlagen! ... Er will die Männer bloß quälen.«
»Er ist scharf auf die Briefmarken.«
»Sei still, Mann.«
»Ich schwör's, bei meinem Augenlicht. Wenn's nicht stimmt, will ich meinen Fuß nie mehr an Land setzen. Hast du das nicht gewußt?«
»Der Arzt ist draußen«, rief jemand.
Sie stoben auseinander.
»Gangway runterlassen.«
Die Gangway kam krachend runter und traf knirschend auf der Pier auf.
Kurz darauf trat der Steuermann aus der Messe* und rief nach dem Bootsmann.
»Die Quarantäneflagge noch nicht abnehmen. Die komplette Besatzung soll sich auf dem Achterdeck zum Impfen versammeln.«
»Wieder Ärger. Pocken?«
»Nein. Pest.«
»Ich geh schon.«
Der Steuermann blieb zurück und kratzte sich am Kopf.
Der Dritte kam von achtern auf ihn zu.
»Habt ihr die Briefe verteilt?«
»Später.«

* Speise- und Aufenthaltsraum an Bord.

»Das darf nicht wahr sein. Aber mir soll's egal sein.«
»Warum fragst du dann? Nur um was zu sagen?«
»Pure Gewohnheit.«
Der Dritte wandte sich ab und lehnte sich an die Reling. Der Steuermann ging humpelnd weg. Zwei Heizer, der Kochsmaat und ein Kohlentrimmer näherten sich der Tür zum Salon. Sie bollerten dagegen.
Der Steward des Kapitäns, ein großer, hagerer, schielender Kerl mit weißen Haaren, öffnete die Tür einen Spaltbreit.

»Was ist, Jungs?«
»Unsere Briefe.«
»Er kann jetzt nicht. Er spricht mit dem Lotsen und dem Arzt.«
Der Kohlentrimmer streckte die Hand aus und zog aus der Brusttasche des Stewards einen Briefumschlag hervor.
»Und was ist das hier? Geh und sag ihm, daß er sie rausrücken soll, und zwar *subito*, sonst kommen wir rein und holen sie uns.«
Die Tür schloß sich.
»Alter Spitzel ... Schielauge ... dich sollten wir mal schwimmen schicken.«
Die Tür ging wieder auf.
»Sagt auch den andern, daß alle hierher kommen sollen, nicht aufs Achterdeck. Zum Impfen und wegen der Post.«
»Hab ich 'nen Brief? Hast du das zufällig gesehn?« fragte der Kochsmaat.
»Keine Ahnung.«
Sie traten zu zweit ein, ohne zu drängeln. Mit hochgekrempelten Hemdsärmeln kamen sie wieder heraus und preßten sich ein Stück Watte auf den schmerzenden Arm.

Einige hatten Briefe in der Hand. Sie zerstreuten sich, jeder suchte sich eine Ecke. Manche lasen laut, andere bewegten nur die Lippen, einer lächelte. Remuskos kam mit hängendem Kopf heraus. Der Kochsmaat ging zu ihm hin.
»Wieder nichts?«
Remuskos antwortete nicht.
»Ich hab fünf. Zwei vom letzten Jahr. Soll ich dir die Hälfte abgeben?«
Da zog sich Remuskos nach achtern zurück, setzte sich auf einen Poller und holte eine Zigarette heraus. Der aus Tenedos stieß ihn sanft an.

»Möge deinen Verstorbenen vergeben werden. Lies mir den bitte vor.«
Remuskos nahm den Brief und begann im schwachen Licht der Abenddämmerung zu lesen. An Deck, in der Back und auf dem Achterdeck hatten sich zahlreiche Vögel niedergelassen.
Draußen warteten zwei von der Reederei, ein paar Zollbeamte und ein Hafenlotse. Alle trugen weiße Hemden, die ihnen bis an die Knie gingen, darunter Hosen. Einer war an ein Bullauge herangetreten und unterhielt sich mit einem Schwarzen aus dem Maschinenraum. Jemand vom Zoll scheuchte ihn fluchend weg.
Eine Frau stand an der Gangway. Sie hielt eine Blume in der Hand. Eine chinesische Sonnenblume. Ein Hund sprang an ihr hoch.

Aufwachen und irgendwo sein, wo man noch nie zuvor gewesen ist. Du reibst dir die müden, geröteten Augen. Siehst alles verschwommen. Menschen, wie du sie dir nicht hast vorstellen können. Du lernst sie lieben. Weil du ihnen begegnest, eins mit ihnen wirst. Du fährst wieder ab. Vor dem Einschlafen denkst du an sie, wenn du mal eine kurze Zeit zu Hause bist. Die Erinnerung hat nur Wert, wenn du weißt, daß du auf dem Sprung zu einer neuen Reise bist. Die schlimmste Entsagung, die größte Hoffnungslosigkeit besteht darin, zu Hause vor Anker zu gehen und mit den Erinnerungen zu leben.

Es gibt eine gotische Kirche mit einem Chorgestühl, an dem du, wenn du die Sitze aufklappst, obszöne Darstellungen eingeschnitzt siehst. Anschaulicher noch als die in den steinernen Tempeln in Indien. Der anonyme Künstler hat sie gemacht, weil er Lust dazu hatte. Er hatte es satt, für andere zu arbeiten, für den Glauben, für Ideen. Aber er hat sie nicht einfach so geschnitzt, sondern anstelle einer Signatur. Nichts ist unmöglich auf dieser Welt. Weder das Unglaublichste noch das Schrecklichste. Es reicht schon aus, daß jemand es sich ausgedacht hat.

Den besten Kaffee, den ich jemals getrunken habe, hab ich in Mokka getrunken. Den besten Tee in Ceylon. Als ich bei dem Inder, der mich bediente, die dritte Tasse bestellen wollte, wurde er wütend. »Du willst wohl alles verlieren, was du gewonnen hast?« sagte er. Der schlechteste Kaffee, den ich meiner Mutter je mitgebracht hab, stammte aus Mokka. Der schlechteste Tee, den ich gekauft hab, aus Ceylon. Aus denselben Geschäften, in denen ich gekostet hatte.

Der Maler Petridis, aus Rußland geflohen, arbeitete als Schuhputzer in Drapetsona*. Seinen Schuhputzkasten hatte er bemalt; er sagte, er habe ihn in der Technik be-

* Belebtes Viertel in Piräus.

malt, die ihm an der Moskauer Kunstakademie beigebracht worden sei. Ein kleines Ölgemälde. Es zeigte ein Butterbrotpapier und einige Oliven, zwei Zwiebeln – die eine mit frischem Trieb –, einen Kanten Schwarzbrot und daneben ein paar Obstkerne. Das Thema des Bildes war etwas anderes: Es war die Lampe mit dem zerbrochenen Glas. Sie paßte nicht auf das Tischtuch. Sie hing an der Wand und beleuchtete den Tisch von schräg oben.

Winterliche Abenddämmerung in Martigues*. Das Mädchen neben mir redete unentwegt. Aufgehängte Netze, Fischerhütten. An die Türen genagelt: getrocknete Seesterne und Seepferdchen. Man sollte keine Frau dabeihaben, wenn man einen Ort kennenlernen, Musik hören, ein Museum besichtigen will. Es ist die Sache nicht mal wert, sich mit ihnen das Bett zu teilen. Besser aufrecht am Fußende stehn, wie die Soldaten, die Seeleute. »Laß uns Austern kaufen … Sieh mal! *La Venise provençale.* Wir gehen bei Crespi etwas essen!«
Schade! Sie hatte nicht den Schatten gesehn, der aus dem Kanal gestiegen war und uns begleitete. Es war der Schatten von dem, der von klein auf die Feuchtigkeit in seinen feingliedrigen Fingern und den Nebel in seinen nervösen Nasenflügeln gespürt hatte. Die Kiste mit den Farben hatte er vor dem Bauch, die Staffelei unterm Arm. Schon früh hatte er den Dunst der Lagune gemalt, die er mehr liebte als die Strände seiner Heimat, und er war müde.
Still. Nun hör doch zu. Schau dir das an. Törichtes Mädchen. Wunderschönes Kind. Deine Haare ringen mit der

* Hafenstadt in Südfrankreich.

Farbe, die überdauert hat. Das Bleigrau kämpft mit der Purpurfarbe. Jetzt verschluckt es sie. Da kniet er sich plötzlich hin, öffnet die Kiste und malt auf die linke Seite eines Wollhemdes die vermoderten Gondeln, den fischigen Geruch und deine Haare. Er ist düster, wie damals in Attika, in dem traurigen Haus mit den Gittern. Der provenzalische Maler aus Messolongi, Michail Ikonomou.

232

Matrosen sind Akrobaten. Sie tragen blaue oder khakifarbene Overalls, die mit kleinen roten, grünen, schwarzen und weißen Flecken bekleckst sind. Sie können an einer Leine zur Mastspitze klettern, ohne sich mit den Füßen abzustützen. Sie können sich einen Moment lang an den Zähnen aufhängen und auf einer gespannten Trosse laufen, während unter ihnen das Wasser rauscht. Ihre Hände haben Narben von Schnittverletzungen oder Quetschungen. Manchen fehlt ein Finger. Den hat ihnen ein Flaschenzug, eine Trosse oder Winde abgerissen. Der Finger hat auf dem Boden gelegen, eine Weile noch warm. Die Katze hat an ihm geschnuppert und ist davongeschlichen. Der Schiffshund hat ihn wiedererkannt und daran geleckt. Der Schiffsjunge hat ihn mit dem andern Schmutz zusammengekehrt.

Bei schwierigen, gefährlichen Manövern hab ich oft erlebt, wie sich die Matrosen, kurz bevor ihr Einsatz gefordert ist, die Hände reiben und leise sagen:

»Und jetzt, Maria, tu dich ein zweites Mal auf.«

Der Name ist in jedem Mund ein anderer. Er wird zu Eleni, Theodora, Elpida. Je nachdem, wie die Mutter heißt. In diesem Augenblick tut es beiden weh: der Mut-

ter und dem Sohn. Der Mutter mehr. Sie schmerzt es doppelt, auch wenn sie weit weg ist. Es ist eine zweite Geburt, die ein seidener Faden mit dem Tod verbindet.
Wenn das Schiff außerhalb eines Hafens vor Anker liegt, auf Reede oder in einer Flußmündung, sitzen sie auf den Lukensüllen und flechten Plattings* mit drei, fünf oder neun Strängen. Ein andermal umflechten sie Flaschen und malen das Geflochtene anschließend an. Sie lieben Farben. Der Bootsmann mischt den richtigen Ton. Bevor sie mit dem Malen beginnen, vergnügen sie sich mit Spielereien. Sie malen aus Spaß irgendwas. So gründlich sie sich auch waschen, immer riechen sie nach ranzigem Fischöl, Rost oder einer ätzenden Flüssigkeit, die sie Teufelsdreck** nennen. Der Geruch, den die Prostituierten und die Mütter der Seeleute lieben.

Wenn ihr irgendwo in einer ländlichen Gegend einen Mann seht, der mit dem Rücken an einer Wand lehnt und raucht oder mit seinem Komboloi spielt, ist es ein Seemann in Rente. Er ist, wie man sagt, vor Anker gegangen.

In Port Sudan gibt es einen Stamm großer, magerer Araber mit einem Schopf lockiger Haare und, vom Hals herabhängend, einer hölzernen Gabel, mit der sie sich am Kopf kratzen. Sie sind nur mit Shorts bekleidet und löschen Schiffsladungen.
Erschöpft von der unsäglichen Hitze, lag ich ausgestreckt in meiner Kammer, über mir zwei Ventilatoren. Auf einmal erschien einer von ihnen in meiner Tür.

* Flechtwerk in vielfältigen, kunstvollen Mustern, das, aus drei bis neun Kabelgarnen gefertigt, zu Matten, Bodenbelag und Sohlen verarbeitet wird.
** Abbeizer zum Entfernen alter Farbe.

»Ich Idomeneus ... Sohn von Iskender* ... Du geben Kleider.«
Ich gab ihm ein altes Unterhemd. Er umarmte und küßte mich. Ich wartete darauf, daß er ging.
»Muß Papier«, sagte er.
»Warum, Bursche?«
»Englischmann denken klauen ... schlagen.«
Ich schrieb ihm eine Schenkungsurkunde. Er ging immer noch nicht weg. Er wollte einen Stempel. Ich stempelte das Papier ab. Wenig später kam der nächste.

»Ich Kalchas.«
Er erhielt Schuhe und ein Papier. Nach ihm kamen Agamemnon, Protesilaos, Philippos. Eines Nachts in einer Rotlichtstraße traf ich einen von ihnen, und er erkannte mich:
»Ich Kriton ... Du kommen.«
Ich hatte gehört, daß sie den Griechen in diesen Breiten, bis runter nach Dschibuti, nichts tun, und folgte ihm. Wir gingen zu einer Hütte. Ein Mädchen begrüßte uns. Sie hatte ein weißes Tuch um die Hüfte gebunden, das bis zu den Knien reichte, und richtete vor einem Spiegel ihr Haar. Vor einer Ikone brannte ein Lämpchen.
»Meine Schwester ... sein schön ... Maria.«
Das Mädchen drehte sich zu uns um und lachte mich an. Es hatte wunderschöne Zähne. Sie gaben mir ein alkoholisches Getränk, das nach Pfeffer und Muskat roch. Kriton entfachte ein Feuer und stellte einen Topf Wasser drauf. Ich saß auf einer leeren Kiste. Dann stand ich auf.
»Wenn sie dir nicht gefällt«, gab er mir zu verstehen, »gehen wir woandershin.«

* Alexander der Große.

Er schien beleidigt zu sein. Ich setzte mich wieder und wartete, daß er sich vom Acker machte. Das Mädchen bereitete auf dem Boden eine Bettstatt, ließ sich darauf nieder und gab mir ein Zeichen, zu ihr zu kommen. Kriton warf ein paar Kiesel in ein Weihrauchfaß, und die Hütte füllte sich mit Rauch. Er kniete sich mit dem Rücken zu uns hin und begann, Psalmen zu singen.

Es verstrich viel Zeit. Irgendwann stand ich auf, um pinkeln zu gehn. Der Mazedonensproß war auf den Knien eingeschlafen. Das Mädchen gab mir was zu trinken. In meinem Mund hatten sich Blasen gebildet. Als es Morgen wurde, saßen wir zu dritt auf dem Boden und schlürften Salbeitee. Ich fragte mich, ob sie erwarteten, daß ich bezahlte. Ich gab ihr zehn Shilling. Sie stand auf, griff in eine Büchse und gab mir einen *half crown* zurück. Ich sagte ihr, sie solle ihn behalten. Sie nahm das Geldstück und berührte damit ihr Haar, genau so, wie es auf Kefalonia die Mütter der Seeleute tun, wenn die Söhne ihnen zum erstenmal Geld nach Hause bringen, das sie auf See verdient haben. Dann ergriff sie meine Hand, legte sie auf ihre Brust, ihren Mund und ihre Stirn. Sie war jung, fünfzehn Jahre alt, und hieß Amira.

Ist dir das schon mal passiert? Du kommst an die Pier, und dein Schiff ist zu einer zehntausend Meilen weiten Reise ausgelaufen; es ist mittlerweile dunkel, der Nebel legt sich auf den Fluß, und das nächste Konsulat ist drei Stunden entfernt? Nicht einen Penny in der Tasche, das Päckchen Zigaretten leer. Das ist das Schlimmste, was einem Seemann widerfahren kann. Noch Jahre später zeigen sie mit dem Finger auf dich. »Der da, der hat doch sein Schiff verpaßt, damals in ...«

Heiligabend. Egal, wie betrunken du warst, mit einem Schlag bist du nüchtern. Du sitzt auf einem Poller aus Eisen und denkst nach. Die Hafenarbeiter haben Feierabend und gehen gleichgültig an dir vorüber. Du spitzt die Ohren, ob du vielleicht die Sprache deiner Heimat hörst. Du verläßt die Docks und streifst durch das Viertel der

Hafenarbeiter. Du siehst beschlagene Fenster mit Spitzengardinen und Licht dahinter. Eine Tür öffnet sich, und dir schlägt der Geruch des Hauses und der Küche entgegen. Deine Mutter nimmt jetzt gerade die Kurabiedes* aus dem Ofen und denkt an dich. Sie hat schon am Morgen geweint, es aber nicht gezeigt. Sie hat schlecht geträumt: ein Schiff unter einem Baum. »Wann werde ich wieder deine Wäsche waschen ...?« Die dreckige, fleckige, meerwassergetränkte Wäsche.

Irgendwo hört man ein Klavier. Du durchsuchst zum dritten Mal deine Hosentaschen. Zu deinen Füßen siehst du einen Shilling glänzen. Du bückst dich. Hast dich getäuscht. Es regnet. Du findest eine Absteige aus der Zeit des Ersten Weltkriegs und gehst hinein. Es stinkt, aber es ist warm. Du stolperst über Menschen, die fluchen. Du schläfst im Sitzen auf dem Boden ein. Sobald es hell wird, stehst du auf. Einer, der sich gerade eine Zigarette dreht, sieht dich an und flucht. Du gehst und schüttelst dir die Beine aus. Findest eine nasse Kippe ... Fünfzig Meter weiter flattert eine Flagge im Wind, hellblau und weiß.

* Griechisches Weihnachtsgebäck.

Viertel nach neun.
»Jerasimos, wir gehen.«
Er hat die Rechnung fertig, legt seinen Federhalter beiseite und steht auf. Der Funker trägt ungebügelte Sachen und einen grünen Hut. Der Assistent ist draußen stehengeblieben.
»Also, du hast es gehört. Um drei Uhr in der Nacht legen wir ab. Sie wollten uns schon früher loswerden, aber vor drei haben wir kein Wasser unterm Kiel. Zwei Fuß weniger, und wir sitzen auf.«

»Wo fahren wir eigentlich hin?«
»Nach Formosa. Wohin sonst? Siehst du nicht, daß sie die Stadt hier aufgegeben haben? Sie wird kampflos fallen.«
»Aber sind da nicht Kanonen zu hören?«
»Die sind weit weg. Ist dir nicht aufgefallen, daß sie wie bei 'nem Volksfest alle Lichter angezündet haben? Hast du die englischen Kriegsschiffe draußen am Beginn der Fahrrinne nicht gesehn?«
»Nein.«
»Vier Stück. Sie warten darauf, die Regierenden und ein paar von ihren Leuten rauszuholen.«
»Wo Aas ist, ist der Geier nicht weit.«
»Wo Scheiße ist, ist die Fliege nicht weit – paßt das nicht eher?«
Diamandis begann zu husten.
»Also, trödelt nicht rum. Achtet auf das Signal. Vier lange Töne mit der Dampfpfeife. Wart mal. Was hast du da eigentlich auf dem Kopf? Warum wirfst du den nicht weg?«
Der Funker wich zurück.
»Faß ihn nicht an. Das ist mein Glücksbringer.«

»Das ist ja geradezu ’n antikes Stück. Warum kaufst du dir keinen neuen?«
»Wenn ich mir ’nen neuen kaufe, muß ich abmustern: Entweder ich werd krank, oder sie schmeißen mich raus.«
»So ’n Quatsch. Los, beeilt euch. Autos sind beschlagnahmt. Nehmt euch zwei Rikschas, und nichts wie hin. Viel Glück.«
Er löschte das Licht in seiner Kammer. Ging den Niedergang runter und schlenderte vom Bug zum Heck. Er liebte diesen Schrottkahn, auch wenn er ihn jeden Moment verfluchte. Er gab auf ihn acht. Kannte seine Macken, seine Stärken. Er liebte die Besatzung, auch wenn er sich mit ihr stritt. Er war ein Ehrenmann und hatte sein Herz auf dem rechten Fleck. »Mit der See soll man sich nicht anlegen«, pflegte er zu sagen. »Du mußt ihr Respekt zollen. Und immer einen Schritt voraus sein.«
Im Krieg war er zweimal torpediert worden. Er liebte eine Cousine ersten Grades, hatte sich aber niemandem anvertraut. Man verheiratete sie mit einem Taugenichts, der sie schlug. In seiner Taschenuhr bewahrte er ein Foto auf aus ihrer Jugendzeit.
Er lehnte sich an den feuchten Handlauf und zündete sich eine Zigarette an. Er erinnerte sich, wie sie Mandoline gespielt hatte. »Deine korallenen Lippen …« Evanthia! Er stampfte mit dem Fuß auf, weil sich sein Bein taub anfühlte. Das lag an der Spritze, die er sich selbst gesetzt und die versehentlich eine Ader getroffen hatte.
Als er zu Ende geraucht hatte, ging er wieder nach oben in seine Kammer, zog die Vorhänge zu und ließ sich in voller Montur, und ohne das Licht zu löschen, rücklings aufs Bett fallen. Vom Land her begann ein Unglücksvogel zu

krächzen. Aus der benachbarten Kammer konnte man den Alten auf und ab gehen und mit dem Chief sprechen hören.
»Immer beschwerst du dich«, sagte er. »Fünfmal haben wir auf dieser Reise Kohlen gebunkert. Das sind mindestens vierzig Pfund für dich, den Schiffsproviant nicht mitgezählt.«
»Hast du vielleicht schlecht abgeschnitten?« antwortete der Chief. »Mit den Geschenken der Agenten und Wasserlieferanten.«

»Du hast sie wohl nicht mehr alle. Kriegsmaterial haben wir geladen ... Tu doch nicht so, als wüßtest du das nicht.«
»Und was ist mit den Stores*?«
»Willst du damit etwa sagen, daß ich was vom Proviant abzweige?«
»Ach i wo ... das hast du jetzt gesagt. Allerdings haben wir nichts als Kabeljau gehabt.«
»Gottverdammt noch mal«, schrie der Alte und schlug mit der Hand auf den Tisch, »hat es dir vielleicht an irgendwas gefehlt? Hast du irgendwas nicht gekriegt, was du haben wolltest?«
»Das hab ich ja gar nicht sagen wollen«, brummte der andere gleich zurück, »aber die Besatzung ...«
»Wer? Hat sich irgend jemand beschwert? Du redest doch nur dumm daher!«
»Ich mein ja nur ...«
Der Alte senkte seine Stimme.
»Falls du vorhast zu schummeln ... Im Spanischen Bürgerkrieg hat ein Typ aus Ithaka dieselbe Ladung gleich

* Lagerräume.

dreimal verkauft. Einmal an die Roten, dann an die Franquisten und dann …«
»Na also. Das klingt schon viel besser. Jetzt kommen wir der Sache näher. Können wir nicht auch so ’n Ding drehen?«
»Nee, kein Gedanke! Das war ein andrer Krieg.«
Auf der Rückseite des Schotts schüttelte der Steuermann den Kopf und rollte verächtlich die Augen. Woraufhin er in einen Halbschlaf fiel.

»Das Unglückstier hat sich versteckt«, murmelte der Wachgänger des Decks, Linatseros, als spräche er zu sich selbst.
»Ja«, antwortete Adonis, der Wachgänger der Maschine mit Spitznamen Kopfweh, der einen Stoffetzen an eine Schnur geknotet hatte und mit der Katze spielte. »In meinem Dorf glauben die Leute nicht, daß das was Schlimmes bedeutet. Nur wenn er sich auf ein Haus setzt und krächzt. Aber ich glaub nicht an so was.«
»Ach ja? Dann spitz mal deine Ohren, denn du bist ein Anfänger und mußt noch viel lernen. Heute morgen in der Dämmerung, als sich der Nebel gerade verzogen hatte, kam der Steward Durudus mit dem Mokka den Niedergang hoch. Plötzlich schreit er:
›Käpt’n Panajis, guck mal.‹
›Was ist denn los, du Dreckskerl?‹ gibt Panajis zurück.
›Da, ’ne Schildkröte!‹
›Schnauze, Dummkopf, und nicht hinsehn!‹
Der Kleine war verdattert.
›Aber es stimmt doch, Käpt’n … Da ist sie.‹

Der alte Offizier drehte sich nicht nach der Schildkröte um. Er raufte sich nur die Haare.«
»Wieso, hat der Kleine denn irgendwas falsch gemacht?«
»Aber ja doch, du Passagierschiffler. Es ist das Meerestier, das am meisten Unglück bringt. Man muß immer sofort wegsehn.«
»Und deshalb …«
»Die Leute haben schon richtig dran getan, dich Kopfweh zu taufen. Willst du noch mehr wissen? Kaum haben wir geankert, da heißt es schon wieder ›Anker auf‹. Hältst du das vielleicht für 'n gutes Zeichen?«
»Was hat das denn damit zu tun?«
Sie saßen in der Nähe der Gangway. Auf dem Lukensüll stand ein Teller mit Sardellen und Oliven. Dahinter ein Mokkatöpfchen. Auf der Gangway waren Schritte zu hören. Linatseros beugte sich vor, um nachzusehen.
»Glückwunsch. Wir bekommen Besuch. Bist du rasiert?«
Der andere ließ die Schnur fallen und kam näher. Eine Frau trat an Deck und blieb auf der Gräting* stehen. Sie stank nach Veilchenparfüm und Knoblauch.
»Was die wohl will?« fragte Kopfweh.
»Sie ist gekommen, um unsre Maße zu nehmen … Du bist wirklich dumm wie Schifferscheiße. Wenn sie dir gefällt, nimm sie, dann braucht sie da nicht an der Gangway rumzustehen.«
»Ist das denn erlaubt … ich meine …«
Linatseros winkte die Frau herbei, und sie trat lächelnd zu ihnen. Ihre kleinen Augen blickten schelmisch drein.
»Wo soll ich mit ihr hin?«
»Zu euch ins Logis. Oder warte, besser ins Kabelgatt. Aber leg kein Feuer im Eifer des Gefechts, nicht rauchen.«

* Gitterartiger Rost aus Holzlatten, hier: Gangwaypodest.

»Und wenn jemand nach mir fragt?«

»Mach schon, Dummkopf. Ich paß schon auf.«

Die beiden gingen zum Kabelgatt.

»Schöne Hochzeit«, rief Linatseros ihnen nach.

Er setzte sich mit dem Rücken zum Land auf eine Stufe und begann, leise zu singen.

Die Katze lief die Gangway hoch und verschwand im Aufbau.

Irgendwann kam Kopfweh zurück und bückte sich zum Ohr des Matrosen runter.

»Hast du …?«

»In meinem Spind. Nummer vier. In einer Camelpakkung. Sag mal, soll ich dir suchen helfen, vielleicht findest du ja auch nicht ihre Musch…?«

Vom Kai rief jemand:

»Wache!«

»Was ist denn, Mann?«

»Geh dem Alten 'n paar Zigarren holn.«

Der Sprecher war die Gangway zur Hälfte heraufgekommen. Es war Polychronis.

»Was hast du da in dem Papier?«

»Zwo Stück Kuchen. Eins für dich und eins für Kopfweh.«

»Schmecken die?«

»Jedenfalls frisch sind se. Riechen nach Soja.«

»Haben die Geschäfte an Land geöffnet?«

»Ja. 'n paar üble Schuppen. Aber Frauen, sag ich dir! Und billig sind se auch.«

»Du Armer, sie haben dich zur Wache verdonnert.«

»Was soll's. Dann geb ich wenigstens nix aus. Geh schon. Und tu die Zigarren nich vergessen. Er will se jetzt gleich haben.«

»In Ordnung.«
Linatseros ging und kam kurz darauf zurück; er murmelte vor sich hin.
»Tust so, als hättest du die in deinem Dorf auch schon geraucht, was? Havannazigarren! Hätte er mir nicht eine anbieten können, der Drecksack? Die Männer schikanieren, das ist das einzige, was er kann.«
Kaum hatte er sich auf eine Kiste gesetzt, schreckte ihn wildes Geschrei wieder hoch.

»Was zum Teufel war das denn?«
Schon hatte er begriffen. Er rief nach der Katze, aber sie war nirgends zu sehen.
»Ah, dieses Mistvieh, dieses kleine Biest. Sie hat sich aus dem Staub gemacht.«
Er rief sie erneut beim Namen ... Nichts. Kopfweh kam atemlos angerannt.
»Hast du zwei Shilling?«
»Moment.« Er wühlte in seinen Taschen. »Hier. Auf zur zweiten Runde, was? Da, nimm auch diese Kuchenstückchen mit ... als Stärkung. Und beeil dich, Mann.«
Er suchte weiter nach der Katze. Ich will nicht hoffen, daß der Chinese sie sich vorgeknöpft hat, dachte er.
Er erinnerte sich an Rockenbolle und Ririka. Sein Gesicht verfinsterte sich. Er hatte sie vom Seekoller geheilt. Sie großgezogen. '36 hatten sie die *Charalambos* von der Reederei Jannulatos zum Abwracken gebracht.
»Setz sie aus«, hatte der Alte in Rotterdam gesagt. »Sonst kriegen wir Ärger mit den Johnnies.«
Er hatte nicht gehorcht. Wie auch hätte er sie ganz allein in den Docks zurücklassen sollen? Er versteckte sie in einem Korb; nachts sorgte er dafür, daß sie kurz Luft

schnappen konnten. Dann hatte man sie entdeckt. Sie waren den Niedergang des Maschinenraums runtergestiegen. Linatseros vorneweg und der Inspektor von der Sanitary* hinterher. Er hatte ihnen zwei kleine Schlingen um den Hals gelegt und sie eigenhändig ins Feuer geworfen. Das Bild stand ihm vor Augen, und ihm lief ein Schauer über den Rücken … Er lehnte sich an den nassen Handlauf. Wo nur Kopfweh so lange bleibt. In Bordellen knal-

len sie hinter solchen Freiern die Tür zu, und bei den Puffmüttern heißen sie Briefmarken.

Passagierschiffler konnte er nicht ausstehen. Eine Zeitlang war er mal auf einem Passagierschiff gefahren. Die hatten ihm vielleicht leid getan. Mit was für Gesichtern die vom Landgang zurückgekommen waren! »Meine ist gerade in Quarantäne«, hatte einer über seine Frau gesagt. »Meine hat Nierenschmerzen gekriegt, und nichts ist gelaufen«, ein anderer. »Meiner haben sie erzählt, daß ich eine in Volos aushalte, und sie hat mich aus dem Bett geschmissen«, ein Heizer.

»Die beste Kokotte«, hatte ihm der alte Theodoros, der Kabelgattsmann, gesagt, »würde mich weniger kosten als meine Frau.«

»Wieso?«

»Da fragst du noch, Junge? Sonntagmittag legen wir an und am Spätnachmittag wieder ab. Ich geh nach Hause, wir setzen uns zu Tisch, essen. Die Kinder denken gar nicht dran wegzugehn. Die Zeit verstreicht … Einen Zehner für den Großen fürs Kino, und er macht sich aus dem Staub. Fünfzehn für den Mittleren, zum Fahrradfahren, und er haut ab. Einen Zehner für den Kleinen für das Match, dann ist der auch weg. Bleibt noch die Tochter.

* Hafenarzt.

›Steh auf und geh deine Tante besuchen.‹
›Hab keine Lust.‹
›Lauf, mein Kind, und pflück mir ein wenig Kamille.‹
›Ich hab dir schon Kamille gepflückt, Vater, und hab sie auch schon getrocknet.‹
Sie ist verrückt nach Törtchen, mußt du wissen.
›Los, mein Töchterchen, kauf uns ein paar leckere Törtchen. Aber nicht von dem hier um die Ecke. Nimm den Bus. Bei dem in der Nähe vom Volkstheater.‹
Jetzt zähl das mal zusammen, Linatseros. Da kommt schon ein Hunderter zusammen.«

Kopfweh kam hustend zurück. Neben ihm die Chinesin.
»Willst du sie jetzt?«
»Nein, Junge, laß sie abziehen.«
Sie gab beiden zum Abschied die Hand. Beim Hinuntergehen stolperte sie über die Katze, die gerade wiederaufgetaucht war. Sie bückte sich, hob sie hoch und küßte sie. Die Katze fing an zu schnurren wie ein Brummkreisel.
»Mach's gut. Und wenn du nächstes Jahr wieder trocken bist, schreib mir 'ne Karte … Komm her, Mieze.«
Linatseros nahm die Katze auf den Arm.
»Wenigstens du hast dich amüsiert. Du kratzt ja, du kleine Schlampe.«
»War es 'ne Chinesin?« fragte Kopfweh.
»Was weiß ich … Frauen haben von der Hüfte abwärts keine Heimat.«
»Wieso nicht?«
»Mann … Nerv mich nicht.«
»Das war 'ne Frau! Beim ersten Mal …«
»Womöglich war sie noch Jungfrau, was?«
»Also, hör zu … Bei Gott! Weißt du, was sie gesagt hat?«

»In was für 'ner Sprache denn, du Blödmann ... Wenn's kein Griechisch war, stehn wir doch stumm da. Los, mach uns zwei Mokkas, und hör auf, Unsinn zu reden. Und morgen kein Sterbenswörtchen zu den andern, sonst nehmen sie dich noch auf den Arm.«
Vom Land her drang ferner Gesang, von einer Gitarre und einer Mandoline begleitet, zu ihnen.

›We saw Cassandra sprawling in the streets‹

Für Thanassis Karavias

Törne die Kinken im Draht* mit den Zähnen aus. Klettere auf den Masttopp, und dreh dich auf dem morschen weißen Flaggenknopf dreimal um dich selbst, wie es die Matrosen gekonnt haben, die schon lange tot sind.

Die Sterne funkelten. Der Weg schnitt ein Reisfeld entzwei. Ab und zu sah man die Lichter der Hütten, die auf Pfählen über dem Schlammboden standen. Unsäglicher Kadavergestank machte sich plötzlich breit, verflüchtigte sich, und bald kam er erneut, noch stärker und noch weniger erträglich. Er stammte mal von Menschen, mal von wilden Tieren. Wenn man an den Hütten vorbeifuhr, stank es nach Pisse und Kot. Auf Felsbrocken kauerten Geier. Ein verirrter Hund stand mitten auf dem Weg und wußte nicht, wohin er laufen sollte. Nur das Geschnaufe der beiden Kulis, die die Rikschas zogen, war zu hören.
In der einen saß der Seemann mit dem bis über die Augen

* Durch die Drehspannung im Tauwerk (hier: im Drahtseil) entstandener Knoten.

gezogenen grünen Hut. Ab und zu schob er ihn hoch und sah das weiß leuchtende Hemd des Jungen im vorderen Gefährt. Plötzlich sanken alle Sterne tief nach unten. So tief, daß sie die Sicht von einer Rikscha zur anderen behinderten: Glühwürmchen.
Der Assistent hatte Fieber. Seine Schläfen pochten. Eine Hand hatte er in der Hosentasche; er tastete sich ab. Wenn es möglich gewesen wäre, hätte er ein Streichholz gezündet und nachgeschaut. Seit gestern war der Pickel kleiner geworden. Und tat weh. Der schlimme Pickel tut nicht weh, das hatte er gelesen. Jetzt hatte er die Größe eines Glühwürmchens, des kleinsten von allen. Ja … er sah aus wie ein Edelstein, den er mal vor langer Zeit in Kasado Shima gesehn hatte und für den nicht genug Geld dagewesen war. Eines Tages würde er sich an all das zurückerinnern und darüber lachen. Der hier war schuld, dieser Besserwisser, der hinter ihm fuhr, und auch der Steuermann, der vor seinem eigenen Schatten Angst hatte. Am liebsten hätte er den Kuli angehalten und wäre umgekehrt. Zu den andern gestoßen. Am Ende des rechten Reisfeldes kam ein Haus in Sicht. Die Rikscha hielt plötzlich an. Die zweite auch. Einer der Kulis pfiff auf den Fingern.

Eine Frau kam mit zwei Eimern Wasser heraus. Sie stellte sie ab. Die Kulis knieten sich hin und tranken, ohne dabei auch nur ein einziges Geräusch zu machen.
»Diamandis, wo willst du hin?«
»Bin gleich wieder da. Ich muß pinkeln.«
»Pinkel hier. Komm schon. Wir müssen weiter.«
»Ich hab Durst«, jammerte der Assistent. »Können wir nicht um etwas Wasser bitten?«

»Das geht nicht«, antwortete er sanft. »Sei tapfer.«
Die Chinesen spannten sich wieder vor die Rikschas. Reihenfolge wie gehabt. Sie liefen jetzt schneller. Der Weg wurde breiter, rechter Hand waren ab und zu hohe Masten zu sehen. Diamandis begann sie zu zählen.
Dann wurden die Rikschas langsamer. Sie waren nun auf gleicher Höhe. Als gingen sie spazieren. Die Kulis unterhielten sich. Es klang wie der Balzgesang zweier Lerchen.

»Das Wasser«, sagte der Jüngere.
»Ich hör's. Nebenfluß des Han.«
»Wir könnten sie reinwerfen.«
»Tun wir besser nicht.«
»Du hast bloß Angst … Das wären doch nicht die ersten! Keiner von ihren Leuten hat uns gesehen, als wir mit ihnen losgelaufen sind.«
»Sie haben kein Geld bei sich.«
»Nicht wegen des Geldes. Einfach, weil's Weiße sind.«
»Wenn es Landratten wären, hätte ich nichts dagegen.«
»Wo ist der Unterschied?«
»Nun … Sie ziehen auch etwas. Wir ziehen Menschen, sie ziehen Eisen übers Meer.«
»Mit den Händen?«
»Schlimmer. Mit der Seele.«
Die hölzerne Brücke knirschte unter ihren Füßen. Die Weißen waren fest eingeschlafen und träumten. Der Jüngere blieb stehen.
»Geh weiter«, sagte der alte Mann.
»Du hast Angst.«
»Mag sein. Als ich so alt war wie du, hab ich drei vom Konsulat in Peking umgebracht.«

»Du warst in Peking?«
»Vier Jahre hab ich dort gelebt. Hab in einem Bordell gearbeitet.«
»Hast du schon mal mit 'ner Weißen geschlafen?«
»Schon oft.«
»Wie sind die?«
»Liederlich. Eine alte Frau bei uns, mit zehn Kindern, ist dreimal enger als eine zwanzigjährige Weiße.«
»Warum?«
»Das Wasser. Wußtest du das nicht? Wenn sie aus unsren Flüssen trinken würden …«
Sie hatten die Brücke überquert. Der Junge blieb wieder stehen.
»Bist du auf einen Stein getreten? Gestolpert?«
»Nein. Ich sag dir, laß uns umkehren.«
»Hör zu, der kleine Matrose ist krank. Bist du zur Schule gegangen?«
»Nie.«
»Dann wisse, daß man Kranke nicht umbringt.«
»Tun die Weißen doch auch.«
»Ich rede von uns. Es wäre schlimm, wenn wir so wären wie die.«
»Du hast recht, ziehen wir weiter.«
Diamandis träumte. All die Drachen, die er bisher in diesem Land gesehen hatte, verfolgen ihn, holen ihn ein, lekken ihn mit Feuerzungen. Es ist auch eine Frau dabei. Sie befehligt die Drachen. Ihre Haare sind kleine Ottern, ihre Augen Höhlen voll von Vipern, ihr Körper unterhalb der Taille besteht aus Fett, Ton und Schlamm. Ihre Hände … Sie ähneln den Händen seiner Mutter, daran der schmale Ring mit dem grünen Stein, den sie in der Küche

auf der Marmorplatte ablegte, bevor sie das Geschirr abwusch.

Der andere schlief ... Mit den Phöniziern in Sidon. Es ist Mittag, in Esnoun. Und Frauen werden verkauft. Ein junges Mädchen, das sie auf Lesbos geraubt haben, bedeckt mit den Armen seine Blöße. Ein alter, ranghoher Mann aus Bushehr begrabscht ihre Beine, erst unten, dann höher, zuletzt den Busen. Sie gibt sich auf, senkt den Kopf und weint. Der Alte zählt sein Geld. Der Seemann wirft

ein Säckchen Gold vor ihre Füße und hüllt sie in seine Tunika. Beide schiffen sich nach Griechenland ein.

Da ist ein Messer ... Schwerter, Dolche. Sie werden nicht von Händen gehalten. Sie prasseln auf ihn nieder. Wird nicht eine einzige Stelle seines Körpers unversehrt bleiben, damit sie den allerletzten Stoß empfängt?

Er wachte auf und rieb sich die Hand. Eine Narbe, die ihm viel bedeutete. Eines Nachts trieb er sich in den Docks von Rotterdam herum. Ein Mädchen, das am Fuß eines Krans lehnte, aß vergammelte Bananen. Ihr zu Füßen eine Kiste von dem weißen Schiff, das weiter unten seine Ladung löschte. Ein anderer Kran, der in Betrieb war, beleuchtete sie mit seinem Scheinwerfer, entließ sie ins Dunkel, wenn er drehte, und beleuchtete sie dann erneut. Sie war häßlich, trug ein schlammverschmiertes Kleid.

Der Matrose, der ein Flanellhemd trug, ging zu ihr.

»Wie heißt du?«

»Dédée.«

»Komm mit aufs Schiff essen.«

»Ich will nicht.«

»Warte hier, ich bring dir was.«

»Nein. Ich kenne eure Gefälligkeiten. Hinterher willst du mich flachlegen. Dreh dich so ... Mach mal das ... Und jetzt mit dem ... Ich kenne euch. Sobald ihr fertig seid, steckt ihr euch eine Zigarette an und wendet euch nicht mal mehr nach einem um. Ein Matrose hat mich entjungfert ... er hat mir ein paar falsche Perlen gegeben. Er fand es lustig, mich weinen zu sehn. Er hatte mich betrunken gemacht. Ich lag auf dem Rücken, die Beine nach oben, und er nahm die brennende Zigarette und steckte sie mir anders herum rein. Dann rief er seinen Kumpel, und sie spielten *Gerade und Ungerade*, indem sie mir die Schamhaare ausrissen. Zum Teufel mit euch ... Dreckskerle.«

Er wollte ihr übers Haar streichen. Sie trösten. Sie packte seine Hand und biß wie ein wildgewordener Hund hinein. Er zog die Hand nicht weg. Es tat weh, aber er hielt still. Er liebte diese Narbe. Manchmal juckte sie, und dann erinnerte er sich. Es war die aufrichtigste Frau, die er je kennengelernt hatte ... Und wieder schlief er ein.

Beide träumten, daß sie eine Treppe hinunterstiegen und stolperten.

Im selben Moment setzten beide Kulis ihre Rikschas ab. Diamandis sprang als erster raus. Auf einem eingezäunten Grundstück links der Straße stand ein graues zweistöckiges Haus mit erleuchteten Fenstern. Die Kulis streckten sich auf dem Boden aus.

»Ich werde die Sterne zählen«, sagte der junge Kuli.

»Und ich die Glühwürmchen«, sagte der alte.

Die Krankenschwester brachte sie in ein kleines Vorzimmer und verschwand. Dort blieben sie eine ganze Weile stehen. Auf einem niedrigen Tisch in der Mitte des Raums eine Vase mit Jelängerjelieber. An der Wand hingen chinesische Tuschezeichnungen. Eine Farblithographie von Cézanne: ›*L'Assiette bleue*‹. Ein wenig davon entfernt ›Der Wagenlenker von Delphi‹. Die junge Frau kam zurück.

»Setzen Sie sich doch«, sagte sie, »der Arzt kommt sofort. Er bat mich, ihn noch kurz zu entschuldigen.«

Sie war schön, wie eine Puppe aus feinem chinesischen Porzellan. Ungeschminkt. Es war eine Freude, sie anzusehen. Sie ging wieder hinaus. Die beiden blieben vor dem Bücherregal stehen.

»Sie hat ein Auge auf dich geworfen, Diamandis. Hast du das Lächeln bemerkt? Was würdest du tun, wenn sie sich dir zu Füßen werfen würde?«

Diamandis versuchte zu lächeln. Hinter ihnen öffnete sich die Tür. Doktor Ma Tuan verneigte sich.

»Griechen?«

»Ja.«

»Zu Ihren Diensten.«

Er sprach englisch, etwas näselnd. Er beugte sich zu den Blumen in der Vase und ordnete sie. Der Funker – dessen Englisch miserabel war – gab ihm eine knappe Erklärung, so gut er konnte. Der Arzt nickte. Er legte seine Hand auf Diamandis' Schulter und führte ihn ins Untersuchungszimmer.

»Sie warten hier. Es dauert nicht lang.«

»Hören Sie, Doktor, ich glaube, daß …«

»Ich mein's ernst«, sagte der Chinese und schloß die Tür.

»Harter Bursche ...«, murmelte der Funker.
Er ging zum Regal und zog ein Buch heraus. Er blätterte darin, schloß es hastig und verzog das Gesicht.
»Verdammt ... Egal, in welches medizinische Handbuch ich schaue, immer find ich meinen Fall beschrieben.« Er nahm ein anderes Buch und begann zu lesen.

Lo mio maestro disse: Questi è Caco,
che, sotto 'l sasso di monte Aventino
*di sangue fece spesse volte laco ...**

»Schon wieder reingefallen.« Er blätterte schnell vor.

*Lo corpo mio gelato in su la foce trovò ...***

Die Chinesin stand mit betrübter Miene vor ihm.
»Können Sie mal einen Moment kommen? Ihr junger Freund fragt nach Ihnen.«
Er folgte ihr ins Untersuchungszimmer. Sah Diamandis mit hängendem Kopf, die Knie umschlungen, auf einem niedrigen Hocker sitzen. Neben ihm ein Glas Limonade.
»Diamandis ... Was ist los?«
Er faßte Diamandis unter das Kinn und schob es hoch.
»Er wird sich gleich beruhigen«, sagte der Arzt. »Wir haben ihn ein bißchen mit dem Skalpell gekratzt, und es hat ihm weh getan. Ihr Seeleute seid empfindlich, wenn es um Krankheiten geht. Hier, trink was.«
Er reichte Diamandis das Glas und ging zum Brutofen. Er

* Zu mir begann mein Meister: Dies ist Cacus, / Der unterm Fels des Aventinschen Hügels / Oft einen ganzen See von Blut vergossen (Dante Alighieri, Die göttliche Komödie, Die Hölle, 25. Gesang, V. 25 – 27, dt. Übers. König Johann von Sachsen).
** Kalt fand an seiner Mündung meinen Leichnam (Ebd., Das Fegefeuer, 5. Gesang, V. 124).

kehrte ihnen den Rücken zu. Die Krankenschwester war hinausgegangen. Da öffnete der Funker ein Fläschchen, das neben ihm auf einem Glastisch stand; auf dem Etikett war ein Totenkopf zu sehen. Er tauchte den Zeigefinger hinein und steckte ihn ins Nasenloch. Und noch mal … fürs andere Nasenloch. Er stellte die Flasche wieder an ihren Platz und schob die Hände in die Hosentaschen. Er atmete tief ein … Diamandis ging es besser. Der Arzt trat zu ihnen.

»Sie müssen mindestens zwei Stunden warten. Gehen Sie ins Wartezimmer. Möchten Sie Kaffee oder Tee?«

»Kaffee, wenn's geht.«

»Ich komme gleich und leiste Ihnen Gesellschaft.«

»Aber … wann schlafen Sie?«

Der Doktor lächelte.

»Mittags, drei Stunden.«

Er war um die Fünfunddreißig, größer als der Durchschnitt und hatte schöne, feingliedrige Hände. Er sah auf den Chronometer an seinem Handgelenk.

»*Just eleven*«, flüsterte er.

Der Assistent nahm ein *Geographic Magazine* und blätterte darin. Der andere steckte sich den Finger in die Nase, kniff die Augen zusammen und beobachtete Diamandis, der die Seiten überflog, ohne zu lesen. Was zum Teufel hab ich hier eigentlich verloren, um diese Uhrzeit? dachte er. Mich hat damals auch keiner begleitet, als ich's mir eingefangen hatte. Unter die kalte Dusche mußte ich ganz allein. Ich könnte in diesem Augenblick irgend 'ne Chinesin streicheln, anstatt … Er bereute es plötzlich. Je älter ich werd, um so mieser, schlechter bin ich drauf. Er erinnerte sich an den anderen Assistenten. Der muß so alt gewesen sein wie jetzt der hier. Auf dem Roten Meer hatte der Leinsamen Feuer gefangen, und sie mußten die Luken öffnen. Der Junge rutschte aus und fiel; wie ein Bleigewicht sackte er auf den Grund. Als sie einen Monat später in Moji löschten, zogen sie eine Mumie an Deck. Er hatte den Mut aufgebracht, nah ranzugehen, ihn sich anzugucken. Nur seine Haare waren blond geblieben. Er hatte ihn gern gehabt, wie er den hier gern hatte. Genau wie alle anderen, die zum erstenmal zur See fahren. Auch die Mädchen hatte er gern, die ihm von ihren Müttern anvertraut wurden, damit er auf der *Corinthia* die ganze Fahrt über auf sie aufpaßte. Er fühlte ihre Stirn, um zu sehen, ob sie vielleicht Fieber hätten, hielt ihnen den Kopf, wenn sie sich übergeben mußten, und brachte sie zum Gare Saint-Charles, wo sie den Zug nach Paris nahmen; und wenn sie ihn verpaßten, schlief er im Hotel im Zimmer nebenan, damit sie sich nicht fürchteten. Sie trugen Kostüme und Toques, die nach Naphthalin rochen. Nicht bei einer kam er auf andere Gedanken. Eine hatte ihn mal bekniet, sie in die Straße mit den schlimmen Frauen mitzunehmen. Er hatte sie in ein Bistro in den Gassen bei der Oper geführt. Die Frauen hatten gerade nichts zu tun und umringten sie. Eine schenkte ihr Bonbons, alle lobten ihr gutes Französisch. Sie befingerten das Mädchen, als wollten sie es liebkosen. Zum Abschied umarmten sie es, küßten es aufs Haar. Als sie weggingen, lag ihre Hand ganz fest in seiner. Noch bevor sie die Rue de Canebière erreichten, hörte er sie schniefen.

»Du hast dich erkältet«, hatte er gesagt.

»Nein, es ist nur … die Frauen sind ja gar nicht so schlimm«, hatte sie unter Tränen geantwortet.

Keines jener Mädchen hatte ihm später auch nur Grüße bestellen lassen.

Er schlug eine *Life* auf. *Cancan in Paris* ... Legte sie weg. Wer war das noch, der mir das erzählt hat? Welcher Spitzel, welcher Zuhälter ... Die Tochter von Blanche soll ihr Habit abgestreift haben und jetzt in Montevideo Cancan tanzen ... Im Grunde genommen kann's mir ja egal sein. Die aus Lesbos ist letztes Jahr in Athen gestorben, bei der

Entbindung ... Womit ich auch in Berührung komme, es fault. Stirbt nicht, sondern fault ... Er schlug eine *Paris Post* auf und begann zu lesen. *Parfums de Coty* ... Das Mädchen in Antwerpen. Das Kopfkissen, die Laken haben nach *Styx* gerochen. Und dann ... Nein, unmöglich. Ich weiß es noch genau, ich will's nur nicht wahrhaben: *Styx* hat auch die Frau benutzt, die mir in den Weg getreten ist, als ich mit den Dahlien und den Pralinen unterwegs zum Hotel war, um sie der anderen zu bringen, die ich nie kennengelernt hab, die im selben Bett geschlafen hat wie ich. Die Dicke, die Häßliche mit der blutroten Farbe auf den Lippen, im Gesicht, auf der Stirn ... Genau die. Dieselbe. Das darf doch nicht wahr sein ...

Der Arzt kam lächelnd auf ihn zu. Der Funker stand auf. Diamandis auch.

»Es dauert noch. Haben Sie Geduld. Setzen Sie sich.«

»Sind Sie schon mal gereist?« fragte der Funker, nur um irgend etwas zu sagen.

»Ja. Ich habe zwei Jahre in Berlin gelebt. Dann bin ich nach England gegangen, anschließend für kurze Zeit nach Amerika.«

»Haben Sie dort studiert?«

»Es ging nicht anders. Es mußte sein«, sagte er verbittert.

»Dabei war mein Großvater ein Naturheiler und konnte heilen, wie es weder ich noch die Europäer mit ihren neuen Medikamenten vermögen.«
»Und zwar?«
Sein Gesicht verfinsterte sich. Er sagte gepreßt:
»Der erste Kranke auf der Welt war Chinese. Und der erste Arzt natürlich auch.«
»Und was ist mit den Griechen?«
»Die Ägypter, die Griechen, die Bibel, das kam Tausende von Jahren später. In Geographie kennen Sie sich bestimmt gut aus, aber etwas Geschichte muß auch sein. Sie haben vorhin gesagt, daß Sie Griechen sind. Das will ich gern glauben.«
»Tun Sie mir damit 'nen Gefallen?«
Er lächelte.
»Nein, ich glaube es wirklich. Aber jetzt sagen Sie mir mal eins: Warum ähneln die Weißen, die auf die alten Goldmünzen geprägt, auf Vasen gemalt und in Marmor gemeißelt sind, nicht denen, die heute in Europa leben? Sie zum Beispiel erinnern mich überhaupt nicht an den Mazedonier. Nehmen Sie die älteste chinesische Währung, und Sie werden feststellen, daß ich darauf abgebildet bin!«
Der Funker war nicht in der Stimmung, sich aufzuregen. Er fragte, wobei er dem Blick des Arztes auswich:
»Und was ist mit Krebs?«
»Alles der Reihe nach. Im vergangenen Jahrhundert haben die Spirochäten doppelt so viele Opfer gefordert wie heute der Krebs. Und auf eine viel grauenhaftere Weise. Das ist völlig in Vergessenheit geraten. Sie beide sind über das Meer hierhergekommen, grundlos verschreckt. In zehn Tagen ist es überstanden.«

»Er wird also bestimmt wieder gesund werden?«

»Ja. Die neue … Haben Sie Mumm? Dann kommen Sie mal mit.«

Er öffnete eine Tür und ging in die Dunkelheit. Aus dem Wartezimmer fiel ein schwacher Lichtstrahl hinein. In der Mitte des Raumes konnte man einen Operationstisch erkennen, der mit einem Laken zugedeckt war. Der Chinese drückte auf einen Knopf, die Operationslampe überflutete den Tisch mit Licht. Mit einer Pinzette zog er das

Laken etwas zurück. Eine verfaulte Fleischmasse war an der Stelle, wo das Gesicht hätte sein müssen. Keine Nase, keine Augen. Überhaupt keine Lippen. Ein Brei. Eine einzige große, klaffende Wunde. Ein paar braune Löckchen rechts und links.

Plötzlich hörten sie ein Weinen, wie das ferne Wimmern einer Heulboje, das durch den Nebel dringt. Der Arzt drehte sich schnell um.

»Geh zurück ins Wartezimmer«, sagte er streng zum Assistenten. »Dich hab ich nicht aufgefordert mitzukommen.«

Er schloß die Tür.

»*Lupus* …«, murmelte der Funker.

»*Still, mate*, reden Sie keinen Unsinn … Der Wolf ist heilbar. Dies hier ist eine uralte Krankheit, so alt wie China. Sie zerstört nur das Gesicht. Sehen Sie selbst.«

Er schlug das Laken ganz zurück. Ein schlanker, anmutiger, makelloser Körper.

»Nicht eine einzige Hautveränderung«, fuhr der Chinese fort. »Sehen Sie genau hin. Nicht eine Stelle.«

»Decken Sie sie zu«, sagte der andere. »Damit ihr nicht kalt …«

Doktor Ma Tuan fiel ihm ins Wort.
»Eine Stunde bevor Sie gekommen sind, hat sie aufgehört, Kälte und Scham zu empfinden.«
»Eine Chinesin?«
»Aber sehen Sie das denn nicht? Das hätten Sie doch auf den ersten Blick erkennen müssen, allein schon am Bekken. Sie war Französin. Aus dem Norden. Sie war in unzähligen amerikanischen Krankenhäusern, hatte zig neue Medikamente ausprobiert, ohne Resultat. Gestern hat man sie mir gebracht.«
»Ist sie jetzt etwa deshalb tot?«
Anstatt zu antworten, warf ihm der Arzt einen strengen Blick zu. Der Funker schlug beschämt die Augen nieder.
»Wenn Sie morgen mittag noch da sind, kommen Sie her, dann sage ich Ihnen den Namen der Krankheit und die nötige Therapie.«
»Wie das?«
»Am Fluß gibt es einen alten Mann, der weiß es; er wird im Morgengrauen kommen. Es ist ein Freund von mir. Unter dem Mikroskop ist nichts zu erkennen. Verstehen Sie?«
Eine Bombe schlug in der Nähe ein. Das Haus bebte. Der Arzt zeigte nach Norden.
»Sie rücken vor. Weder die noch die anderen, die sich zurückziehen, lieben den Menschen. Letztendlich haben die Hungernden recht.«
»Warum gehn Sie nicht weg?«
»Entschuldigen Sie, aber das ist allein meine Sache. Gehen wir.«
Er schaltete die Lampe aus. Der Funker schloß die Augen und rührte sich nicht. Der Arzt faßte ihn an der Schulter

und führte ihn hinaus. Sie kamen ins Wartezimmer zurück. Diamandis war nicht mehr da. Sie stellten sich vor den Cézanne.

»Gefällt es Ihnen?« fragte der Arzt.

»Ja. Wir haben uns weiterentwickelt seit damals ...«

»Die hier sind es, die sich weiterentwickelt haben: Picasso, Kandinsky, Klee. Wahre Meister! Solange sie nicht über Malerei sprechen.«

»Was meinen Sie?«

»Alle großen Maler von Giotto bis Dalí waren die schlechtesten Lehrer. Das Essentielle stammt aus der Feder einiger Kunsthändler, mit denen sie zu tun hatten.«

»Sie haben recht.«

»Ein mittelmäßiger Maler kann uns seine Technik in Worten erklären. Ein Schöpfer niemals.«

»Warum nicht?«

»Weil er trunken ist. Nur dann kann er ein Stück Papier, eine leere Zigarettenschachtel oder ein Taschentuch in die Hand nehmen, es nebenbei, während eines Gesprächs zum Beispiel, kurz bearbeiten, auf seine Art gestalten und dann beiseite legen. Wenn der, der es findet, Augen im Kopf hat, wird er den Atem spüren und sich an der Form erfreuen. Wenn nicht, wird er es in den Müll werfen. Verstehen Sie, was ich meine?«

»Nicht ganz.«

»*Sorry*. Ich habe jetzt zu tun.«

Er ging ins Untersuchungszimmer.

Wo kann der Kleine nur hin sein? fragte sich der Funker. Er wollte sich unter dem Auge kratzen, zögerte aber. Ihm fiel ein ... Da hörte er sie die Treppe runterkommen. Der Assistent trat fröhlich ins Zimmer. Sein Gesicht strahlte.

»Ich bin mit ... Sie hat mir 'ne Schmetterlingssammlung gezeigt. Willst du sie auch sehn?«

»Nein.«

»Müssen wir noch lange warten?«

Der Arzt ging mit der Krankenschwester an ihnen vorbei die Treppe hinunter. Kaum waren die Schritte verhallt, stand der Funker auf und öffnete die Tür zum Untersuchungszimmer.

»Wo gehst du hin?«

»Was nachsehn ... und du ... paß auf, ob jemand kommt.«

In weniger als einer Minute war er zurück. Seine Nasenflügel bebten.

»Konntest du was rauskriegen? Hab ich ...?«

»Versuch zu schlafen. Ich jedenfalls bin müde. Hab so schnell nichts sehn können.«

Diamandis sah ihn befremdet an. Er zog sein weißes Hemd aus und hängte es behutsam über eine Stuhllehne. Es war zerknittert und durchnäßt. Dann setzte er sich auf einen anderen Stuhl und verschränkte die Arme. Sein Kinn sackte auf die Brust. Er war eingeschlafen.

Für Tatiana Milliex

Catherine ... die Rothaarige aus Glasgow. Um Mitternacht kam sie an Bord, am Abfertigungsgebäude von Melbourne. Der Orkan, der über Tasmanien hinwegwirbelte, hatte zweimal die Trossen zerrissen und uns fast auf die hölzernen Piers von Williamstown gedrückt. Sie trug eine rote Öljacke mit Kapuze. Gab ihre Papiere an der Kontrolle ab und hastete den Niedergang zur Ersten Klasse hinunter. Mir fiel sie auf. Ein kleines, stark gerötetes Gesicht und eine Nase, die nicht größer war als ein Fingerhut. Ich hörte, wie sie die Lastenträger beschimpfte. Sie knallte ihre Kabinentür so laut zu, daß der wachhabende Steward kurz die Fassung verlor.

Im Morgengrauen liefen wir aus. Kein Lotse kam an Bord, um uns rauszuhelfen. Wir hatten achtzig Passagiere an Bord. Bis zum Kap Leeuwin sahen wir keinen einzigen von ihnen. Wir fuhren fünf Tage und Nächte wie auf einem Frachter. Die Stewards bedienten die Passagiere in den Kabinen.

»Einer muß im Hafen was Schlimmes angestellt haben«, murmelte der Bootsmann. »Wenn's abflauen soll, ab ins Meer mit den Schwulen.«

»Dann fangen wir mal gleich mit dir an«, rief ihm ein Steward zu.

Das Deck lag verlassen da. Nur die Schottin ging in ihrem dicken Mantel und den Gummistiefeln auf und ab, vom Bug zum Heck, vom Heck zum Bug, rauchte wie ein Kuli, kippte täglich vier bis fünf *Drambuie* hinunter und streckte dem Meer verächtlich die Zunge raus.

»Die Unglücksbringerin da, die ist schuld am Seegang«, sagte Androjannis eines Morgens. »Ich sag dir, die ist meschugge.«

›Bring mir Heringsfilets‹, befiehlt sie mir gestern früh in ihrer Kabine.

Ich bring sie ihr.

Sie riecht dran und sagt: ›Nimm sie wieder mit. Räucher sie erst.‹

Ich geh noch mal hin.

›Gib mir meine Schuhe.‹

›*Take, please.*‹

›Nicht die.‹

Sie hat bestimmt sieben Paar unterm Bett stehn. Ihr Spielchen hat sie mit mir getrieben. Ich bin drauf und dran gewesen, ihr die Schuhe um die Ohren zu hauen. Du glaubst nicht, was diese Schlampe jeden Tag macht. Sie dreht den Warmwasserhahn auf und verläßt die Kabine. Gestern hab ich sie drauf hingewiesen. ›Ist doch lustig‹, sagt sie. Wenn sie auf den Klingelknopf drückt, denkst du, sie hätte ihn mit 'ner Nadel festgeklemmt. Fehlt nur noch, daß sie 'ne Pistole zückt und um sich schießt, wie der Korvettenkapitän damals, ein Landsmann von ihr, immer dann, wenn er was vom Steward haben wollte. Es gehört sich zwar nicht, aber ich sag's dir trotzdem, Kumpel: Gestern morgen, als sie im Bad war, bin ich rein zum Aufräumen. Die Kabine total verraucht. Kippen auf dem Boden und zwei Brandlöcher im Laken, so groß, daß man seinen Kopf durchstecken kann. Ihre Unterhose hatte sie aufs Kopfkissen geworfen. Wie soll ich dir die nur beschreiben: Die stand schon vor Dreck, wie Ölzeug. So was von schmutzig. Ich angelte mit 'nem Stock nach ihr und schaute sie mir an. Als ich das Kopfkissen aufschütteln wollte, merkte ich, daß es naß war … klatschnaß. Wenn drei Weiber da reingeheult hätten, wär's nicht so naß gewesen. Da hat sie mir leid getan. Ist ja noch 'ne Göre … siebzehn. Was sie wohl hat?«

Androjannis, wo mag er jetzt sein? Er liebte mich heiß und innig. Ein Schurke war er, gewieft. Er drehte dir Seidenbänder an, obwohl es Algen waren, und du hast auch noch danke gesagt. Und ständig flüsterte er dir Geheimnisse ins Ohr … »Das Paar in der Vier hat letzte Nacht die

Sau rausgelassen. Die Koje ist völlig hinüber. Die Französin in der Achtzehn hat ihre Tage. Der Pole ist ein wahrer Topograph. Du solltest sein Laken sehn ... Die reinste Landkarte! Dabei schläft er auf dem Rücken, das Schwein. Die Alte mit der Brille, die Australierin, die war schon sieben Tage nicht mehr auf dem Klo. Die platzt bald. Der Belgier da, der pinkelt ins Waschbecken.« Er steckte seine Hand in die Tasche. »Hier ... nimm eine Birne, Landsmann, für die Wache.«

An einem Morgens liefen wir in Fremantle ein. Ich hatte mich umgezogen und wollte gerade die Gangway runter. Meinen linken Arm hatte ich in einer Schlinge. Als ich den Fuß auf die Gangway setzte, zog mich jemand am Ärmel. Ich drehte mich um. Die Schottin stand hinter mir und sah mich aus ihren tiefblauen Augen an. Sie hielt ein Bündel Briefe und ein halbes Pfund in der Hand.

»*Sorry* ... können Sie die vielleicht für mich aufgeben?«

»Geben Sie sie dem Agenten«, antwortete ich.

»Der ist schon weg. Hab ihn nicht mehr erwischt.«

Ich kehrte ihr den Rücken zu. Sie bat mich noch mal.

»Sie würden mir einen großen Gefallen tun.«

Ich nahm die Briefe und ging die Gangway runter. Auf halber Strecke rief sie mir nach.

»Bring mir die Briefe sofort zurück!«

»Du kannst mich mal, du Schlampe ...«, murmelte ich, ohne mich umzudrehen. Und ich sprang auf die Pier.

Eine Stunde später sah ich sie in einer chinesischen Bar sitzen. Sie trank Milch. Genau gegenüber der Post.

Am Nachmittag liefen wir nach Colombo aus. Vier Tage später waren wir auf der Höhe der Kokosinseln. Windstille. Aus der polaren Kälte waren wir in tropische Hitze

geraten. Wir ließen die Türen unserer Kammern offen, um nicht zu ersticken.
Ich hatte gerade meine Wache beendet und wollte mich hinlegen. Meine Beine zitterten. Ich wollte in meine Kammer, blieb aber stehn. An dem kleinen Tisch saß die Schottin. Sie hatte mehr als hundert Reproduktionen von Gemälden vor sich liegen, die sie immer wieder umschichtete: Freskomaler und Kubisten, Renaissancekünstler und Impressionisten, Lautrec und Raffael. Mir stieg das Blut in den Kopf. Am liebsten hätte ich sie angeschnauzt. Sie stand auf und gab mir die Hand.
»Ich hab auf dich gewartet«, sagte sie mit einem Engelslächeln. »Ich möchte mich bei dir bedanken. Setz dich doch.«
Ich gehorchte wie ein Schuljunge. Ich bin mir sicher, daß ich sogar zurücklächelte.
»Ich hab ein bißchen in deinen Büchern gestöbert, macht das was?«
»Nicht doch. Du kannst dir eins ausleihen ... Möchtest du was trinken?«
»*Whiskey and milk.*«
Der Steward kam mit dem Tablett.
»Trinkst du nichts?« fragte sie.
»Nein.«
»Warum nicht?«
»Ich hab genug getrunken für den Rest meiner Tage.«
»Schade. Dann werden wir nicht viel Spaß zusammen haben.«
»Wo gehst du von Bord?«
»In Genua. Wenn ich's mir nicht anders überlege ... Bin dieses Jahr mit der Schule fertig geworden, und das ist

meine erste Reise. Ich bin in Holländisch-Ostindien und in Australien gewesen. Jetzt will ich nach Brasilien und noch weiter. Mein Vater hat mir für ein Jahr Kredit gegeben.«
Sie zündete sich eine Zigarette an der andern an. Sprang von einem Thema zum nächsten, verlor den Faden. Was sie in die Finger bekam, nahm sie auseinander. Wohl fünfzigmal machte sie mein Feuerzeug an, ein *Ronson*, das ich in Griechenland verschenken wollte.
»Wann sind wir in Colombo?« fragte sie.

»Übermorgen abend.«
»Gehst du von Bord?«
»Keine Frage.«
»Kennst du die Stadt?«
»Ich war schon achtzehnmal dort.«
»Wollen wir zusammen ausgehen?«
»Warum nicht.«
»Wann hast du nachts Wache?«
»Von zwölf bis vier.«
Sie stand auf und gab mir die Hand. Sie trug Shorts. Ihre Beine, die dünn waren, bedeckte ein roter Flaum.
»*Night*. Ich wäre gern ein Junge.«
»Um Seemann zu werden?«
»Nein. Euch verabscheue ich.«
Während der Wache mußte ich ein paarmal an sie denken. Sie gefiel mir sehr. Wenn sie's will, wird sie's mir sagen, bevor wir in Colombo ankommen. Von selbst. Aber was könnte sie überhaupt an mir finden? Hat doch 'ne Menge hübscher Typen um sich rum.
Als ich mit der Arbeit fertig war, nahm ich eine Dusche. Nackt betrat ich meine Kammer und tastete nach dem Lichtschalter. Eine Hand zog meine weg.

»Keine Angst. Ich bin's, Catherine. Ich muß mit dir reden.«
Im Mondlicht sah ich, wie sie sich in meiner Koje ausstreckte. Ich setzte mich auf die Bettkante. Sie nahm meine Hand.
»Ich höre«, sagte ich.
»Du mußt mir helfen.«
»Wenn ich kann.«
»Ob du kannst oder nicht, du mußt.«
Auf einmal bat sie nicht mehr. Sie war jetzt wütend und entschlossen. Sie führte meine Hand und legte sie sich auf den Bauch.
»Spürst du es?«
»Ja. Das ist der Donkeykessel. Der ballert immer so.«
»Blödmann. Kapierst du nicht … das Kind.«
Ich zog meine Hand zurück.
»Was willst du von mir?«
»Hab ich doch schon gesagt. Du sollst mir helfen.«
»Wie?«
»Ich muß es loswerden.«
»Da hast du dich in der Tür geirrt. Der Arzt …«
Sie hielt ihre Hand vor meinen Mund. Richtete sich auf.
»Ich bereue, daß ich's dir erzählt habe. Da bin ich ja genau an den Richtigen geraten. Morgen weiß es das ganze Schiff.«
Ich nahm die Thermoskanne und gab ihr zu trinken.
»Was sollen wir denn deiner Meinung nach tun?«
»Das sollst du mir ja sagen.«
»Fußbad und Chinarinde.«
»Blödsinn, ich hab schon Progynon genommen. Es sitzt aber schon zu fest.«

»Ich hab's. Du bleibst in Griechenland. Auf 'ner Insel. Dein Mann ist im Krieg … Sobald du's ausgetragen hast, setzt du's vor einem Haus aus, das ich dir nenne. Du schickst den Leuten Geld, damit sie's großziehen.«

»Doofkopp …«, murmelte sie. »Ich hab es von einem Schwarzen.«

»Dann gehn wir nach Aden. Ich hab Landsleute dort, die in Ordnung sind. Wir finden einen Arzt. Es gibt Franzosen. Alles wird gut.«

»Nach Aden? … Du spinnst. Wir müssen es in Colombo hinter uns bringen.«

»Außer Prostituierten und Arabern, die Edelsteine verkaufen, kenne ich da keinen, und die können uns nicht helfen.«

»Wir sind zu zweit. Ein dritter ist überflüssig, zu gefährlich … Wir gehen allein, gucken in ein Telefonbuch und suchen uns einen Arzt. Nur keinen Europäer.«

»Warum nicht?«

»Der Bruder meines Vaters hat eine angesehene Stellung in Ceylon. Stell dir vor, was passiert, wenn er davon erfährt.«

»Ärzte schweigen.«

»Du hast ja keine Ahnung. Womöglich fändest du es am besten, wenn wir gleich zu meinem Onkel gingen, damit er uns hilft?«

»Schon gut. Wie du willst.«

Ich senkte den Kopf. Sie strich mir übers Haar.

»Gib mir dein Wort«, sagte sie nach einer Weile.

»Du hast es.«

»Hast du Angst?«

»Nein. In einem Jahr vielleicht, wenn ich daran zurückdenke, aber heute hab ich keine Angst, und übermorgen auch nicht. Geh jetzt. Es wird schon hell.«

Sie stand auf.

»Soll ich dich küssen?«

»Nein. Übermorgen, wenn wir's hinter uns haben.«

»Sozusagen als Bezahlung?«

»Quatsch nicht. Du bist verrückt.«

Im Gehen sagte sie noch einmal:

»Also, es ist abgemacht. Sag ja.«

»Ja. Soll dich doch der Teufel holen. Ja.«

Ich hörte, wie ihre Sandalen an Deck klapperten. Ich werd's dir schon noch zeigen, dachte ich. Aber erst müssen wir's hinter uns bringen.

An der Küste von Colombo schüttelte Monsunwind die Palmen. In der Abenddämmerung gingen wir vor Anker. Erst um acht waren wir einklariert. Aus den Lautsprechern tönte: »Auslaufen um Punkt drei Uhr in der Früh. Verlassen Sie nicht die europäischen Viertel.«

Catherine stieg als erste die Gangway hinunter. Zu einer Hose hatte sie einen weißen Seidenpullover an. Ich trug den grünen Hut und eine wasserdichte amerikanische Jacke.

»Nimm dein Ölzeug mit«, sagte ich zu ihr. »Es wird regnen.«

»Hör auf, Kindermädchen zu spielen.«

Das Motorboot setzte uns an der Anlegestelle des Zolls ab. Die hübsche Tourismus-Tamilin, die Tee verkaufte, begrüßte uns. Kaum waren wir an Land gegangen, umringten uns Barfüßige. »*Change money ... wanta gems ...*

gold.« Das Café ›Grand Oriental‹ war wie leer gefegt. Goldbetreßte Kellner ohne Schuhe. Wir nahmen uns ein Telefonbuch und sahen nach.

»Hier«, sagte sie und zeigte mit dem Finger darauf. »Dritte Zeile … Tatsächlich, wir haben einen gefunden. Schreib die Adresse auf ein Stück Papier, und dann nichts wie hin.«

Ich gab einem der Kellner ein Zeichen. Catherine zerrte mich am Ärmel.

»Frag nicht. Laß uns gehn.«

Wir stiegen in ein Taxi. Ich nannte dem Chauffeur nur den Straßennamen. Er kratzte sich am Kopf.

»Wenn du dich nicht erinnerst«, sagte ich zu ihm, »kann ich mich zu dir nach vorn setzen und dir den Weg zeigen. Ich war schon oft dort.«

Auf einmal schien sich der Inder zu erinnern. Wir erreichten das indische Viertel, überquerten einen Platz, ließen einen modernen buddhistischen Tempel und ein großes Obst- und Gemüsegeschäft hinter uns. Schon wurde es ländlicher.

»Der wird sich freuen, uns zu sehn«, sagte ich laut.

»*Yes.* Er erwartet uns ja schon seit heute morgen. Ist er Inder?«

»Seine Mutter. Sein Vater ist Engländer. Arbeitet für die Regierung. *No more*«, sagte ich zum Chauffeur. »Da ist er ja, der *Ivory Garden.*«

»Soll ich warten?« fragte er.

»Nein. Wir bleiben heute nacht hier bei unsrem Freund. Da, nimm.«

»*Chankiou.*«

Wir gingen aufs Geratewohl, orientierten uns an den Geländern des Parks. Der Chauffeur leuchtete uns mit den Scheinwerfern des Taxis den Weg.

»Hau endlich ab, Idiot. Maulesel!«

Die Scheinwerfer entfernten sich, und das Motorengeräusch wurde schwächer. Catherine hakte sich bei mir unter. Ihr Arm zitterte leicht.

»Ich sehe nirgends ein Licht«, sagte sie.

»Immer mit der Ruhe. Sobald wir den Park hinter uns haben, werden wir was sehn.«

Wir kamen an ein paar schwach beleuchteten Hütten vorbei.

»Da ist es«, sagte ich. »Gleich das erste.«

Es war ein dunkles, zweistöckiges Haus. Im Schein des Feuerzeugs las ich die Schilder, suchte nach der Klingel. Ich zog an einer kleinen Drahtschlinge, und im Innern des Hauses erklang ein Geschepper, ganz so, als ob gleich mehrere Gongs geschlagen würden. Die Tür öffnete sich. Eine schwache Birne beleuchtete die Treppe. Wir gingen nach oben. Eine andere Tür öffnete sich. Wir traten in ein taghelles Zimmer. Ein Alligator, eine Kobra und ein Vogel hingen an den Wänden. Auf dem ausladenden, schweren Schreibtisch verströmte, in einer Vase aus Kupfer, eine große Blume mit gelben Blüten einen unerträglichen Duft. Ein dickes Buch lag aufgeschlagen da, daneben ein zerbrochener Sextant und ein Horoskop. In einem Regal sah man Instrumente liegen, wie sie die Ärzte Mitte des 19. Jahrhunderts an Bord der Walfänger benutzt hatten.

Hinter dem Schreibtisch saß ein Mann, die Ellbogen hatte er aufgestützt, und betrachtete eine Glaskugel, die auf einem hölzernen Sockel stand und schillerte. Er verzog keine Miene, er blickte nicht mal auf.

»Laß uns gehn«, flüsterte ich Catherine ins Ohr. »Das ist nicht der richtige Mann.«

Sie hielt mich zurück. Wir warteten bestimmt fünf Minuten, stehend. Endlich hob er den Kopf und sah uns an.

»Ich habe auf euch gewartet«, sagte er vorwurfsvoll. »Ihr habt euch verspätet.«

Er war dick, dunkelhäutig und hatte wulstige, grobschlächtige Hände. Er trug ein gelbes Gewand, ähnlich dem der buddhistischen Mönche, es stand bis zur Hüfte offen. Alles Weitere verdeckte der Schreibtisch. Zwischen seinen unbehaarten, hängenden Brüsten baumelte an einer speckigen Schnur ein blauer Stein.

»Geh hinter diesen Paravent, und zieh dich aus«, sagte er zu dem Mädchen.

Ich gab ihm eine Zigarette. Er nahm sie und legte sie in eine Schublade.

»Fertig«, rief die Kleine.

Der Arzt ging zu ihr. Er war klein, barfuß, seine nackten Waden waren dick.

»*Nick*. Komm du auch. Ich hab Angst.« Da bin ich hin zu ihr.

»Du bist im vierten Monat«, sagte er.

»Zweieinhalb«, antwortete sie wütend.

»Im vierten«, wiederholte ruhig der Inder.

»Spielt keine Rolle«, murmelte ich.

»Und ob. Der Kopf des Kindes ist schon fast so groß wie der meine.«

Wir alle kamen hinter dem Paravent hervor. Der Arzt baute sich hinter seinem wuchtigen Schreibtisch auf. Er stützte die Hände darauf, mit gespreizten Fingern, und starrte die gläserne Kugel an.

»Also«, sagte die Schottin. »Übernehmen Sie es?«
»*Sure.* Eine Viertelstunde, länger werd ich nicht brauchen. Heute abend bleiben Sie hier. Morgen zur Mittagszeit wird es Ihnen bereits gutgehen, und Sie werden beide erleichtert sein.«
»Das geht nicht. Wir müssen weg, sobald Sie fertig sind.«
»Das ist gefährlich. Aber gut, ich werd Sie mit meiner Rikscha fahren lassen.«
»Ihr Honorar?« fragte sie höflich.
»*Twenty-five golden.*«
Catherine drehte sich zu mir um und sah mich entgeistert an.
Der Inder ging zur Tür, schloß sie ab, steckte den Schlüssel in sein Gewand und kehrte zurück an seinen Schreibtisch.
»So viel Geld haben wir nicht«, wagte ich einzuwenden.
»Wenn es auch für fünfundzwanzig Pfund in Scheinen geht, können Sie sofort anfangen. Ansonsten müssen wir gehn. Verstehen Sie?«
»Keine Sorge«, sagte er, »ich geb dir einen meiner Leute, der wird dich zum Schiff fahren. Bis du mit dem Geld zurück bist, bin ich fertig.«
»Welches Schiff?«
»Das Schiff, auf dem ihr gekommen seid und das im Morgengrauen ausläuft. Ist zeitlich gut zu schaffen.«
Jetzt sitzen wir in der Patsche, dachte ich.
»Ausgeschlossen, Doktor. Gehen wir, Catherine. Gute Nacht.«
Der Inder rührte sich nicht von der Stelle. Nur seine Augen zuckten.
»Kennt ihr das hiesige Gesetz?«

»Ja. Und du auch, vermute ich.«

»Das ist was anderes. Ihr habt mich gebeten und nicht umgekehrt. Nehmen wir einmal an, ich lehne ab und melde euch. Ich sitze am längeren Hebel.«

Er beugte sich über die Glaskugel.

»Mach die Tür auf, Doktor«, sagte ich. »Das soll wohl 'n Scherz sein.«

»Absolut nicht. Du zählst mir das Gold auf den Tisch, und wenn ich fertig bin, könnt ihr gehen.«

»Aber was soll das, warum … Hast du Geld?« fragte ich dann das Mädchen, das hilflos dastand.

»Fünfundzwanzig Pfund in Scheinen und etwas Kleingeld. Und du?«

»Zehn Pfund in Scheinen.«

»Fünfunddreißig Grüne«, sagte ich zu ihm.

»*Twenty-five golden*«, wiederholte er, indem er jede Silbe betonte.

»Ich muß 'nen Moment nachdenken.«

Die Kanaille grinste zufrieden. Ich steckte meine Hand in die Jackentasche. Seit Neapel hatte ich sie nicht mehr angehabt. Der Hexenmeister öffnete eine Schublade und warf einen Blick hinein. Er tastete sich mit der Hand vor und entsicherte. Da kippte der Schreibtisch plötzlich um, und der Inder lag bäuchlings darunter, das rechte Bein eingequetscht; einen Fingerbreit von seiner Hand entfernt lag eine Pistole.

»Nimm sie«, sagte ich. »Schnell.«

Catherine schnappte sie sich.

Der Kerl brüllte wie ein verwundetes wildes Tier. Ein neapolitanisches Stilett blinkte vor ihm auf.

»Und jetzt gibst du mir den Schlüssel, du Schwein.«

»Hilf mir erst, das Bein frei zu kriegen. So kann ich nicht.«
Das Stilett ritzte seine Nase. Ich kniete auf ihm.
»Der Schlüssel.«
»Da hast du ihn.«
Er warf ihn zur Seite. Verzweifelt bemühte er sich, sein Bein frei zu bekommen.
Das Mädchen hielt die Pistole in der Hand und sah verstört um sich.
»Hast du eine Schere?«
»Ja.«
»Schneid schnell das Telefonkabel durch. Sowie ich die Tür aufgeschlossen hab, kappst du das Stromkabel dort an der Wand. Faß die Schere nur mit deinem Tuch an.«
Sie tat, was ich befohlen hatte. Ich öffnete die Tür. Sie schnitt das zweite Kabel durch. Wir verließen den Raum und schlossen hinter uns zu. Ich steckte den Schlüssel in die Tasche.
»Zünd ein Streichholz an«, sagte sie.
»Das geht jetzt nicht. Da ist die Treppe.«
Wir liefen hinunter und aus dem Haus.
»Einen Moment, ich muß Luft holen«, sagte sie.
»Komm. Dafür ist jetzt keine Zeit ... Später.«
Am Ende des Parks tauchte in einer weißen, kurzen Hose ein Kuli auf. Er kam auf uns zu. Wir wichen aus. Ich sah ihn in das Haus gehen, aus dem wir gekommen waren.
»Und jetzt nichts wie los, egal, wo wir hingelangen«, sagte ich.
Windstille. Dann und wann blitzte und donnerte es. Wir rannten. Catherine begann zu keuchen.
»Gib mir deine Hand.«

»Geht nicht, ich hab noch die Pistole.«
»Was? Wirf sie sofort weg!«
Sie warf sie in einen Graben.
Wir rannten und rannten. Keine Menschenseele begegnete uns. Wir erreichten den Markt. Wir haben es geschafft, dachte ich, als ich die Lichter von Fort Colombo sah.
»Hier entlang«, sagte ich. »Ich kenne den Weg. Ist nicht mehr weit, lauf.«

Die Wolken des Monsunregens drohten über unseren Köpfen. Plötzlich blieb Catherine stehen. Ich stieß sie vorwärts, aber sie hielt sich an mir fest.
»Was ist los?«
»Blut …«
Ich verstand nicht.
»Ich sage dir, ich blute, du Trottel.«
Mir brach der kalte Schweiß aus.
»Stark?«
»Es fließt in Strömen.«
Dicke Tropfen begannen zu fallen. Ich warf ihr meine Jacke über.
»Zieh dein Hemd aus.«
Ich gehorchte.
Sie zerriß es mit einem Ruck von oben nach unten. Sie trat einen Schritt zur Seite. Jetzt schüttete es wie aus Eimern. Ich sah mich verzweifelt um. Fünfzig Meter vor uns erhob sich der große Steintempel. Rund um die Uhr geöffnet, Tag und Nacht. Für die Wanderer, die vom Regen Durchnäßten, die Verfolgten, die Kranken, die Dummen.
»Sieh mal«, sagte ich, »da gehn wir rein.« Ich deutete auf den Tempel. »Schaffst du's bis dahin?«

»Nicht einen Schritt. Es tut so weh.«
Ich hob sie hoch und ging weiter. Sie war leicht, aber ich trug schwer an ihr. Wir erreichten den Tempel. Ich schleppte sie durch die kleine Tür, die keine Schwingflügel hatte, und legte sie auf eine Steinbank. Finsternis. Es roch wie in einer Höhle. Die Kleine stöhnte. Ich leuchtete mit dem Feuerzeug. Catherine brüllte wie ein wildes Tier. Da sah ich, daß wir nicht allein waren. Vor uns stand Salaya, die Tempelzigeunerin. Meine einzige Freundin in Colombo … Jedesmal, wenn ich in Colombo war,
und sei es nur für eine Stunde, besuchte ich sie, um ihr ein Almosen zu geben. Sie rief mich bei meinem Namen. Wenn ich in diesem Moment meiner Schwester begegnet wäre, hätte meine Freude nicht größer sein können.

»Wir sind gerettet«, sagte ich zur Schottin.

»Ich sterbe«, stöhnte sie. Ihre Hände waren eiskalt, und ihr Puls war kaum zu spüren.

»Warte«, sagte die Alte. »Keine Angst. Ich hab verstanden.«

Sie verschwand in der Dunkelheit. Ich hörte die Kleine weinen. Ich hielt ihr die Hand.

Die Alte kam schlurfend zurück.

»Paß auf, daß sie es nicht verschüttet. Gib ihr davon zu trinken. Schnell.«

Ich gab Catherine den Zinkbecher. Gierig trank sie ihn leer.

»Dies hier«, fuhr die Alte fort, wobei sie etwas in der Hand hielt, »ist für unten. Das muß ganz rein, so tief wie möglich.«

»Steck du es rein, Salaya, ich bitte dich«, sagte ich.

»Ich ...? Niemals. Ich darf das nicht. Es macht für immer unrein.«

Sie gab es mir und zog sich zurück. Sie setzte sich auf den Boden.

»Gib mir dein Tuch«, sagte ich zu Catherine.

»Ich hab es nicht mehr. Ich hab es weggeworfen. Es war klatschnaß.«

Eine Weile verging. Nur der Regen war zu hören.

»Wie fühlst du dich?«

»Besser. Sieht so aus, als ob es aufgehört hätte zu bluten.« Sie versuchte aufzustehen. »Ah ... mein Becken tut furchtbar weh. Einen Moment noch.«

Ich hörte die Stimme der Zigeunerin.

»Serang, geh zum Fort Colombo. Hol zwei Rikschas. Frag nach Fernando und Antonio, die sind von Portugiesen getauft. Die gehören zu euch.«

»Geh nicht weg«, weinte die Schottin. Laß mich nicht allein mit dieser Vogelscheuche. Die macht mir angst. Sie wird mir was tun.«

Dich knöpf ich mir vor, ich werd dich anspucken, dachte ich beim Weggehen, ich werd dich in den Bauch treten. Aber erst müssen wir hier durch.

Der Regen hatte aufgehört. Nach einer Viertelstunde war ich zurück. Salaya wartete vor dem Tempel. Catherine war bei ihr, ein wenig abseits. Ich half ihr einzusteigen.

»Jetzt könnte ich auch zu Fuß gehen«, sagte sie. »Es geht mir besser.«

Die Alte und ich standen uns einige Sekunden gegenüber. Ich wollte ihre Hände ergreifen. Sie wich zurück. Ich holte ein Geldbündel hervor.

»Du bist verflucht«, sagte sie. »Bis in den Tod. Ich

kann aus deinen Händen nichts mehr annehmen. Nie mehr.«

Ich legte das Geld auf einer Stufe ab.

»Nimm es von dort.«

»Nichts kann es reinwaschen.«

»Gott möge dich segnen«, sagte ich.

Ich stieg in die Rikscha. Und sah die Alte eins werden mit der Nacht. »Salaya«, rief ich noch, *»thank you ...«*

»Go to hell ...«

Das Büro des Schwarzen hatte geöffnet. Ein paar von der Besatzung, Griechen, redeten mit den Barfüßigen.

»Nimm du meine Tasche«, bat sie mich, bevor wir durch den Zoll gingen.

Ein Zollbeamter betrachtete mich und begann zu lachen. Plötzlich sah ich einen kleinen Typen vor mir mit nacktem Oberkörper, khakifarbener Hose und einem grünen Hut auf dem Kopf, von dem das Regenwasser nur so herabtropfte. Ich stieß mit ihm zusammen. Ich war in den Spiegel gelaufen, am Tourismusstand.

An Deck trennten wir uns.

»Die hat dich aber fertiggemacht«, rief mir der Zahlmeister zu. »Dir zittern ja die Knie.«

Ich ging in meine Kammer und setzte mich auf die Koje. Ich hatte noch ihre Tasche. Ich überlegte, ob ich sie ihr bringen sollte, ließ es dann aber bleiben. Ich schloß die Tür und durchsuchte die Tasche.

Es waren fünfundzwanzig Pfundnoten darin und drei Fünfzehnerrollen, also fünfundvierzig Goldstücke, auf denen der heilige Georg mit seiner Lanze abgebildet war. In einer Plastikhülle steckte das Foto eines riesigen Maori, der ein Fischernetz in den Händen hielt.

Am Nachmittag brachte mir Androjannis meine Jacke, während ich Wache hatte.

»Sie hat gesagt, daß du mir ihre Tasche geben sollst.«

»In Ordnung, aber warum kommt sie sich die nicht selbst holen?«

»Sie liegt im Bett. Ist gar nicht aufgestanden. Hübsch ist sie heute. Strahlt richtig.«

»Warum ist sie nicht aufgestanden?«

»Ist noch kaputt von gestern. Hast sie offenbar lahmgelegt mit der vielen Lauferei. Sag mal, Landsmann ...«

»Ich erzähl's dir ein andermal. Habt ihr schon serviert?«

»Gerade eben. Die hat vielleicht was verdrückt. Seit dem Morgen ist sie am Kauen, wie ein Schaf. Sie hat mir 'ne Schachtel Pralinen geschenkt. Ich mach sie auf. Alle in der Hitze geschmolzen. Ich hab's ihr gesagt. ›Und was kann ich dafür‹, schnauzt sie mich an. Das nenn ich gute Erziehung. Selbst wenn sie Schweine gehütet hätte, na ja. Sieht so aus, als ob sie heute ihre Tage gekriegt hat.«

»Hat sie dich gebeten, ihr was zu bringen?«

»Das nicht. Aber ich dachte mir, wo sie doch nicht aufsteht ... Willst du 'ne Ananas?«

»Später.«

»Soll ich ihr was ausrichten?«

»Grüß sie von mir.«

Am Abend sah ich sie mit einem weibischen Amerikaner tanzen, der ein Hawaiihemd trug. Um Mitternacht, als ich Wache hatte, kam sie zu mir. Sie sah angeschlagen aus.

»Hallo, Nick.«

»Hallo, setz dich.«

Sie trat näher heran.

»Küß mich.«
Ich küßte sie auf die Wange. Sie duftete nach Jugend.
»Küßt man so in deiner Heimat?«
»Ja. Die Schwester.«
»Bin ich vielleicht deine Schwester? Wir haben es gestern doch bestens hinter uns gebracht. Nur, daß du ganz schön Angst hattest.«
»Stimmt, ein bißchen.«
»Von wegen ein bißchen. Du hättest mal dein Gesicht sehen sollen, als der Inder ausgerutscht ist. Als wäre es dein Bein gewesen, das eingeklemmt war.«
»Was meinst du wohl, warum der ausgerutscht ist?«
»Was weiß ich ... Hab ich nicht mitbekommen.«
»Geh schlafen. Schnell.«
»Ich bin nicht müde.«
»Geh trotzdem. Ich hab zu tun.«
Verwundert sah sie mich an. Ich schaltete den Sender auf Empfang und rief Colombo. Als ich fertig war, war sie gegangen.
Fünf Tage sprachen wir nicht miteinander. Am Tag, als wir Aden anliefen, kam sie zu mir.
»Gehen wir zusammen aus?«
»Weiß noch nicht. Ich werd zu tun haben.«
Am Nachmittag ging ich am Fuß der glitschigen Felsen des Steamer Point spazieren. Abulafa Dionysis aus Karavados, der als Bote arbeitete, trat mir in den Weg.
»Ich fahr mit euch. Bin gestern aus Kalkutta zurückgekommen. Geh schnell zu Fotis' Laden, eine Engländerin fragt nach dir. Die hat dich schon überall gesucht.«
Ich nahm mir ein Taxi nach Sheikh Othman. Dort gab es junge schwarze Frauen. Ich unterbrach die Fahrt, um

Glasperlen zu kaufen. Als ich mich wieder ins Auto setzte, saß die Schottin zusammengekauert in einer Ecke.

»Stör ich?«

»Nein … Aber ich muß ins Dorf. Ich hab was zu erledigen.«

»Ich komme mit.«

»Von mir aus, aber du mußt im Auto warten.«

»In Ordnung.«

Wir kamen an. Eine Viertelstunde blieb ich weg. Als ich zurückkehrte, war es bereits dunkel geworden. Das Taxi wollte gerade anfahren, da rannte eine kleine Schwarze auf uns zu. In der Hand hielt sie mein Feuerzeug und mein Tuch.

Wir fuhren zum Steamer Point. Keiner von uns sagte ein Wort.

Am Crescent Hotel bat Catherine den Chauffeur anzuhalten. Sie öffnete die Tür, hatte den Fuß schon auf dem Gehsteig.

»Komm mit.«

»Ich hab zu tun.«

»Ich weiß, daß ich mich nicht anständig verhalten habe. Du hast aber auch schuld …«

»Wenn du dich immer so verhältst, wirst du weit kommen.«

»Ich will mit dir reden.«

»Ich aber nicht.«

»Das wirst du bereuen.«

»Hau ab.«

»In Ordnung. Ich geh ja schon.«

Sie stieg aus, blieb auf dem Gehsteig stehen. Ihre Augen blitzten.

»Fahr«, sagte ich zum Chauffeur.
»Du Sklave!« rief sie mir nach, während sie sich abwandte. »Du Knecht!«
Am nächsten Mittag waren wir auf der Höhe von Abou Zabal*. Der Chamsin füllte uns den Mund mit Sand. Androjannis kam zu mir in den Funkraum; in der Hand hielt er eine flache Schachtel. Er blieb vor mir stehen.
»Hat sie dir ein Telegramm geschickt?«
»Wer, Mann?«

»Na, die Engländerin. Sie wollte dich nachts nicht wekken. Im Morgengrauen ist sie gekommen und hat ihren Krempel abgeholt. Sie sagte, daß sie von der Cory-Gesellschaft die Order hatte, auf die *Ismalaia* zu warten. Die kommt heute vorbei. Sie hat mir die Schachtel da für dich mitgegeben. Bis dann.«
Ich öffnete die Schachtel. Sie enthielt ein weißes Nylonhemd.

Für Grigoris Bekakis

Diamandis stand auf und zog sich sein Hemd an. Sein Begleiter machte ein paar Schritte, wobei er sich die Augen rieb. Er vertrat sich das eingeschlafene Bein. Sah auf die Uhr. Viertel nach eins. Die Aschenbecher voll Kippen. Er öffnete das Fenster. Die Rauchschwaden verflüchtigten sich wie ziehende Wolken. Er beugte sich vor und sah die beiden Kulis Rücken an Rücken sitzen und rauchen. Die Kälte machte ihn frösteln.
»Diamandis, deine Zigaretten.«

* Insel mit Leuchtturm im Roten Meer.

»Sind alle.«

Die Tür öffnete sich. Der Arzt hielt einen Umschlag in der Hand.

»Ist Ihnen langweilig geworden?«

»Beinahe. Was sind wir Ihnen schuldig, Doktor?«

»Nichts.«

»Kommt nicht in Frage.«

Er klopfte Diamandis leicht auf die Schulter.

»Ich sagte: nichts. Sie können gehen. Gute Reise.«

»War sie schön?« fragte der Funker unvermittelt und zeigte zum Operationssaal.

Der Arzt zog einen Paß aus seiner Hemdtasche. Er schlug ihn auf und reichte ihn rüber. Die Augen des Funkers weiteten sich, seine Mundwinkel zuckten.

Melusine!

Der Paß fiel ihm aus der Hand. Er trat aus der Tür, hielt sich den Kopf mit beiden Händen. Diamandis folgte ihm, verwirrt.

Doktor Ma Tuan beugte sich über das Treppengeländer und sagte leise:

»Ich kann nichts dafür. Sie haben ihn sehen wollen. *I will see you again.*«

Die Kulis standen auf. Der Funker ging auf den älteren zu.

»Sag's mir«, bat Diamandis. »Gib mir den Umschlag.«

»Laß uns gehn. Wir sind spät dran.«

Er stieg in die Rikscha.

Diamandis zupfte ihn am Ärmel.

»Warte, bis wir ankommen.«

Die Rikscha setzte sich in Bewegung. Kurz darauf war die andere neben ihm.

»Ja oder nein?« schrie Diamandis.
Der Funker steckte den Umschlag in die Gesäßtasche und gab keine Antwort.

Sie erreichten die Stadt, fuhren durch enge Gassen, die von kleinen roten Lampions beleuchtet wurden. Eine Frau stellte sich ihnen in den Weg und hielt die Rikschas an. Sie stiegen aus. Die Frau trug einen schwarzen Kimono mit roten Stickereien und kleinen Pailletten. In den Silber- und Goldblättchen spielte das Licht der Straßenlaternen. In der Hand hatte sie eine Öllampe mit drei Dochten.
Der Funker nahm ihr die Zigarette aus dem Mund und zog daran. Sie lachte. Die Kulis wurden bezahlt, gingen aber nicht weg, sie blieben ein wenig abseits stehen. Die Augen der Frau funkelten zwischen ihrer dicken weißen und grünen Schminke. Nebenan ging eine Tür auf, und eine zweite Frau erschien. Sie winkte ihnen zu.
»Ich geh zum Schiff zurück«, nörgelte der Assistent. »Aber vorher sagst du's mir.«
Die Frau hakte sich bei ihm ein. Auf der anderen Seite sein Freund. Plötzlich hörte man nicht weit von ihnen Geschrei, Frauenkreischen. Die beiden Frauen und die Kulis rannten weg. Flugzeuge warfen Leuchtgranaten ab. Die zwei Seeleute liefen in die Richtung, aus der der Lärm kam. Sie sahen, wie ein paar halbnackte Chinesinnen versuchten, ein riesiges Paket aus einer Tür hinauszuschaffen; sie ließen es auf der Erde liegen und stürzten davon. Die beiden beugten sich darüber und leuchteten mit ihrer Taschenlampe hin.

»Das ist Käpt'n Panajis!« schrie Diamandis.

Er knöpfte ihm das Hemd auf. Der andere fühlte ihm den Puls, betastete seine Stirn. Da begann die Dampfpfeife der *Pytheas* zu brüllen.

»Er ist schon kalt. Gestorben. Nimm ihn an den Füßen«, sagte er zu Diamandis.

Sie schleppten ihn bis zu dem Platz, wo die Soldaten waren. Die Flugzeuge flogen tiefer, Maschinengewehrsalven. Weiter weg wurden Bomben abgeworfen. Der Platz bebte. Sie legten den Körper ab.

»He, ihr da, von dem griechischen Schiff«, rief der Assistent, der die Hände zum Trichter geformt hatte. »Hallo ...«

Die Geschosse pfiffen ihnen um die Ohren. Dann war es still.

»Komm, Diamandis ... an den Füßen.«

Zwei Soldaten mit gezückten Pistolen hielten sie an.

»Tot?«

»Nein. Er ist vom Schiff ... Er hat 'nen Herzinfarkt.«

»Folgen Sie uns zum Hafenarzt.«

»Wir müssen ihn mitnehmen. Wir legen ab. Helfen Sie uns.«

»Zum Hafenarzt!« schrie der Chinese und fuchtelte mit der Pistole.

Wieder hörte man tiefer kommenden Motorenlärm. Die Soldaten machten sich aus dem Staub.

Der Funker kniete nieder und schloß dem alten Mann die Augen. Es fiel ihm schwer, den Ring vom kalten Finger abzuziehen. Der Rubin glitzerte, als er ihn dem Assistenten gab.

»Bewahr du ihn auf.«

Beim Aufstehen rutschte ein weißer Umschlag aus seiner Gesäßtasche und fiel in den Dreck.

»Und jetzt noch mal alle Kraft zusammennehmen!«

Ab und zu blieben sie stehen, um zu verschnaufen. Hier war Schlamm, weiter drüben gab es Steine. Einmal glitt ihnen Panajis aus den Händen und polterte zu Boden.

Sie überquerten die Holzbrücke, erreichten die Pier.

Die *Pytheas* war nur noch an einem Poller festgemacht. Nur noch die Jakobsleiter hing über Bord.

»Da habt ihr euch ja 'ne feine Zeit ausgesucht, um zu den Nutten zu gehn«, rief der Kapitän von der Brücke herunter. »Macht gefälligst schnell, damit wir hier wegkommen.«

Sie setzten den Toten ab, standen mit schlaffen Armen da und schnappten nach Luft.

Der Steuermann lehnte sich über die Reling.

»He, was ist denn los? Beeilt euch ... Was schleppt ihr da?«

»Das ist Panajis. Komm schnell. Laßt die Gangway runter, oder werft einen Stropp.«

»Panajis!« rief der Steuermann mit belegter Stimme und setzte seinen Fuß auf die Jakobsleiter.

Er sprang. Beugte sich über ihn.

»Ist er verwundet?«

»Nein.«

»Der ist schon erstarrt. Armer Panajis ...«

Die Gangway kam knirschend herunter. Der Kapitän ging, zusammen mit dem Chief, an Land. Gefolgt vom Steward, der eine Kiste trug.

»Atmet er noch?« fragte der Kapitän.

»Er ist gestorben«, sagte Jerasimos.

»Habt ihr ein Papier bekommen? Hat ihn sich ein Arzt angesehn?«

Keiner antwortete.

»Einen besseren Zeitpunkt zum Sterben hätte er sich nicht aussuchen können, der Gute«, sagte der Chief.

»Nach dem Gesetz müssen wir ihn hierlassen«, sagte der Kapitän und warf dem Chief einen Blick zu.

»Richtig ...«, murmelte der Steuermann. »Für die Geier. Ich scheiß auf das Gesetz und ...«

»Zwei Leute runter!« rief der Kapitän.

»Keiner soll runterkommen«, sagte der Steuermann knapp. »Wir beide werden ihn nach oben bringen. Wir haben keine Zeit zu verlieren.«

Ohne ein Wort zu erwidern, bückte der Kapitän seinen riesigen Körper und packte den Toten an den Beinen. Jerasimos hielt ihn am Kopf und ging rückwärts nach oben. Die Stufen der Gangway standen schräg, sie mußten auf den Kanten gehen. Von oben beugten sich die wachhabenden Matrosen vor und tuschelten.

Sie setzten ihn auf dem Großbunker ab.

»Wasser«, sagte der Kapitän, heftig atmend. »Ich kann nicht mehr ...«

»Eine neue Persenning«, befahl der Steuermann. »Er bleibt zugedeckt, bis wir auf offener See sind.«

»Wie zum Teufel wollen wir bei abgeschalteten Leuchttonnen und ohne Lotsen raus?« fragte der Kapitän. »In so 'ner Fahrrinne ...«

»Als Feuerschiff können wir ja wohl kaum bleiben. Diamandis wird die Wache von acht bis zwölf allein übernehmen. Käpt'n Pandelis die Wache vom alten Panajis.«

»Ja«, sagte der Kapitän träge. »Und wer macht jetzt die Leinen von den Pollern los?«
»Es sind zwei draußen, mit denen das abgesprochen ist. Gehn wir nach oben.«
Der Telegraph läutete wie eine zypriotische Schafsglocke.
»Leinen einholen!«
»Alle Leinen los.«
Der Bug der *Pytheas* drehte nach Backbord.
Am Kai wurden, von zwei Frauen in Abendrobe, die Leinen von den Pollern gelöst. Als sie fertig waren, hoben sie ihre Taschentücher und winkten zum Abschied.

Melbourne, 15.8.1951 S/S *Cyrenia*
Tyrrhenisches Meer, 21.12.1952 S/S *Corinthia*

Nachwort

Nikos Kavvadias wurde am 11. Januar 1910 in einer kleinen Provinzstadt der seit 1905 unter russischer Vorherrschaft stehenden Mandschurei geboren. Das väterliche Import-Export-Unternehmen, das das russische Heer mit Proviant belieferte, begann in den Wirren vor Ausbruch des Ersten Weltkriegs zu bröckeln. 1914 mußte die Familie deshalb nach Griechenland übersiedeln, nur der Vater ging wieder in die Mandschurei zurück, um Angelegenheiten seiner Firma zu regeln. Währenddessen lebte Nikos Kavvadias mit seiner Mutter und den drei Geschwistern auf der ionischen Insel Kefalonia, der Heimatinsel seiner Eltern, der sich auch Nikos Kavvadias später dauerhaft verbunden fühlen sollte.

Nach dem Zusammenbruch des Unternehmens und der Rückkehr des Vaters nach Griechenland zog die Familie 1921 nach Piräus. Charilaos Kavvadias versuchte sich in der Hafenstadt zunächst als Schiffslieferant, dann als Krämer mit einem Lebensmittelladen, der zu einem Treffpunkt von Rußlandflüchtlingen werden sollte – Menschen, die zumeist aus angesehenen, vermögenden Verhältnissen stammten und im Zuge der Russischen Revolution alles verloren hatten. Aber schon im zweiten Jahr des Bestehens mußte der Vater das Geschäft wieder

schließen. Finanziell ruiniert und gebrochen, starb er 1929.
In diese Jahre familiärer Not fiel die Vertreibung von etwa zwei Millionen Griechen aus der Türkei. Von 1922 an strömte eine Welle bettelarmer Flüchtlinge nach Griechenland. Da die Stadt Piräus eines der Zentren war, in denen sich die Flüchtlinge aus Konstantinopel und von der türkischen Küste sammelten, hat auch die »Kleinasiatische Katastrophe« den jungen Nikos Kavvadias nachhaltig geprägt.
Nachdem er das Gymnasium abgeschlossen hatte, machte er 1928 die Aufnahmeprüfung, um Medizin zu studieren. Doch bereits im Folgejahr nahm er, bald nach dem Tod des Vaters, in der Reederei Jannulatos, die den Cousins seiner Mutter gehörte, eine Bürotätigkeit auf. Bald langweilte sie ihn, und so kam es, daß er als einfacher Matrose auf einem Frachtschiff der Reederei anheuerte. Erst zehn Jahre später sollte er das Diplom des Funkers erwerben, das ihn dem Rang nach einem Ersten Offizier der Handelsmarine ebenbürtig machte.
Kaum war der Zweite Weltkrieg ausgebrochen, begann für ihn erneut eine schwere Zeit. Mussolini hatte Griechenland aufgefordert, Italien wichtige militärische Stützpunkte kampflos zu überlassen, und zum 28. Oktober 1940 ein Ultimatum gestellt. Das legendäre »Ochi« (»Nein«) General Metaxas' war das Signal zum Krieg. Auch Kavvadias nahm am Albanienfeldzug teil. Trotz zahlenmäßiger Übermacht konnten die Italiener bis weit in albanisches Gebiet zurückgedrängt werden. Eine zweite Offensive wurde ebenfalls abgewehrt, erst das Eingreifen Nazi-Deutschlands brach den Widerstand der Grie-

chen. Als einer der letzten kehrte Nikos Kavvadias aus Albanien zurück.

Während der anschließenden Okkupation durch die Deutschen in den Jahren 1941 bis 1944 blieb er ohne Heuer in Athen. Er schloß sich dem Widerstand gegen die Besatzungsmacht an, der in den Jahren 1943/44 seinen Höhepunkt hatte.

Nach Kriegsende fuhr Kavvadias wieder unentwegt zur See. Obwohl die Familie, allen voran seine Mutter, eine wichtige Rolle in seinem Leben spielte, heiratete er selbst nie. Von seinen Reisen kehrte er stets erschöpft und mittellos zurück, am Aufbau einer bürgerlichen, weniger unsteten Existenz hatte er kein Interesse. »Waren Sie je verliebt?« wurde er einmal gefragt. »Nein. Ich habe nur eine Geliebte, und das ist die See. Ich hoffe, daß ich in ihren Armen sterben werde.« Nikos Kavvadias starb, anders als er es sich gewünscht hatte, nach einem Schlaganfall am 10. Februar 1975 in einem Krankenhaus in Athen.

Nikos Kavvadias zählt zu den Autoren, deren Ruhm sich auf wenige Werke gründet. Zu Lebzeiten veröffentlichte er nur zwei Gedichtbände und einen Roman: Seine erste Sammlung von Gedichten ›Marabu‹ (Μαραμπού), die 1933 erschien, machte den jungen Dichter in Griechenland mit einem Paukenschlag berühmt. Sein ganzes Leben lang behielt er, den seine Freunde auch »Kolias« nannten, den Spitznamen des schwarzen Vogels. 1947 erschien sein zweiter Gedichtband ›Nebel‹ (Πούσι). Viele lernten seine Gedichte auswendig – noch heute trifft man in Griechenland Leser, die aus dem Stegreif lange Passagen aufsagen können. Daß etliche Gedichte vertont wurden, hat sie und Nikos Kavvadias zusätzlich bekannt gemacht.

1952, an Bord des Dampfschiffs *Cyrenia*, begann er erneut zu schreiben, diesmal an seinem einzigen Roman ›Die Wache‹ (Βάρδια) – bevor er sich zwanzig Jahre lang in Schweigen hüllte. Sein Vorhaben, seine Memoiren zu schreiben – sogar der Titel ›Manöver‹ stand schon fest –, erfüllte sich nicht mehr. Tatsächlich ist ›Die Wache‹ ohnehin alles zugleich: Roman, Prosagedicht, Bekenntnis und Erinnerungsbuch.

Kurz vor seinem Tod schrieb er abermals Gedichte, die erst posthum zum Band ›Beidrehen‹ (Τραβέρσο, 1975) zusammengefaßt und veröffentlicht wurden. Seine einzigen Erzählungen ›Li‹ (Λί) – die ergreifende Geschichte der Begegnung eines Seemanns und einer kleinen Chinesin in Hongkong –, ›Vom Krieg‹ (Του Πολέμου) und ›An mein Pferd‹ (Στο Άλογό μου) erschienen sogar erst in den achtziger Jahren.

Auch wenn biographisch ausgerichtete Interpretationen eines Werkes problematisch sind – hinter der Figur des Funkers Nikolas in der ›Wache‹ verbirgt sich ohne Zweifel der Autor selbst. Gleich zu Beginn heißt es: »Der Funker trat als erster ein. Klein von Gestalt, mit spärlichem Haar. Er trug khakifarbene Shorts, in der Taille nur vom obersten Knopf zusammengehalten. Die übrigen fehlten. Ein Ohr war nach vorne geklappt und größer als das andere.« Auch die Meerjungfrau auf dem linken Unterarm, eine der zahlreichen Tätowierungen, die sich Kavvadias hatte machen lassen, fehlt nicht: »Ich trink noch einen, auf das Meer. Auf die Meerjungfrau, die auf meinen Arm tätowiert ist. Die jede Nacht ins Wasser springt und mich mit Poseidon betrügt.« Humor, (Selbst-)Ironie, aber auch Sarkasmus ziehen sich wie drei rote Fäden durch sein Werk, Haltungen, die dem schüchternen, unscheinbaren, ein wenig stotternden Kavvadias vielleicht geholfen haben, mit der ihn umgebenden rauhen Welt an Land und auf dem Wasser umzugehen. Wenn jemand ihn fragte, ob er der bekannte Dichter Nikos Kavvadias sei, soll er öfter geantwortet haben, er sei ein Cousin von jenem, trage deshalb seinen Namen.

Was den Verkauf und die Verbreitung seiner Werke betraf, legte Kavvadias eine nahezu unverständliche Gleichgültigkeit an den Tag – ein wichtiger Grund dafür, daß ›Die Wache‹, ein Klassiker in Griechenland, im Ausland bisher kaum wahrgenommen wurde. Die Werke anderer griechischer Autoren jedoch verfolgte er genau. Mit allen Größen seiner Zeit war er bekannt, vielen – darunter der spätere Nobelpreisträger Jorgos Seferis – widmete er Gedichte, und selbst Abschnitte seines Romans eignete er Personen aus dem kulturellen Leben des Landes zu.

Kavvadias fuhr zur See, um zur See zu fahren. ›Die Wache‹, das Geständnis seiner Liebe und Treue zu dieser einzigen langjährigen Geliebten, ist ein bewegendes, mitunter trauriges, zutiefst menschliches Zeugnis einer nunmehr untergegangenen Welt.

Den kefalonitischen Kapitänen der Griechischen Handelsmarine Loukas Niforatos und Dimitris Vallianatos, den Kapitänen und Offizieren der deutschen Handelsmarine Dieter Klingenhöfer, Heinrich Eberhard und Lorenz Korn, ferner Dr. Jürgen Wöhrmann von der Deutsch-

Griechischen Gesellschaft Hannover, der Wahl-Kefalonierin Doris Wille, Prof. Dr. Nikos Paraskevopoulos, Dr. Michaela Prinzinger, Dr. Eleni Gianiou, Dr. Irene Scharnofske, Dafni Papageorgiou, Zachos Karatsioumpanis, Vassilis Chatzivassios und Astrid Becker, die mir durch ihre Unterstützung bei meiner Arbeit an der Übersetzung von unschätzbarer Hilfe waren, möchte ich abschließend herzlich danken.

Maria Petersen, im Juli 2001

Die griechische Originalausgabe
erschien erstmals 1954 unter dem Titel »Βάρδια« (Vardia)
im Verlag A. Karavias, Athen

Die Übersetzung aus dem Neugriechischen wurde
gefördert durch The Ministry of Culture, Athen,
wofür der Verlag freundlich dankt.

Deutsche Erstausgabe:

Umschlaggestaltung: Ott + Stein, Berlin
Umschlagreproduktion: Mega-Satz-Service, Berlin
Buchgestaltung: Ⓢ sans serif, Berlin
Gesetzt aus der Monotype Walbaum
Satz: Greiner & Reichel, Köln
Druck und Bindung: Clausen & Bosse, Leck
Printed in Germany 2001
ISBN 3-8286-0168-5